제왕연 20

ⓒ지에모 2021

초판1쇄 인쇄   2021년 6월 28일
초판1쇄 발행   2021년 7월 13일

지은이   지에모芥沫
옮긴이   이소정

펴낸이   박대일
편집   이문영 · 박지해 · 임유리 · 신지연 · 이지영
마케팅   임유미 · 손태석
일러스트   흑요석
디자인   박현주
교정   김미영

펴낸곳   파란미디어
출판등록   2004년 9월 14일 제313-2004-00214호

주소   03992 서울시 마포구 동교로23길 14 국제빌딩 6층
전화   02.3141.5589 영업부 070.4616.2012 편집부
팩스   02.6499.5589
전자우편   paranbook@gmail.com
카페   http://cafe.naver.com/paranmedia
인스타그램   @paranmedia

ISBN   978-89-6371-908-5(04820)
               978-89-6371-821-7(전21권)

제
왕
연

20

帝王燕 지음 이소정 옮김

파란

차례

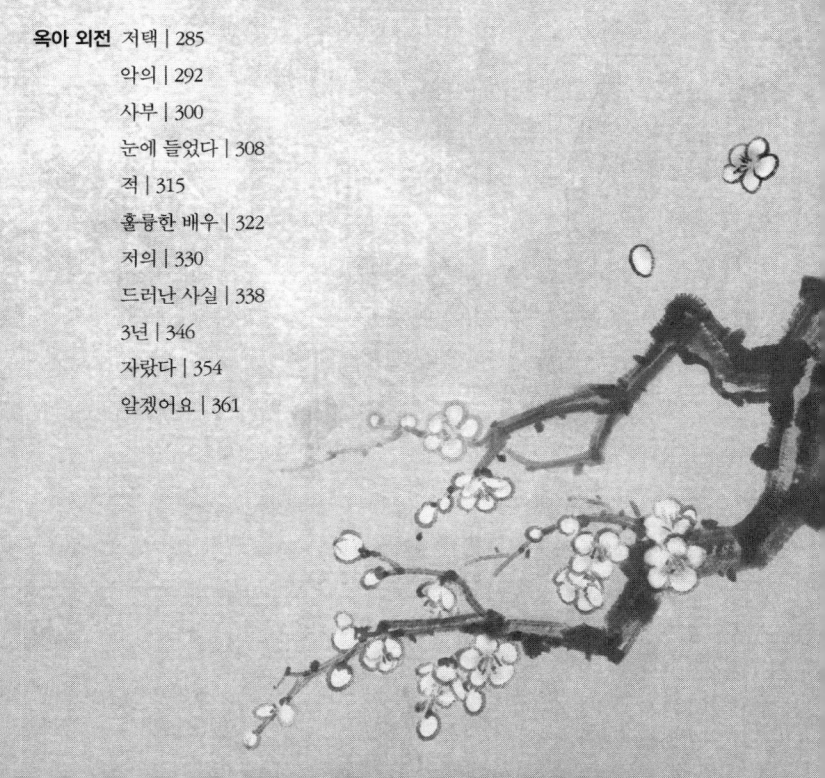

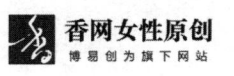

확신할 수 있느냐

금화궁은 등불이며 비단 띠로 화려하게 장식되어 있었다. 정원 양쪽으로 늘어선 하인도 모두 붉은 옷을 입고 있어 축하하는 분위기가 물씬 풍겼다.

비연의 방문은 굳게 닫혀 있었고, 고칠소와 헌원예가 문가에 서 있었다. 여기서 언급하지 않을 수 없는 것은 헌원예 역시 붉은 옷을 입고 있었다는 점인데, 아무래도 고칠소가 시킨 것 같았다. 헌원예와 고칠소는 마치 문을 지키는 신상처럼 좌우 양쪽에 우뚝 서 있었다.

당씨 가문에서도 당리와 영정이 딸을 시집보내는 중이었고, 흑삼림의 목령아와 아금 역시 마찬가지였다. 그렇지 않았다면 아마 지금 문 앞에 서 있는 사람이 훨씬 많았을 것이다.

군구신은 그들을 바라보며, 오늘 이 난관을 통과하지 못하면 연아를 볼 수 없을 거라 직감했다. 그는 발걸음을 멈추고 두 사람에게 말했다.

"연아를 맞이하러 왔습니다."

군구신의 목소리는 매우 컸는데, 방 안의 연아에게 들려주기 위한 것이 분명했다. 그러나 방 안에서는 그의 목소리를 들었는지 말았는지 아무 반응도 없었다.

헌원예는 웃으며 아무 말도 하지 않았고, 고칠소가 큰 소리로 웃으며 말했다.

"이 방 안에는 연아가 아주 많이 있다. 그중 어느 연아를 맞이하고 싶으냐?"

군구신이 깜짝 놀라 의심 어린 목소리로 물었다.

"칠 숙부, 무슨 뜻이신지요?"

고칠소는 여전히 웃으며 대답했다.

"방 안에는 연아가 열일곱 명 있지. 너는 그녀들을 볼 수만 있고, 말 한마디 건네거나 손을 대서는 안 된다. 주어진 시간은 단 1각, 그사이에 연아를 찾아내지 못하면 내년에 다시 와야 할 게다!"

이 말을 들은 군구신은 바로 헌원예를 바라보았다. 헌원예가 자기 생각이 아니라는 듯 고개를 저었다.

군구신은 울 수도 웃을 수도 없었다. 그는 칠 숙부가 아주 말이 잘 통하는 사람이라고 생각했는데, 이게 웬일인가? 칠 숙부가 연아의 친부보다 더 어렵게 굴고 있지 않은가!

다른 사람이 똑같은 난제를 내었다면 군구신은 두려워하지 않았을 것이다. 그러나 칠 숙부의 난제라면 신중하게 응하지 않을 수 없었다. 칠 숙부라면 똑같이 생긴 연아를 열일곱이 아니라 일흔일곱이라도 만들어 낼 수 있을 테니까.

고칠소가 물었다.

"애야, 어쩔 셈이냐? 해 보겠느냐?"

군구신은 화가 나기도 하고 우습기도 했다. 그가 도전하지 않을 수 없다는 걸 잘 알면서!

군구신이 고개를 끄덕이자 헌원예가 직접 문을 열었고, 고칠소가 나른한 자세로 문가에 기대어 모래시계를 꺼냈다.

"영자, 칠 숙부가 너에게 미리 이야기하지 않았다고 원망할 생각은 마라. 신부의 면사포는 절대로 벗기면 안 된다. 제대로 고르면 바로 맞이해 갈 수 있으니, 잘 살펴본 다음 고르도록 해라. 만약 잘못 고른다면 연아가 절대 너를 용서하지 않겠지!"

이건…….

원래 꽤 담담한 상태였던 군구신도 이 말에는 결국 안색이 변했다. 그는 문안으로 들어가려다 말고 고칠소를 돌아보았다. 고칠소는 양심을 어디 내다 버린 듯한 모습으로 건들거리고 있었는데, 그 눈에 웃음기가 너무도 찬란해 전혀 어른스러워 보이지 않았다.

고칠소가 실실 웃으며 나른하게 모래시계를 뒤집어 시간을 재기 시작했다. 군구신은 더 시간을 낭비할 수 없어 바로 방 안으로 들어갔다.

이미 마음의 준비를 하고 있었지만, 방 안에 들어간 순간 군구신은 눈앞에 펼쳐진 광경에 놀라지 않을 수 없었다.

방 안에는 열일곱 명의 연아가 반원형으로 서 있었는데, 모두 봉황관을 쓰고 붉은 면사포로 얼굴을 가리고 있었다. 게다가 폭이 넓은 붉은 의상까지 입고 있으니, 온몸을 꽁꽁 감싼 채 손가락 하나 드러내지 않은 셈이었다. 입은 옷이며 장식, 그리고 자태는 물론이고 심지어 키마저도 모두 똑같았다.

이런데, 어떻게 고르라는 걸까?

군구신은 분명 그림자만으로도, 손이나 발만으로도 연아를 알아볼 자신이 있었다. 그러나 눈앞에 펼쳐진 모습에 정말로 조급해지고 말았다. 아예 사람을 꼭꼭 숨겨 놓은 것이나 마찬가지인데, 대체 어떻게 알아볼 수 있을까?

군구신은 조급해하고 있었지만 그렇다고 마음이 어지러워진 것은 아니었다. 그는 모든 '연아'를 한번 훑어본 후, 겉으로 보이는 것에 의거해 구분하는 것은 포기했다.

연아를 만질 수도 없고, 질문 한번 던질 수 없다면 또 무슨 방법이 있을까?

그는 '연아'들의 뒤로 걸어가 가볍게 냄새를 맡아 보았지만, 모든 연아에게서는 희미한 약재의 향이 풍겼다. 결국은 이 방법도 실패였다.

군구신은 고칠소의 손에 들린 모래시계를 한 번 본 후, 남아 있는 시간이 얼마 되지 않는다는 것을 깨달았다. 어떻게 해야 할까?

그는 미간을 찌푸린 채 생각에 잠겼다. 안 그래도 조용하던 방 안이 바늘 떨어지는 소리가 들릴 정도로 고요해졌다.

시간은 점차 흘러갔고, 군구신은 여전히 생각에 잠겨 있었다. 문밖에 있던 헌원예가 군구신 대신 식은땀을 흘릴 정도였다. 마침내 고칠소가 참지 못하고 외쳤다.

"이제 얼마 안 남았다!"

군구신의 시선이 바로 앞에 서 있는 '연아'에게로 향했다. 잠시 후 곧 1각이 되려는 순간, 군구신이 헌원예를 돌아보며 말했다.

"황상, 검을 빌려주십시오!"

헌원예는 조금 당황하면서도 검을 건네주었다. 군구신이 검을 뽑아 들더니 몸을 돌려 갑자기 '연아'들을 향해 검을 휘둘렀다.

검망이 화려하게 뻗어 나가는 순간, '연아'들 중 여럿이 뒤로 물러났다. 그러지 않은 몇몇 '연아'들 중에서도 움직이거나, 그대로 굳거나, 몸을 웅크린 경우가 많았다. 누군가의 동작은 분명하게 보였고, 또 누군가의 동작은 그렇게까지 눈에 띄지 않았지만 군구신은 전부 눈에 담았다.

군구신이 검을 헌원예에게 건넸다. 이때 바로 1각의 시간이 끝나 있었다. 고칠소가 의미심장하게 웃으며 말했다.

"결론이 났느냐?"

군구신이 웃으며 연아들을 바라보았다.

"왼쪽에서 일곱 번째."

고칠소와 헌원예가 서로 눈빛을 주고받더니 더더욱 의미심장하게 웃기 시작했다.

"확신할 수 있겠느냐?"

군구신은 확신에 가득 차 고개를 끄덕였다.

헌원예가 가볍게 두어 번 기침한 후 경고하듯 말했다.

"영자, 제대로 생각한 것 맞아? 일단 이 문을 빠져나가면 절대로 바꿀 수 없다고!"

군구신이 웃으며 답했다.

"절대 바꾸지 않을 것입니다. 다음 생에도."

헌원예와 고칠소는 군구신에게 맞았는지 틀렸는지 알려 주지 않고, 일곱 번째 '연아'만 남게 하고 다른 이들은 모두 물러가게 했다.

곧 방 안에는 단 한 명의 연아만이 남았다. 헌원예가 다가가더니 직접 폭이 넓은 붉은 옷을 벗겨 주었다.

이 연아는 붉은 옷 아래 화려하게 공을 들인 혼례 의상을 입고 있었는데, 아리따운 몸매에 자태도 우아했다. 그녀는 붉은 면사포까지 쓴 채 그저 조용히 서 있을 뿐이었지만, 천성적인 우아함과 존귀함이 드러나고 있었다.

군구신이 한 걸음 한 걸음 다가가 속삭이듯 말했다.

"연아, 맞이하러 왔다. 여생을 너와 함께 보내고 싶어. 하늘이 존재하는 한 내 마음은 변하지 않을 거야."

말을 마친 그는 한쪽 무릎을 꿇고 연아에게 손을 내밀었다.

연아는 계속 소매 속에 숨기고 있던 작은 손을 내밀어 군구신의 커다란 손 위에 얹었다. 군구신은 그 손을 꽉 잡았다. 그가 옳았는지 틀렸는지, 그리고 이 손이 연아의 것인지 아닌지는 이미 그가 누구보다 더 잘 알고 있었다.

군구신은 연아의 작은 손을 잡고 문을 나서, 연아의 부황과 모후에게 절을 하러 대전으로 향했다.

군구신은 세 번 절을 한 후, 연아를 부축해 일으킨 다음 출발했다. 조 할멈이 계속 그들 곁에 있었다. 조 할멈은 비록 현공대륙으로 가서 비연의 시중을 들 수는 없었지만, 그래도 매파의 역할을 맡아 비연을 쭉 배웅하게 되어 있었다.

궁을 나온 조 할멈이 비연을 부축해 꽃가마에 태웠고, 군구신은 말 위에 올라탔다. 음악 소리며 폭죽 터지는 소리가 울려 퍼지는 가운데, 혼례 행렬이 거리를 지나 성문 밖으로 나왔다. 비연이 꽃가마에서 마차로 갈아탔고, 군구신이 직접 마차를 몰아 북으로 향했다.

운공대륙에서 현공대륙 진양성까지, 군구신은 조 할멈이 일깨울 필요도 없이 예절과 규칙을 지키고 있었다. 대례를 끝내기 전에는 비연의 면사포를 벗기지 않고, 객잔에서 쉴 때도 일부러 그녀를 피하며 조 할멈에게 시중들게 했다.

며칠 후, 그들이 빙해안에 도착했을 때였다. 우연히 다른 혼례 행렬을 만났는데, 군구신은 한눈에 새신랑이 정역비라는 사실을 알아차렸다……

그는…… 조금 나빠

　군구신이 정역비를 알아보았고, 정역비 역시 한눈에 군구신을 알아보았다.

　정역비가 바로 말을 달려 다가왔다. 새신랑 신분이었지만, 말에서 내려 군구신에게 인사를 올리고 군구신 일행을 먼저 가게 할 생각이었다.

　군구신이 말했다.

　"길이 이리 넓은데 그럴 필요 없다. 길시를 놓치지 않는 게 더 중요하지."

　정역비가 크게 기뻐하며 외쳤다.

　"전하, 감사드립니다!"

　정역비가 떠난 후, 군구신이 직접 마차 안에 타고 있던 사람을 안으며 속삭였다.

　"약속했었지, 너를 안고 빙해를 건너겠다고. 꽉 잡도록 해."

　이 말이 떨어진 순간, 그의 품 안에 안긴 사람이 마치 떨어질까 무섭다는 듯 재빨리 그의 목을 감았다. 그 모습을 본 군구신이 큰 소리로 웃기 시작했다.

　이쪽에서는 군구신이 신부를 안고 빙해를 건너고 있었고, 또 다른 쪽에서는 정역비가 신부를 업고 빙해를 건너고 있었다. 혼례 행렬은 썰매로 갈아탄 후 그들을 쫓아왔다. 그러는 동안에도 음악 소리며 폭죽 소리는 멈추지 않았고, 모두 축하하는 분위기로 시끌벅적했다.

두 쌍의 신혼부부는 몹시 보기 좋았고, 혼례 행렬 역시 그러했다. 수천 년 동안 춥고 황량하던 빙해가 처음으로 흥성거리고 있었다.

처음에는 정역비와 군구신 사이의 거리가 그리 멀지 않았지만 점차 정역비가 뒤처지고 말았다. 군구신이 신부를 안은 채 빙해 북안에 도착했을 때, 다른 사람들은 아직 도착하기 전이었다. 군구신은 해안가 바위 위에 신부를 앉히고, 자신도 그녀 곁에 앉았다.

신부는 무척 조용했고, 그 역시 아무 말도 하지 않았다. 두 사람 모두 상대방이 입을 열기만을 기다리고 있는 것 같았다. 한참 후에도 신부가 여전히 침묵하자 군구신이 웃는 얼굴로 말했다.

"보름이 넘게 나와 아무 말도 하지 못했는데, 언제부터 그렇게 참을성이 많아졌지?"

신부가 정말로 연아인지 아닌지는 아무도 가르쳐 주지 않았다. 어쨌든 그녀는 계속 침묵 중이었다.

군구신은 마음속으로 확신하고 있었기에, 소리 없이 환하게 웃으며 그녀를 바라보았다. 어딘가 그리운 감정이 담긴 웃음이었다.

"설마 너마저 나를 시험하려는 것은 아니겠지?"

신부가 여전히 대답하지 않자 군구신이 갑자기 그녀 가까이

다가가더니, 코로 그녀의 면사포를 조금씩 들어 올리기 시작했다.

그의 숨결이 얼굴에 퍼져 오니 그 미묘함은 이루 말할 수 없었다. 그는 마침내 면사포를 그녀의 코까지 들어 올린 후 입을 맞추기 시작했다.

처음에는 가벼운 입맞춤이었지만 점점 더 깊어지더니 곧 열렬한 입맞춤으로 변했다. 그녀로서는 조금 견디기 힘들 정도라 저도 모르게 몸을 뒤로 젖혔고, 그는 바로 그녀의 머리를 받쳐 주며 더욱 깊이 입을 맞췄다.

등 뒤로 음악 소리며 폭죽 소리가 가까워지자 그는 겨우 멈췄으나, 계속 그녀의 입술을 떠나지는 않고 속삭였다.

"바보, 내가 어떻게 알아보지 못할 수 있겠어?"

그가 휘둘렀던 검은 살기가 가득했으나, 실제로는 그저 사람을 놀라게만 할 뿐 다치게 하려는 의도는 없었다. 그러나 그의 이 기습 앞에서는 모든 이들이 본능적으로 피할 수밖에 없었다……. 그녀를 제외하면.

그녀는 언제나 본능적으로 그를 경계하지 않고 의지해 왔기에, 그의 검이 그녀의 심장 앞까지 다가온다 해도 전혀 두려워하지 않았다. 그녀는 그를 너무나 잘 알고 있었으니까……. 그가 그녀에 대해 그런 것처럼.

말을 마친 군구신은 다시 비연의 머리를 받친 손에 힘을 주어 자신을 바라보게 했다. 그리고 다시 한번 짧고도 격렬한 입맞춤을 선사한 후에야 그녀를 놓아주고, 다시 면사포를 씌워

파란미디어의
책들

e-mail paranbook@gmail.com
cafe cafe.naver.com/paranmedia
facebook facebook.com/paranbook
tel 02. 3141. 5589 **fax** 02. 3141. 5590

파란

최고의 밀리언셀러 작가! 정은궐 작가 시리즈

누적 판매 부수 220만 부를 기록한 역사 로맨스소설의 전설
6개국 번역 출간, 소설의 세계를 뛰어넘어 다양한 장르로의 확장!
아시아가 주목하는 작가 정은궐의 귀환!

SBS 드라마 방영예정!

홍천기 紅天機 각 권 14,000원(전2권)

하늘의 무늬를 읽고 해독할 수 있지만
앞을 보지 못하는 남자 하람
그의 눈이 되고자 당당히 경복궁에 입성한
백유화단의 여화공 홍천기
그들의 운명에 번져 가는 애틋하고 몽환적인 먹선!

〈성균관 유생들의 나날〉,
〈규장각 각신들의 나날〉,
〈해를 품은 달〉 정은궐 작가의 귀환!
놀랍고 강렬하고 신비로운 이야기!

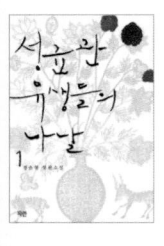

성균관 유생들의 나날(개정판) 각 권 11,000원(전2권)

교보문고, 예스24, 인터파크, 알라딘 베스트셀러 종합 1위!
백만 부 돌파!
일본, 중국, 태국, 베트남, 대만, 인도네시아 6개국 번역 출판
독자들이 뽑은 가장 재미있는 소설!

금녀의 반궁, 성균관에 입성한 남장 유생 김 낭자의
파란만장한 나날들!

규장각 각신들의 나날 각 권 11,000원(전2권)

『성균관 유생들의 나날』 시즌 2, 잘금 4인방의 귀환!

'공부가 가장 쉬웠던' 성균관은 아무것도 아니었다.
'피똥 싸는 건 예사고, 없던 다한증까지 생긴다는'
무시무시한 규장각 나날이 잘금 4인방을 기다린다!

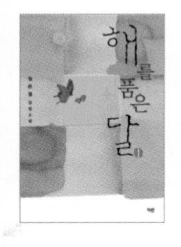

해를 품은 달(개정판) 각 권 13,000원(전2권)

드라마 '해를 품은 달' 원작
8주 연속 종합 베스트셀러 1위!
아시아 전역 번역 출간!

세상 모든 것을 가진 왕이지만 왕이기 때문에 사랑을 잃은 훤
사랑과 권력을 되찾기 위해 가혹한 운명에 맞선다!

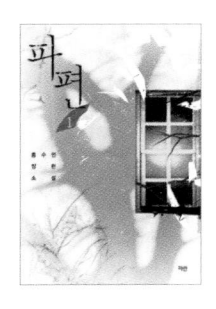

파편 각 권 13,000원(전2권)

일그러진 인연, 깨져 버린 시간
빠져나올 수 없는 늪으로 걸어 들어간……
조각난 그 밤은 아름다운 지옥

그 남자의 삶 속엔 오직 초 단위로 계획된 복수의 시간,
매일을 형벌처럼 살게 하는 끔찍한 기억,
그리고 언제든 손목을 그을 수 있는 유리 파편뿐……
그런 그에게 빛으로 가득한 한 여자가
삶의 미련이 되어 버린다.

바람 각 권 12,000원(전2권)

너는 내가 이루고 싶었던 가장 아름다운 바람……
오랜 시간 한 남자만을 꿈꾼 여자

어떤 장소에서 어떤 모습으로 만났어도
결국 한 여자만을 사랑한 남자.
파리, 시드니, 그리고 서울을 오가며 그들은 성장하고 사랑
한다.
그리움의 바람도 커져 간다.

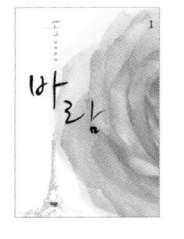

불꽃 값 10,000원

사랑은 법보다 강하고, 용서는 사랑보다 강하다.
당신의 얼음 같은 마음도 불타는 사랑 앞에서는 녹고 말 것입
니다.

무엇보다 야망이 우선인 여자. 끝없이 상처받으면서도
여자를 놓지 못하는 남자.
불꽃같은 사랑과 증오, 그리고 애증의 복수가 펼쳐진다!

눈꽃(개정판) e-book 값 5,000원

차라리 욕망일 뿐이었다면, 이렇게 아픈 사랑이 아니라
그들의 사랑은 시리도록 하얀……, 눈꽃

한겨울의 차가운 바람처럼 시린 10년간의 사랑.
미국 대재벌가의 상속자와 평범한 동양 여자, 그들이 넘어
야 할 두터운 얼음벽 사랑.

프렌더 김자인 지음 | 값 13,000원

너를 처음 봤을 때, 간절히 빌었어
드디어 발견한 내 오아시스가 사라지지 않기를

막막한 유학 생활과 상처뿐인 사랑, 그 모든 것을 끝내고 싶은
여자, 한나. 비밀을 숨기고 있는 남자, 헤리. 비뚤어진 사랑으로
한나를 어둠 속으로 몰아넣는 남자, 레온.
진실 혹은 거짓, 그 위태로운 경계 속에서 과연 이들은 서로의
세계에 안착할 수 있을까?

너의 바이라인 김이비 지음 | 값 13,000원

고백의 순간, 너로 인해 채워진 나의 바이라인

올곧은 신념과 의지를 가진 열혈 기자, 이다임.
정의와 반대되는 기사를 써 내라 요구하는 회사와 부딪히다가
결국 좌천되고, 설상가상으로 이별까지 겪는다.
좌절한 그녀의 앞에 대형견 같은 매력을 가진 연극배우 선우와,
능글맞은 엘리트 검사 현도준이 나타나는데…….

사랑도 처방이 되나요 최준서 지음 | 값 13,000원

안하무인 건물주와 위기에 빠진 세입자.
갑과 을에서 '남'과 '여'로 만나다!

조금 이른 봄 같은 남자와
아직 추운 겨울에 머무른 여자의 이야기.
김약국에서 진단하는 사랑의 처방전!

퀸 최준서 지음 | 각 권 9,000원(전2권)

잡을수록 사라지는 당신의 향기
그리움으로 만든 그 이름…… 퀸

강산 그룹의 후계자가 되기 위해 앞만 보고 달려왔으나 할아버지
의 반대에 부딪힌 세아. 충동적으로 떠난 호주 여행, 정신없이 바
쁜 한국에서의 삶과는 달리 평화로운 와인 농장과 그 풍경처럼
아름다운 딘에게 매료된다.

앤을 위하여 최준서 지음 | 값 13,000원

열두 번의 봄이 지나는 동안
그녀는 그를 애타게 기다렸고, 그는 그녀를 애써 지웠다.

하나를 얻으려면 다른 것은 놓아야 한다는 남자, 윤태하.
원하는 것은 모두 손에 넣어야 한다는 여자, 서은혜.
이들이 다시 만난 순간, 돌기 시작한 운명의 수레바퀴.

주었다.

마침내 비연이 참지 못하고 그를 살짝 밀어 항의했다. 그녀는 이곳까지 오는 길 내내 그가 고민하게 하려고 일부러 한마디도 하지 않았다. 그런데 이게 웬일인가. 그도 한마디도 하지 않더니, 사람이 없는 이곳에 와서 갑자기 장난을 치지 않는가!

영 오라버니는 나쁘지 않지만 군구신은 아주 나빴고, 망할 얼음은 더 나빴다!

과거 그는 진양성에서 그녀를 속여 혼사를 치른 다음 신혼밤에야 신분을 드러냈다. 그리고 바로 이렇게 그녀의 면사포를 반만 올린 다음 입을 맞췄다. 정말이지 나쁘지 않은가!

갑자기 옛 기억이 떠오른 비연은 저도 모르게 긴장하고 말았다.

그녀가 말없이 자신을 밀어내는 것을 본 군구신은 비연이 부끄러워한다고 생각했다. 그는 기분이 더욱 좋아져 그녀를 안아 들었다.

"가자. 며칠 지나면 너를 아주 많이 볼 수 있겠지."

군구신은 나쁘다. 나쁘지만…… 지켜야 할 예절은 모두 지키고 있었다. 예식을 끝내기 전 면사포를 벗기지 않았으니까.

정역비 일행이 도착하고, 뒤이어 조 할멈도 혼례 행렬을 이끌고 뭍으로 올라왔다. 군구신은 비연을 안아 마차에 태운 후 바로 진양성을 향해 출발했다.

10여 일 후, 진양성에 도착했다. 비연은 성문 앞에서 꽃가마로 갈아탄 후 성으로 들어갔다.

진양성에서는 다시 한번 모든 이들이 거리로 나왔다. 심지어 진양성에 살지 않는 이들도 새벽부터 자리를 잡고 두 대륙을 뒤흔든 혼례를 구경하려 했는데, 그중에는 젊은 여자들이 매우 많았다.

예전에 혼례를 치를 때 비연은 젊은 여인들의 선망의 대상이 었을 뿐 아니라 질투의 대상이기도 했다. 그러나 지금은 그 누구도 감히 선망하거나 질투하는 사람이 없었다.

비연은 이제는 일개 약녀가 아니라 운공대륙의 연 공주였고, 현공대륙의 주인이었다. 과거에 그녀를 달갑지 않게 여기던 이들도 지금은 모두 비연에게 잘 보이고 싶은 마음뿐이었다. 이것 역시 일종의 성공일 것이다.

군구신은 비연을 데리고 궁으로 들어가지 않고, 대신 정왕부에서 멀지 않은 대저택으로 향했다. 이곳은 군구신이 망중에게 명해 새로 사들인 저택으로, 가능한 한 정왕부 모습 그대로 꾸며 놓은 상태였다. 물론 정왕부도 다시 짓고 있었다.

꽃가마가 내려앉는 순간 음악 소리도 멈췄다. 저택의 문들은 이미 활짝 열려 있었고, 하인들도 양옆으로 늘어서서 기다리고 있었다. 특히 정문 양쪽으로 반짝이는 작은 머리통이 둘 보였다.

분명 택아와 명신이었다. 두 아이가 여전히 승려인지는 알 수 없었지만, 축하를 의미하는 붉은 옷을 입고 있는 모습이 무척 귀여워 보였다.

폭죽 소리가 멈추자 조 할멈이 황급히 앞으로 나서더니, 붉은 손수건을 흔들며 큰 소리로 외쳤다.

"신부가 도착하였으니, 신랑께서는 가마의 문을 발로 차고 신부를 가마에서 내려 주시지요!"

군구신이 상징적인 예법에 따라 살짝 가마의 문을 발로 찬 다음 문을 열고 손을 뻗었다.

붉은 면사포 아래에서 비연은 행복에 젖어 웃고 있었다. 비록 예전에 이미 같은 절차로 혼례를 치렀지만, 그리고 그 후로 군구신과 함께 긴 시간을 보냈지만…… 심지어 생사의 문제까지 함께 겪었지만, 그는 다시 그녀를 아내로 맞이하려 하고 있었다.

그녀는 환희에 가득 차 마치 처음으로 혼례를 치르는 사람 같았다. 마치 지금까지는 계속 그와 헤어져 있었고, 이제야 겨우 함께 있을 수 있게 된 것 같았다.

비연은 망설임 없이 손을 내밀었다. 군구신이 그녀를 가마에서 내리더니, 모두가 보는 앞에서 그녀를 안아 들고 패기 있는 걸음걸이로 안으로 걸어 들어가기 시작했다. 주변에서 지켜보던 이들이 모두 떠들썩하게 외치는 가운데 연주가 다시 시작되었다.

매파 역할을 맡은 조 할멈은 준비한 대사를 채 하지도 못하고, 멀어져 가는 군구신의 뒷모습을 바라보며 감동한 표정으로 중얼거렸다.

"아이참, 이제 다 왔는데 뭘 저리 서두르신담?"

그러나 군구신은 이 중요한 순간에 서두르고 있는 것이 아니었다. 그저 비연을 안은 채 문안으로 들어가고 싶었을 뿐이었다.

군구신은 본당大堂 문 앞에 도착한 다음에야 비연을 내려놓았다. 그들은 이번에는 제왕 가문의 예의범절이 아니라 보통 사람들의 예의범절을 따르고 있었다. 신부를 맞이해 데려왔으니, 이제 웃어른에게 인사를 올려야 했다.

본당 안에는 이미 고북월과 진민이 자리에 앉아 그들을 기다리고 있었다…….

마침내 예를 끝냈다

고북월과 진민은 미소를 띤 채 상석에 앉아 있었다.

이 시끌벅적한 본당은 혼인을 축하하기 위해 상석 뒤로는 둥글고 밝은 달을 그려 넣고, 그 외에도 화려하게 핀 모란이며 등불, 비단 띠 등으로 가득 채워져 있었다. 크게는 본당의 전체적인 장식부터 작게는 탁자 위의 작은 찻잔 하나까지, 모두 진민이 직접 배치한 것이었다.

진민은 붉은 옷을 입고 머리를 한옆으로 틀어 올리고 있었다. 입은 옷이며 머리 장식은 소박했지만 모두 경사스러운 일을 축하하듯 선명한 빛이었고, 단정하면서도 분위기에 잘 어울렸다.

고북월도 평소와는 달리 흰옷을 입지 않고 검은 옷을 입고 있었는데, 옷깃이며 소매에는 붉은 장식이 있었다. 이 옷 역시 진민이 직접 그의 몸에 맞게 지어 준 것이었다. 두 사람은 이 시끌벅적한 가운데서도 어딘가 고요해 보이는 것이, 마치 시간조차 이 모습 안에 아름답게 멈춰 버린 것 같았다.

고북월 곁에는 고칠소와 헌원예가 있었다. 이 두 사람은 신부의 가족이라는 신분으로 군구신에게 장난을 친 다음, 밤낮을 가리지 않고 달려와 이제 친우의 신분으로 예식을 지켜볼 예정이었다.

진민 곁에는 차례대로 영승, 상관 부인, 소소옥이 앉아 있었다. 그들 또한 이 즐거운 자리를 놓칠 수 없었다.

문밖에서 음악 소리가 점차 가까워지더니 곧 택아와 명신이 뛰어 들어왔다. 두 아이 모두 기쁘게 소리쳤다.

"신부가 왔어요! 신부가 왔다고요!"

모두 그 모습을 보고 큰 소리로 웃었다. 명신은 재빨리 고북월에게로, 택아는 진민에게로 달려가 기대에 가득 차 기다리기 시작했다.

얼마 지나지 않아 음악 소리가 문 앞에 도착했다. 신부가 정말로 도착한 것이다.

군구신은 비연을 내려놓은 후 습관적으로 그녀의 손을 잡고 대전 안으로 들어가려 했다. 그러자 조 할멈이 막아섰다. 그녀는 군구신의 몸에 걸쳐진 붉은 비단을 풀어 신랑 신부에게 각각 그 양 끝을 잡게 한 다음 속삭였다.

"주인님, 공주님은 곧 주인님의 아내가 되실 터이니 너무 급하게 굴지 마셔요."

그 말에 군구신은 변명하지 않고 조금 민망한 기색만 보였다. 붉은 면사포 아래 비연은 웃음소리를 내지 않기 위해 입술을 깨물었다.

대전 안 사람들은 조 할멈의 말을 듣지 못했지만, 조 할멈이 두 사람의 손에 붉은 비단을 들려 주는 것을 보고 모두 활짝 웃었다.

조 할멈이 비연을 부축하며 큰 소리로 외쳤다.

"신부께서 전당에 드십니다!"

두 사람이 전당에 들어서자 고칠소 일행이 잇달아 몸을 일으켰다. 진민이 환하게 웃으며 저도 모르게 고북월을 바라보았다. 아들과 며느리를 바라보며 미소 짓는 그의 얼굴이 평소와 마찬가지로 보기 좋았을 뿐 아니라, 흔들리는 붉은 촛불 속에서 유난히도 다정하고 아름다워 보였다.

진민과 고북월 사이는 그저 탁자 하나만큼의 거리뿐이었지만, 어쩐지 아주 멀리 있는 것처럼 느껴졌다. 진민은 종종 그런 생각을 하곤 했다. 고북월에게서 느껴지는 소원한 느낌은 그가 일부러 만들어 낸 것이 아니라 천성적으로 타고난 것이 아닐까. 마치 이 속세에 떨어진 희디흰 달빛처럼, 이 풍진 세상에서도 절대 더럽혀지지 않기 위해.

진민은 군구신과 비연이 가까이 온 다음에야 겨우 정신을 차리고 재빨리 그들을 돌아보았다.

군구신과 비연이 고북월과 진민 앞에서 발걸음을 멈췄다. 군구신이 진민을 바라보며 웃자 진민의 눈시울이 젖어 들기 시작했다. 군구신이 돌아온 이후 진민으로서는 처음 보는 아들의 모습인 것이다.

군구신은 물론 그런 모친의 마음을 이해하고도 남았다.

"어머니, 제가 돌아왔습니다. 연아도 데려왔고요."

진민이 눈물을 흘리면서도 미소 지었다.

"그래, 좋구나, 정말 좋아……."

고북월도 잔잔하게 미소 띤 얼굴로 진민을 바라보았다.

그때 사람들이 들어와 혼수가 든 상자를 하나하나 늘어놓기 시작했다. 얼마 지나지 않아 전당은 혼수로 꽉 차고 말았다. 그야말로 10리를 가득 채울 만한 혼수였다!

혼수를 내려놓은 하인들이 물러간 후, 헌원예가 외쳤다.

"하소만, 들어오너라!"

비연은 깜짝 놀랐다. 그녀는 그제야 오라버니가 이곳에 있고, 하소만 역시 왔다는 사실을 알게 되었다.

다른 이들도 놀라서 문을 바라보았다. 예복을 입은 하소만이 두 손으로 건명보검을 받쳐 들고 군구신에게로 걸어오더니 두 무릎을 꿇었다.

"영 주인님, 연 공주님의 이 검과 저 모두 연 공주님의 혼수이옵니다. 저희 백리 군부는 오늘 이후로 연 공주님과 영 주인님께 충성을 바치기를 바라옵니다!"

이 말을 들은 순간 항상 담담하던 고북월조차 놀란 눈빛을 보냈다. 건명보검을 되돌려 받으리라는 것까지는 예상하던 바였지만, 백리 군부를 내리다니! 이는 정말로 고북월조차 예상하지 못한 바였다.

지금 백리 인어족은 두 대륙 사이의 물길을 장악하고 있으니, 그 능력은 결코 평범한 것이 아니었다. 비연과 군구신도 깜짝 놀라며 그저 감사할 뿐이었다.

군구신이 두 손으로 건명보검을 받아 들더니, 직접 하소만을 일으켜 세웠다. 그리고 비연과 함께 남쪽을 향해 절을 올리며 감격한 마음을 드러냈다.

곧 길시였다. 조 할멈이 서둘러 외쳤다.

"길시이옵니다. 새신랑과 새 신부께서는 절을 올리셔야 합니다!"

조 할멈이 비연을 부축해 군구신과 함께 몸을 돌리게 한 후 큰 소리로 외쳤다.

"천지에 일 배! 오늘의 기쁨이 하늘과 땅처럼 영원할 것입니다!"

군구신과 비연이 천지에 절을 올린 후, 다시 몸을 돌려 고북월과 진민을 바라보았다. 조 할멈이 다시 외쳤다.

"웃어른께 절을 올리십시오! 온 집안이 화목하고 안락할 것입니다!"

고북월과 진민이 기쁨에 가득해 연신 고개를 끄덕였다.

이제 군구신이 몸을 돌려 비연을 마주 보았고, 조 할멈도 비연을 부축해 군구신을 바라보게 했다.

"서로에게 절을 올리십시오! 다복하게 백년해로하실 것입니다!"

군구신은 일부러 비연보다 낮게 허리를 굽혔다. 비연은 알지 못했지만, 모두가 그 모습을 지켜보았다. 군구신의 이런 행동은 바로 이 혼사를 마음 깊이 바라고 있다는 의미였다.

비연은 그보다 허리를 낮추지는 않았지만 오래도록 몸을 일으키지 않았다. 군구신이 먼저 몸을 일으키기를 기다리고 있는 것처럼 보였다. 비연의 이런 행동 역시 이 혼사를 마음 깊이 바라고 있다는 의미가 아닐 수 없었다.

비연이 일어나지 않으니 군구신도 일어나지 않았다. 연아는 상황을 깨닫지 못하고, 몰래 붉은 비단을 잡아당겨 군구신에게 일어나라 재촉했다. 그러나 군구신 역시 몰래 비단을 잡아당기며 그녀에게 일어나라 재촉했다.

모두가 희희낙락 지켜보는 가운데 조 할멈이 큰 소리로 외쳤다.

"예가 끝났습니다!"

이 말을 들은 순간 비연과 군구신은 감개무량하여 더 다투지 않고, 약속이나 한 듯 몸을 일으켰다.

이때 조 할멈이 다시 외쳤다.

"신방에 드시겠습니다!"

주변의 모두가 잇달아 축하의 말을 건넸다. 비연은 그제야 칠 숙부며 승 숙부 일행이 왔다는 사실을 알게 되었다.

신방에 든 군구신과 비연은 여전히 붉은 비단을 잡은 채 침상에 어깨를 나란히 하고 앉았다. 조 할멈이 웃는 얼굴로 군구신에게 말했다.

"축하연에 신랑이 없어서는 안 될 말이지요. 주인님, 안심하고 가 보십시오. 이 늙은이가 공주님을 모시고 있겠습니다."

저택에는 손님이 적지 않았다. 하물며 멀리서 온 손님도 있으니, 군구신은 신랑 된 도리로 나가서 대접하지 않을 수 없었다.

군구신이 고개를 끄덕이며 신방을 나서려다가 비연의 손을 잡고 속삭였다.

"잘 쉬고 있어. 곧 돌아올 테니까."

그가 손을 놓았으나 비연이 다시 그의 손을 잡아끌며 속삭였다.

"우리 오라버니랑 다른 사람들 모두 술이라면 일가견이 있으니까…… 조심하도록 해. 취하지 않도록 말이야!"

군구신은 잠시 멈칫했으나, 곧 웃으며 진지하게 맹세했다.

"응, 오늘 밤은 절대로 취하지 않겠어!"

비연은 그제야 그의 손을 놓아주었다.

군구신이 신방을 나가자, 조 할멈이 의심스러운 눈빛으로 비연을 바라보았다. 아무래도 비연이 방금 했던 말을 되새기는 듯한 표정이었다.

비연은 군구신이 밤에나 돌아오리라는 생각에 재빨리 면사포를 벗었고, 그제야 조 할멈이 자신을 바라보고 있다는 것을 알게 되었다.

비연은 조금 난처한 기분이 들어 물어보았다.

"조 할멈, 왜 그러는 거야?"

조 할멈은 몇 번이고 '아닙니다.'라고 대답하더니, 중얼거리기 시작했다.

"사실, 취해서 오신다 해도 큰 문제는 아니지요."

재촉당하는 신랑

비연은 조 할멈이 중얼거리는 것을 들었으나 무슨 뜻인지 도무지 알 수 없었다.

"조 할멈, 뭐라고 한 거야?"

조 할멈이 웃는 얼굴로 비연의 봉황관을 벗겨 주며 말했다.

"연 공주님, 일단 좀 쉬셔요. 드실 만한 것을 좀 가져오겠습니다. 배를 채우시고 나서, 우리 수업을 시작하지요."

수업?

비연이 의심스럽게 바라보는 가운데, 조 할멈은 이미 문밖으로 나가 버렸다.

정오 무렵, 군씨 저택은 안팎으로 시끌벅적했다. 누가 먼저 군구신의 예물이며 비연의 부황이 보낸 혼수에 관해 이야기하기 시작했는지는 알 수 없었지만, 곧 그와 관련된 이야기가 진양성 전체에 퍼졌다. 앞으로 그 누구도 이 예물이며 혼수를 뛰어넘지 못할 거라는 이야기를 주고받았다.

저택 안에서는 축하연이 시작되었다. 본당 안 거대한 탁자의 상석에 손위 처남이 되는 헌원예와 의부 고칠소가 앉아 있었고, 그 후 차례대로 고북월, 진민, 군구신, 영승, 상관 부인, 소소옥, 하소만과 두 꼬마가 앉았다.

고북월은 평소 술을 즐기지 않는 편이었지만 오늘은 기분이 좋아 고칠소, 영승과 함께 몇 잔이나 마셨다. 흥이 오른 영승이 군구신과 다시 술을 겨루려 했다. 진민은 말리고 싶었지만 그럴 분위기가 아니라 망설이고 있었는데, 다행히도 상관 부인이 먼저 나섰다.

영승은 평소에는 그리 흥분하는 사람이 아니었지만, 오늘만은 군구신을 놓아주려 하지 않았다. 그는 상관 부인이 제지하는 것도 아랑곳하지 않고, 군구신을 향해 잔을 들어 보이며 말했다.

"오늘 이리 기쁜데, 한 번 더 겨뤄야지! 그러지 않으면 승 숙부는 이 자리를 떠나지 않겠다!"

결국 소소옥이 참지 못하고 끼어들었다.

"영승, 며칠 후면 당신 조카딸의 혼례가 있잖아요. 그때 영원만 보내면 된다고 생각하지 말아요. 게다가 흑삼림에서도 청첩장이 왔다는 걸 잊으면 안 되죠! 전아가, 우리 모두 오지 않으면 자기 가문의 체면을 생각하지 않는 것으로 알겠다고 했단 말이에요!"

지금 소소옥은 상관 부인을 돕고 있는 것이 아니라 바로 제 주인님의 부군을 돕고 있었다!

영승이 말했다.

"괜찮아. 나는 취하지 않을 테니까!"

그때 고칠소가 큰 소리로 웃으며 말했다.

"영승, 영자에게 오늘 밤은 천금보다 귀한 시간이지 않나. 그만 영자를 놓아주게. 만약 술을 겨루고 싶다면……."

여기까지 이야기한 고칠소가 더욱 큰 소리로 웃기 시작했다. 사람들은 그가 영승과 술을 겨루려 한다고 생각했다. 그러나 이게 웬일인가, 그의 입에서 나온 말은 뜻밖이었다.

"예아가 대신 겨루면 되겠지!"

이들 중 얼마나 알아챘는지는 알 수 없으나, 어쨌든 계속 말이 없던 고북월과 이 이상한 생각을 입 밖에 낸 고칠소는 진작부터 눈치채고 있었다. 영승은 분명 일부러 고집을 부리고 있었지만, 그 대상은 사실 군구신이 아니었다. 그는 예아의 주량을 시험하고 싶었다. 그래서 예아가 나서도록 핍박 중이었다.

사실 헌원예 역시 자신이 나서야겠다고 생각하던 참이었다. 그는 고칠소의 말이 끝나자마자 몸을 일으켜 술을 따른 다음, 한마디 말도 없이 영승 앞에서 석 잔을 비웠다.

"승 숙부, 제가 손위 처남으로서 영자를 대신해 마시도록 하겠습니다. 어떻게 겨루실지, 말씀만 하시지요!"

영승이 기다리던 말이 바로 이것이었다. 그가 큰 소리로 웃으며 외쳤다.

"바로 너로구나!"

곧 술 항아리가 탁자 위에 두 줄로 주르륵 늘어섰다. 모두 구경하려고 몸을 일으켰으나, 택아와 명신은 여전히 자리에 앉아 닭발을 뜯고 있었다.

헌원예와 영승이 곧 대결을 시작했고, 수많은 이들이 둘러싸고 구경했다. 본래 시끌벅적하던 연회가 더욱 흥성거렸고, 결국 승부는 중요하지 않게 되어 버렸다. 여하튼 모두가 즐거우면 다 좋은 법이니까.

헌원예와 영승 모두 취하지 않고 호적수를 이루었다. 연회가 파한 후에도 그들 모두 흥이 가라앉지 않은 상태였다. 진민이 미리 준비해 둔 다실로 모두를 안내해 차를 대접했다. 모두 취기를 가라앉히기 위해 차를 마시며 한담을 나눴다.

비연과 군구신의 혼례가 아니라면 이들 모두가 모이는 것은 결코 쉬운 일이 아니었다. 사람들 모두 영승과 상관 부인에게 어디로 갈 것인지 물었으나 두 사람은 웃기만 할 뿐 대답하지 않았다.

사람들이 다시 영원의 혼사에 관해 묻자 두 사람은 그저 인연을 따를 뿐이라고 답했다. 그리고 당연하게도, 혼사 이야기가 나오자 고칠소가 헌원예를 재촉하기 시작했다.

헌원예는 이미 몇 번이나 재촉당한 듯, 군구신을 핑계로 먼저 자리를 빠져나가려 했다. 그러나 고칠소가 헌원예를 잡아 앉히고, 군구신은 문밖으로 떠밀었다.

"신랑은 이제 신부에게로 가야지."

군구신은 울 수도 웃을 수도 없는 기분이었다. 연아 곁으로 가고 싶기도 했지만, 또 모두와 이야기를 나누고 싶은 마음도 굴뚝같았다. 예의범절 문제만 아니라면 당장 연아를 이곳으로 데려오고도 싶었다. 어쨌든 이 자리에 모인 모두가 오늘 밤에 당정과 전다다의 혼례에 가기 위해 길을 떠나야 했으니까.

헌원예도 울 수도 웃을 수도 없다는 표정으로 자리에 앉았다. 하지만 고칠소가 입을 열려는 순간, 재빨리 선수를 쳤다.

"의부, 언제 저와 연아에게 의모를 만들어 주실 겁니까? 모두 칠 숙모를 기다리고 있다고요."

그러자 고칠소가 큰 소리로 웃으며 대답했다.

"아직 찾는 중이라고! 모두 미인을 만나면 꼭 나에게 소개해 주어야 해!"

그러나 이 말을 믿는 사람은 아무도 없었다. 고칠소는 재빨리 화제를 바꿔, 아직도 머뭇거리고 있는 군구신을 재촉했다.

"너 이 녀석, 아직 안 가고 뭐 하는 게냐? 어서 가서 면사포를 벗기고, 제대로 된 사람을 데려왔는지 봐야 하지 않겠어?"

헌원예도 이 이상 혼사 이야기는 하고 싶지 않았기에 군구신을 재촉했다.

"연아는 답답한 것을 싫어하니, 계속 이대로 내버려 두면 튀쳐나올지도 몰라!"

상관 부인도 웃으며 말했다.

"내가 보기에, 신랑이 몸은 여기 있어도 마음은 이미 연아 곁에 가 있는걸, 뭐."

소소옥이 갑자기 한마디 덧붙였다.

"영 주인님, 당장 가시지 않으면 조 할멈이 연 공주님께 이상한 것을 가르칠지도 모릅니다!"

그 말이 끝나는 순간 모든 이들이 조용해졌다. 옆에서 닭발을 뜯던 두 까까머리도 분위기를 눈치채고, 의아한 표정으로 동시에 고개를 들었다.

군구신은 소소옥에게 대체 뭐라 대답해야 할지 알 수 없었다. 다행히도 고요한 가운데 진민이 가장 먼저 정신을 차리고 피식 웃었고, 곧 다른 이들도 웃기 시작했다.

그때 고북월이 몸을 일으키더니 군구신에게 말했다.

"모두 가족이나 마찬가지인 사람들이니, 굳이 이곳에 있을 필요 없다. 어서 신부에게 가거라!"

군구신은 그제야 고개를 끄덕인 후, 모두에게 두 손 모아 읍하며 작별을 고했다. 그리고 마지막으로 헌원예에게, 그와 비연이 당정과 전다다에게 보내는 축복과 예물을 전달해 달라고 부탁한 후 다실을 나왔다.

고개를 들어 보니 이미 한밤중이었다. 연아가 조급해하고 있겠다는 생각에 군구신은 재빨리 신방으로 발걸음을 옮겼다.

신방 안에 밝혀 놓은 붉은 초에서 기쁜 빛이 넘실거리고 있었다. 비연은 전혀 졸리거나 피곤하지 않았다. 바로 조 할멈이 제목이 없는 검은 책을 보여 주며 그녀에게 가르침을 내리고 있었기 때문이다!

마침내 문 두드리는 소리가 들렸다. 비연은 긴장한 나머지 손에 들고 있던 책을 떨어뜨렸다. 조 할멈이 재빨리 책을 주워 들더니 위로하듯 말했다.

"당황하지 마세요. 모두 한 번은 겪는 일이니까요."

그러고는 검은 책을 베개 아래 밀어 넣고, 재빨리 비연에게 봉황관과 면사포를 씌운 후 문을 열었다.

군구신은 침상에 앉아 있는 비연을 보고 자신도 모르게 웃고 말았다. 그는 비연이 이렇게 조용히 앉아 있었다는 것을 도저히 믿을 수 없었다. 그러나 그 점을 지적하지 않고 그녀 곁에 앉았다.

조 할멈이 축복의 말을 외우고, 붉은 저울을 건네며 말했다.[1]

"신랑께서는 면사포를 벗기시지요!"

군구신은 저울을 받아 들었으나, 바로 면사포를 벗기지 않고 말했다.

"조 할멈, 종일 고생했으니 이만 가서 쉬어도 좋다. 이제부터 시중은 필요 없을 듯하니."

그러나 조 할멈은 자신이 하기로 마음먹은 일은 꼭 끝내는 사람이었다. 그녀는 무릎을 꿇더니, 비연과 군구신의 옷자락을 묶은 다음 축복의 말을 한참 외운 후에야 웃으며 말했다.

"오늘 밤은 천금만큼 귀한 밤이지요. 이 늙은이가 이 이상 방해하지 않겠습니다!"

조 할멈이 물러가자 군구신은 직접 문을 잠그고 천천히 비연 곁으로 돌아왔다. 그는 저울을 사용하지 않고, 대신 두 손으로 조심스럽게 비연의 면사포를 들어 올렸다⋯⋯.

---

1 고대 중국에서는 신랑이 붉은 저울을 사용해 신부가 쓴 붉은 면사포를 벗겨 주는 풍속이 있었다.

호칭을 바꾸는 값

붉은 면사포가 천천히 올라가며 비연의 작은 얼굴이 점차 드러나기 시작했다.

오늘 밤 그녀는 지난번 혼례 의상을 입었을 때보다 훨씬 더 아름다워 보였다. 그야말로 빼어난 외모가 고금에 둘도 없고, 연꽃조차 그 옥 같은 얼굴 앞에서는 부끄러워할 듯했다. 특히 봉황을 닮은 두 눈에 붉은 촛불 빛이 비치니 마치 봄 물결을 머금은 듯 아름다웠다.

청초한 가운데 요염함이 어려 있고 또 요염한 가운데 여릿한 느낌이 있으니, 그 누구라도 비연과 눈을 한번 맞춘다면 무쇠 같은 마음이라도 녹아 유순해질 수밖에 없을 터였다.

안 그래도 환희에 차 있던 군구신이었다. 눈앞의 이 아리따운 아내를 보니 그야말로 그 기쁜 마음을 이루 말할 수가 없었다. 웃음기를 머금은 그의 눈동자도 저도 모르는 사이에 부드러워졌다. 그는 넋을 잃은 듯 한참 동안 움직이지 못하고 있었다.

비연은 처음에는 그런 그의 모습을 눈치채지 못했지만, 곧 군구신의 눈빛을 발견하고는 그만 피식 웃고 말았다. 그리고 장난을 치듯 혹은 애교를 부리듯 속삭였다.

"뭘 보고 있는 거야? 날 본 적이 없는 것도 아니면서."

군구신 역시 웃기 시작했다. 그는 부끄러운 마음에 그녀의 시선을 피했으나, 곧 다시 고개를 돌려 그녀를 바라보며 솔직하게 대답했다.

"다른걸."

"뭐가 다른데?"

비연의 물음에 군구신은 웃으며 한참 동안 대답하지 않았다. 그러자 비연이 추궁하듯 물었다.

"왜 웃는 거야? 응? 뭐가 다른 건데, 응?"

군구신은 여전히 아무 말도 하지 않았다.

비연은 마음이 급해 그를 잡아당기며 재촉했다.

"말해 주지 않을 거야? 응?"

군구신은 웃는 얼굴로 살짝 그녀를 피했지만, 결국은 비연의 손을 잡아 자신의 목을 안게 한 다음 대답했다.

"어른이 되었어."

겨우 두 달 보지 못한 사이에 비연은 예뻐졌을 뿐 아니라, 도저히 무시할 수 없는 여성스러운 느낌을 풍기기 시작했다. 그녀는 어른이 되었고, 여자로서 피어나고 있었다.

그러나 비연이 군구신의 이런 뜻을 이해할 리 만무했다.

"그럼, 예전에는 계속 내가 어린애라 생각했던 거야?"

군구신이 소리 내어 웃기 시작했다.

"설마, 그럴 리가!"

비연이 다시 물었다.

"그럼 무슨 뜻이야, 대체?"

군구신이 살며시 그녀의 턱을 치키며 대답했다.

"지금의 너를 보면 물고기도 수영하는 것을 잊고 물에 빠질 거야. 하늘의 기러기도 너를 보면 날갯짓하는 것을 잊고 그대로 땅에 내려앉겠지. 꽃도 네 앞에서는 부끄러워할 거고, 달도 네 앞에서는 빛을 잃고 구름 뒤로 숨어 버릴 거다. 나의 연 공주님이 어른이 되었으니."

이건…… 칭찬이잖아!

비연은 조금 민망한 기분이 들었지만, 여전히 화가 난 척 계속 물었다.

"그럼, 예전에는 내가 예쁘지 않다고 생각했던 거야?"

군구신은 물론 그녀가 장난을 치고 있다는 것을 눈치채고, 큰 소리로 웃으며 대답했다.

"예쁘지 않았어도 나는 좋아했는걸."

이 말을 들은 비연이 정말로 화가 나서 그를 노려보았다. 그러나 군구신은 여전히 웃는 얼굴로, 사랑스럽다는 듯 그녀의 코를 살짝 문질렀다.

"농담이야, 농담."

비연의 눈에는 여전히 애교 섞인 분노가 가득했고, 군구신의 눈에는 웃음기가 가득했다. 그리고 점차 그녀가 그를 노려보는 것인지, 아니면 그가 그녀를 바라보는 것인지 구분할 수 없게 되어 버렸다.

두 사람은 조용히 이렇게 서로를 바라보고 또 한참을 바라보았다. 결국에는 화를 내던 비연이 부끄러워 얼굴을 붉혔고, 웃고 있던 군구신은 다정한 눈빛이 되었다. 두 사람 사이의 조용한 공기가 어딘가 어색해지기 시작했다.

군구신이 부드러운 목소리로 물었다.

"너무 오래 기다렸지. 피곤하지 않아?"

비연이 순순히 대답했다.

"괜찮아."

그가 다시 물었다.

"좀 쉬었어?"

그녀는 다시 순순히 '아니'라고 대답하려다가 바로 말을 바꿨다.

"응, 으응!"

그 부자연스러운 모습을 군구신이 알아채지 못할 리 없었다.

"대체 쉬었다는 거야, 쉬지 못했다는 거야?"

비연이 단호하게 대답했다.

"쉬었어. 한참 잤는걸. 당신이 왔을 때야 겨우 깼고 말이야."

사실 비연은 한숨도 자지 않았다. 좀 쉬는가 싶었으나 곧 조할멈에게 붙잡혀 공부를 해야 했기 때문이었다. 그리고 그 공부의 내용은…… 그녀처럼 잠 많은 사람도 정신이 번쩍 들 내용이었으니, 비연이 지금 켕기지 않을 수 없었다.

군구신은 뜻밖에도 더 묻지 않고, 그녀를 바라보며 잔잔하게 미소 지었다. 그러나 그의 그 미소에는 어딘가 나쁜, 그리고 어딘가 어색한 구석이 있었다.

군구신이 더욱 다정한 목소리로 물었다.

"그럼 계속 자고 싶어?"

한밤중인데, 자지 않으면 뭘 하려고?

그는 그녀가 어떻게 대답하기를 바라는 걸까? 군구신이 어쩐지 나쁜 사람이 된 듯했다. 아니면 원래 이렇게 나쁜데……그녀가 그동안 그 사실을 알 기회가 없었던 걸까?

비연은 부끄럽기도 하고 화가 나기도 해서, 저도 모르는 사이에 귓불까지 붉히고 있었다. 그녀는 무의식적으로 그의 시선을 피하며, 일부러 아무것도 모르는 척 말했다.

"시간이 많이 늦었는걸. 당연히 자야지."

말을 마친 그녀는 재빨리 그를 놓아주고는 봉황관이며 겉옷을 벗고 침상 위로 올라갔다. 그리고 그를 등진 채 옆으로 누운 다음 한마디 덧붙였다.

"당신도 얼른 자도록 해."

내팽개쳐진 군구신은 울 수도 웃을 수도 없는 기분이 되었다. 그는 몸을 일으켜 침실 안 붉은 촛불을 하나씩 끄고, 방 중앙에 있는 등잔 하나만 남겨 두었다.

비연도 주변이 어두워지는 것을 느낄 수 있었다. 분명 자겠다고 말했건만, 그녀의 심장이 저절로 빠르게 뛰기 시작했다. 숨기려고 해도 숨길 수 있는 일이 아니었다.

군구신은 침착하게 겉옷을 벗고 허리띠를 푼 다음 휘장을 내렸다. 그리고 비연의 등을 바라보며 누웠다. 그의 입가에 어려 있던 장난기 서린 웃음은 이미 사라진 다음이었다. 그는 진지하고도 다정한 목소리로 속삭였다.

"부인……."

비연은 그가 갑자기 이렇게 자신을 부르리라고는 생각지 못하던 차였다. 처음 느껴 보는 미묘한 느낌이 그녀의 가슴에서 천천히 퍼져 나가고 있었다. 그녀는 이제 그렇게까지 긴장하지는 않았다. 오히려 이유 모를 안도감이며 편안함을 느끼고 있었다.

그녀는 대답하지 않았지만 입가에는 소리 없이 미소가 떠올랐다. 마침내 이날이 왔구나! 영 오라버니가 그녀를 부인이라 부르는 날이! 그녀는 마침내 그의 부인이 되었다!

그는 그녀의 대답을 바란다기보다는 그저 그녀를 부르는 것만으로도 기쁜 모양이었다. 그가 다시 한번 속삭였다.

"부인……."

비연은 여전히 대답하지 않았지만 입매는 점점 더 환하게 미소 짓고 있었다. 그녀는 그가 다시 한번 불러 주기를 기다렸지만, 그는 그 후로 한참 동안 아무 말도 하지 않았다.

비연이 답답한 나머지 뒤를 돌아볼까 고민하고 있을 때, 그가 갑자기 그녀를 끌어안더니 천천히 품에 안았다. 그리고 다시 한번 그녀를 불렀다.

"부인……."

그의 목소리는 나지막했고, 조금 쉬어 있기도 했다. 방금과는 완전히 다른 목소리였다.

그녀가 대답하려는 순간, 그의 입술이 그녀의 귓불에 떨어지더니 순식간에 그녀의 가장 예민한 부분을 건드렸다. 그녀는 저도 모르게 차가운 숨을 들이마셨다.

그는 그녀의 귀를 따라 입술을 움직였다. 그녀가 그에게로 몸을 돌리자 그가 천천히 그녀의 위로 올라왔다. 그는 여전히 그녀에게 입을 맞추고 있었다. 마침내 그의 입술이 그녀의 심장이 있는 곳에 도착했을 때, 그녀는 살짝 아찔한 기분이 들어 결국 참지 못하고 중얼거렸다.

　"영 오라버니⋯⋯."

　그가 고개를 들더니 두 손으로 그녀의 양옆을 짚었다. 군구신은 비연의 달아오른 얼굴을 보며 웃는 얼굴로 물었다.

　"아직도 호칭을 바꾸지 않은 거야?"

　그녀는 그제야 그를 영 오라버니라고 불렀다는 사실을 알아차리고, 반쯤은 부끄러운 듯 반쯤은 애교 부리듯 물었다.

　"호칭을 바꾸는 값을 치러야 한다면?"

　군구신이 웃으며 일부러 생각에 잠긴 척하더니 진지하게 물었다.

　"나를 준다면, 그것으로 계산이 될까?"

　그녀는 순간적으로 어떻게 반응해야 좋을지 몰라 망설였다. 그러자 그가 몸을 낮추며 다정하게 속삭였다.

　"내가 나를 너에게 준다면⋯⋯ 어때?"

　그녀는 그의 뜨거운 숨결을 느낄 수 있었다. 그녀는 달아오른 얼굴로도 담담한 척하며 말했다.

　"당신은 전부 이미 내 것인걸. 그걸로는 계산이 안 되지."

　그는 말없이 눈썹을 치켜세우고 그녀를 응시했다. 비연은 처음에는 담담하게 그를 마주 보았지만, 점차 어쩐지 민망해지기 시작했다. 그녀는 결국 참지 못하고 그를 밀어내며 노려보았다.

그러나 군구신이 갑자기 그녀의 오른손을 잡아 그녀의 머리로 올리더니, 마치 그녀의 귀를 깨물기라도 할 듯 가까이에서 속삭였다.

"바보, 오늘 밤이 지나야 내가 네 것이 되는 거야."

비연은 물론 그 말의 의미를 알고 있었기에 저도 모르게 굳어 버렸다. 그러나 곧 지지 않겠다는 듯 외쳤다.

"깍쟁이! 억지 부리기는!"

군구신이 일부러 엄숙하게 말했다.

"또 그런 말을 하기만 해 봐!"

그러나 세상 모든 이들이 그를 두려워한다 해도 그녀만은 그가 무섭지 않았다. 비연은 더욱 큰 소리로 외쳤다.

"깍쟁이! 억지……."

그녀의 말이 끝나기도 전에 그가 패기 있게 그녀의 허리띠를 풀기 시작했다. 순간 멈칫한 그녀는 곧 겁에 질려 그를 밀어냈다.

군구신이 일부러 도전하듯 말했다.

"그런 말을 또 할 거야?"

비연은 한참 동안 우물거리다가 결국은 이렇게 중얼거리고 말았다.

"당신 몸에서 술 냄새가 나. 숨이 막힐 지경이야!"

군구신은 정말 울 수도 웃을 수도 없는 기분이었지만, 그래도 그녀의 뜻에 따르기로 했다. 자신의 냄새를 맡아 본 후, 그럴 법도 하다는 듯 고개를 끄덕였다.

"확실히 술 냄새가 나네. 가자. 내 목욕 시중을 들어 줘!"

그리고 비연에게 자신의 목욕 시중을 들어 줄 것인지 아닌지 묻지도 않고, 그녀를 안아 든 채 성큼성큼 침전 오른쪽의 온천으로 향했다……

다르단 말이야

군구신이 비연을 안은 채 두툼한 휘장을 지나 침전 전실로 간 후, 다시 오른쪽으로 방향을 틀었다. 문을 열고 길지 않은 회랑을 지나자 바로 청환전이 나왔다.

이곳은 사람들 눈에 띄지 않게 숨겨져 있는 전각으로, 전각 중앙에 천연 온천을 개조해 만든 타원형 온천이 있었다.

한겨울인 데다 한밤중이니, 이렇게 휑뎅그렁하게 넓은 전각은 추운 게 당연했다. 그러나 온천의 열기 때문인지 이 전각 안은 몹시 따뜻했다. 온천 탕 주변으로 수증기가 모락모락 피어올라 한층 더 따뜻한 기운이 감돌았다.

비연은 추위를 많이 타는지라 계속 군구신의 품 안에 웅크린 채 작은 손으로 그의 목을 끌어안고 있었다. 그러나 군구신이 온천 가까이 다가가자 그녀도 따뜻함을 느끼고 돌아보았다.

이 침전 안에 이렇게 좋은 곳이 숨겨져 있었다니!

온천은 따뜻할 뿐 아니라 희미하게 약초 향기도 피어오르고 있었다.

비연은 참지 못하고 심호흡을 한 후, 재빨리 군구신의 손에서 벗어나 온천 안으로 들어갔다. 온천 중앙까지 헤엄쳐 가니 더더욱 따뜻했다.

군구신도 물속으로 들어오더니 나른하게 탕에 기대어 앉았다. 그는 살짝 눈썹을 치켜올린 채 그녀를 기다리기 시작했다. 그녀에 대해서라면 그는 언제나 인내심을 발휘할 수 있었다.

그러나 비연은 그런 그를 돌아보더니 장난스러운 표정으로 물을 뿌리기 시작했다. 군구신은 마침내 그녀가 오늘이 무슨 날인지 잊은 것은 아닐까 의심하기 시작했다.

그는 물보라를 피하며 비연에게 다가갔다. 그녀가 점점 더 세게 물을 뿌렸으나 그는 여전히 반응하지 않았다.

뜨거운 물보라 속에서 그는 그녀의 손을 잡아끌었다. 그러나 이게 웬일일까. 그녀는 그럴 줄 알았다는 듯 바로 그의 손에서 벗어나 도망치기 시작했다.

이제는 군구신도 즐거워졌다. 바로 그녀를 쫓아갔고, 비연은 또 도망쳤다. 두 사람은 그렇게 온천 탕 속에서 추격전을 벌였다.

비연은 군구신에게 잡히는 순간 바로 몸부림쳐 피했고, 그는 그런 그녀를 봐주는 중이었다. 그렇지 않았다면 그녀가 그에게서 도망칠 수 있을 리 만무했다.

마침내 비연이 온천 탕 가장자리에 닿아 방향을 바꾸려 했을 때, 그가 갑자기 그녀의 등 뒤에 나타났다. 그녀는 순식간에 그의 품 안으로 쓰러졌고, 그는 그녀의 허리를 감싸 안았다.

비연은 여전히 웃으며 몸부림을 쳤다. 그러나 이번에는 그에게서 벗어날 수 없었다.

비연이 웃으며 외쳤다.

"놓아줘! 놓아 달란 말이야!"

평소의 그라면 웃으면서 놓아줬을 것이다. 그러나 지금은 그녀를 놓지 않은 채 진지한, 아니 심지어 조금은 엄숙하게까지 보이는 표정으로 그녀를 바라보고 있었다.

그녀도 그의 검은 눈을 마주 보고는 그만 입을 다물고 말았다. 그의 눈빛은 이제 욕망을 숨기지 못한 채 깊어져 가고 있었다.

그녀는 그의 진지한 모습을 수없이 많이 보아 왔다. 그러나 이런 눈빛은 처음이었다. 지금의 그는 마치 패기 넘치는 사냥꾼 같았다. 그리고 그녀는 이제 그에게 잡힐 운명의 사냥감이었다.

비연은 문득 깨달았다. 도망칠 수 없다. 이 이상은 도망칠 수 없다.

그녀는 살짝 겁에 질려 자신도 모르게 입술을 깨물었다. 그러나 그녀의 이러한 모습은 또 너무나 매혹적이어서 군구신은 냉정함을 잃고 말았다. 그는 그녀의 허리를 놓아주고, 두 손으로 온천 탕의 벽을 짚어 그녀를 자신과 벽 사이에 가두었다.

그가 몸을 숙여 오자 그녀는 저도 모르게 몸을 뒤로 뺐고, 결국은 벽에 기대게 되었다. 그의 타오르는 시선이 점차 아래로 내려가고 있었다. 흠뻑 젖은 옷 아래로 그녀의 아름다움이 보일 듯 말 듯 비쳐 보였다.

군구신의 자제력은 마침내 무너졌다.

그는 그녀의 아름다움에 입을 맞추기 시작했다. 그녀가 놀라 소리칠 때까지.

다르다.

그녀가 보았던, 조 할멈이 그녀에게 가르쳐 주었던 것과는 전혀 달랐다.

군구신이 물속에서 그녀를 원했다. 뜨거운 온천물이 얼마간 그녀의 고통을 줄여 주었다. 그는 다정할 때는 지극히 다정했지만 패기가 필요할 때는 지극한 패기를 보여 주었다. 지금의 그는 그녀에게 옥처럼 온화하던 영 오라버니를 떠올리게 하고, 또한 패기 있고 강력하던 정왕 전하를 떠올리게 했다.

그는 자신을 그녀에게 주겠노라고 했다. 그러나 그녀는 이제 그가 그 자신을 그녀에게 주는 것인지, 아니면 그녀 자신을 그에게 달라고 요구하는 것인지 구분할 수 없게 되었다.

물론 그것을 구분하지 못한다 해도 큰 의미는 없을 것이다. 어쨌든 그들은 온천에서 침상까지, 한 번, 또 한 번 하나가 되어 서로에게서 떨어지지 못했으니까.

날이 점차 밝아 오고 있었다. 신랑과 신부는 밤새도록 즐거움을 누렸고, 손님들도 흥겹게 놀았다.

어찌 된 일인지 영승은 고칠소와 술을 겨루게 되었는데, 고칠소의 주량이 그새 크게 늘어 뜻밖에도 영승이 대취하는 사태가 벌어졌다. 그렇다고 해서 영승이 진 것은 아니었다. 어쨌든 영승은 이미 헌원예와 한바탕 술을 겨룬 뒤였고, 영승이 취한 후 고칠소도 곧 취했기 때문이다.

취하지 않는 사람에 있어 취한다는 것은 가장 큰 기쁨이었다!

고북월과 진민은 그들에게 하루 더 쉬었다 가라고 권했으나 헌원예가 고집을 부렸다. 당정과 정역비의 혼사도 코앞이라 일정을 늦출 수는 없었던 것이다.

상관 부인과 소소옥은 아무 말도 하지 않았지만, 평소에는 잘 보이지 않는 난감한 표정을 서로 지어 보였다. 상관 부인이 직접 영승을 마차에 태웠고, 소소옥은 고칠소를 마차에 태웠다.

날이 밝을 무렵, 헌원예 일행은 고북월과 진민에게 작별을 고한 후 북쪽을 향해 달리기 시작했다.

멀어져 가는 마차를 배웅한 후 고북월이 몸을 돌렸다. 마침 그때 진민도 몸을 돌리다가 그에게 부딪치고 말았다. 진민이 고북월보다 머리 하나는 작았기 때문에 눈을 들어 바라보아야 했다.

고북월 역시 그녀를 바라보며 말했다.

"고생했소. 일단 가서 쉬시오. 남은 일은 내가 처리할 테니까."

망중과 하소만 일행이 있으니 다른 잡다한 일은 그들 두 사람이 굳이 신경 쓸 필요가 없었다. 고북월이 말한 '남은 일'은 바로 며느리가 올리는 차와 관련한 일이었다. 그들로서는 며느리가 시부모를 찾지 못하는 난처한 상황을 만들 수는 없었던 것이다.

진민이 미간을 찌푸리며 그를 노려보았다.

"아들이 부인을 얻었는데, 당신은 아버지가 되어서 아직도 그렇게 바보처럼!"

고북월은 그녀의 말뜻을 이해하지 못해 미간을 찌푸렸다.

진민은 화가 나기도 하고 우습기도 했다. 그녀는 까치발을 해 그의 귓가에 대고 몇 마디 속삭였다.

드디어 진민의 말을 이해한 고북월이 웃으며 말했다.

"그럼 당신은 그 애들을 기다리지 말도록 하시오."

진민이 몇 마디 더 하고 싶은 듯 다시 까치발을 하다가, 그만 고북월 품 안으로 쓰러지고 말았다. 그녀가 재빨리 그의 손을 잡았으나, 동시에 고북월이 그녀의 허리를 잡아 균형을 잡게 도와주었다.

두 사람은 살짝 얼이 빠진 표정으로 서로를 바라보았다. 마침내 먼저 정신을 차린 고북월이 진지하게 말했다.

"쉬는 게 좋을 것 같소."

고북월이 그녀의 허리를 놓아주고 대신 그녀의 손을 잡아끌었다.

"갑시다."

진민도 말없이 그를 따라 걷기 시작했다.

높은 나무 위에 앉아 있던 택아와 명신은 멀어져 가는 고북월과 진민을 바라보며 약속이나 한 듯 하품을 했다.

"염진, 졸려?"

택아의 물음에 명신이 입을 열었다.

"염진은 이미 내가 아니야. 그러니까 너는 지금 너 자신에게 물은 거야."

택아가 입술을 비죽거리며 말했다.

"돌아가면 사부님께 법명을 바꿔 달라고 할 거야."

그러자 명신이 재빨리 합장하며 대꾸했다.

"아미타불, 법명이란 것이 바꾸고 싶다고 바꿀 수 있는 건 줄 알아?"

"그냥 이름 대신 부르는 것일 뿐이잖아. 왜 바꿀 수 없다는 거야?"

명신은 점점 더 진지한 표정이 되었다.

"네가 그렇게 귀찮게 굴면, 부처께서 싫어하실 거야."

택아는 대답할 말이 없었다.

두 아이는 이야기를 나누던 중 졸음이 밀려와 하마터면 나무에서 떨어질 뻔했다.

결국은 두 아이도 함께 방으로 돌아갔다.

해가 떠오르며 겨울 새벽의 추위를 몰아내고 있었다. 진양성의 햇볕은 꽤 따뜻한 편이었지만, 북강의 태양은 온기라고는 전혀 없었다.

백리명천은 가죽 외투를 입은 채 북해안 바위 위에 앉아 있었다. 밤새도록 그 자리에 앉아 있으면서도 추위를 느끼지 못하던 그였으나, 해가 떠오르자 오히려 추운 기분이 들었다.

황금 빛이 자극적으로 그의 눈을 찔러 왔다. 고개를 숙인 그는 이 황금 빛이 자신의 손에 들린 청첩장의 금박 장식에서 반사된 거라는 사실을 깨달았다.

그의 손에 들린 청첩장은 바로 군구신과 비연의 청첩장이었다. 받기는 했되 누가 보냈는지도 알 수 없었다. 그는 바닷가에 앉아 혼례에 참석할까 말까 고민하기 시작했다……. 그리고 지금까지도 고민하고 있었다.

그는 청첩장을 보고 희미하게 웃기 시작했다. 그리고 청첩장을 나비 모양으로 접어 북해를 향해 날려 버렸다.

바로 그날, 북강에 첫눈이 내렸다.

그리고 여전히 밝은 햇살이 내리쬐는 진양성에서는, 비연이 점심 무렵이 되어서야 겨우 일어났다…….

잃었다가 다시 찾은 것

봄밤은 짧고 휘장 안은 따뜻하다.

비연이 천천히 눈을 뜨자 시야에 군구신의 잘생긴 얼굴이 들어왔다. 온화해 보이는 이 잠든 얼굴을 보고 있노라니 어젯밤 그녀의 몸 위에서 격렬하고도 패기 넘치던 그와는 다른 사람 같았다.

그러나 비연의 머릿속에서는 여전히 어젯밤의 그 미친 것만 같았던…… 장면들이 계속 떠올랐고, 이불 아래의 두 사람은 실오라기 하나 걸치고 있지 않았다.

그의 손이 여전히 그녀의 허리를 휘감고 있어, 비연은 차마 움직일 엄두도 내지 못한 채 얼굴을 붉히기 시작했다.

잠시 기다리던 그녀는 그가 깨어나지 않았다는 것을 확인하고는 조심스럽게 손을 뻗었다. 슬며시 손끝으로 그의 입술을 만져 보았다.

그녀는 문득 이 입술조차 흠잡을 데 없이 잘생겼다는 사실을 깨달았다. 그의 입술을 가볍게 누르며 속삭였다.

"일어나지 않을 거야? 나, 차를 올리러 가야 한단 말이야."

그러나 그는 전혀 반응을 보이지 않았고, 심지어 숨소리마저 고르게 내고 있었다.

그녀는 어쩔 수 없이 그의 코를 비틀며 다시 말했다.

"영 오라버니, 일어나."

그제야 그가 그녀의 허리를 놓아주더니 몸을 굴리며 이불을 아래로 끌어 내렸다. 비연은 다급하게 이불을 잡고 가슴을 가렸다. 그러나 그의 유혹적인 가슴은 모두 다 드러났다.

비연은 몰래 그를 흘깃거렸다. 그리고 무슨 생각을 했는지 켕기는 듯한 모습으로, 이불을 끌어 올려 그를 덮어 주었다. 다행히도 그는 아직 깨지 않은 것 같았다.

다시 그에게 다가가 가볍게 그의 얼굴에 바람을 불어 보았다.

"영 오라버니, 해가 벌써 높이 떴어. 일어나야 해! 영 오라버니, 계속 일어나지 않으면 내가 필살기를 쓸 테야."

그는 여전히 움직이지 않았다.

비연은 더욱 가까이 다가가 소곤거렸다.

"해가 세 발이나 떴는데도 신부가 차를 올리러 가지 않는 법이 어디 있어? 나에게 이러지 마."

말을 마친 그녀는 군구신 몸 위로 타고 오르며 한 손으로는 이불을 잡아당기고, 또 다른 한 손으로는 그의 코를 비틀며 소리쳤다.

"일어나지 않으면 내가 물어 버릴 거야!"

군구신도 도저히 웃음을 참을 수 없었다. 입가를 실룩이며 웃음기를 비치고 있었지만, 눈은 여전히 뜨지 않은 채 물었다.

"어떻게 물 건데?"

비연이 대답하지 않고 손을 뻗어 그의 눈꺼풀을 들어 올리려 했다. 그러나 군구신이 갑자기 몸을 굴리더니 비연을 제 몸 아래로 눕혔다! 이불이 다시 아래로 미끄러졌고, 그녀의 아름다운 몸이 그대로 드러났다.

그녀가 당황하여 굳어 있는 동안, 그가 고개를 숙였다. 본래 웃음기를 머금고 있던 그의 눈빛이 순식간에 깊어졌다.

어젯밤에 이미 어떤 여지도 남겨 두지 않고 전부 다 먹혀 버리지 않았던가. 그러나 그의 이런 시선을 받으니…… 그녀는 여전히 부끄러웠다.

비연이 얼굴을 붉히며 몸을 가리려 하자 군구신이 그녀의 손을 밀어내며 나지막하게 말했다.

"움직이지 마, 좀 보게."

좀 보겠다고?

그녀의 얼굴이 마치 불타오르듯 새빨갛게 변했다. 어떻게 저렇게 진지한 목소리로, 저렇게 엄숙한 말투로 저런 말을 한담?

비연이 다시 한번 제 몸을 가리려 했지만 군구신이 그녀의 손을 잡은 채 놔주지 않았다.

"자, 착하지? 움직이지 말고."

그녀가 다급하게 소리쳤다.

"군구신!"

그러나 그는 그녀의 부름에는 답하지 않고 가볍게 그녀의 심장께를 쓸어 보더니, 안타까운 눈빛으로 물었다.

"아직 아파?"

응? 아프냐고?

비연도 고개를 숙였고, 그제야 제 가슴에 검붉은 흔적이 남아 있는 것을 발견했다. 그렇다……. 어젯밤 그가 미친 것처럼 자제력을 잃었고…….

어젯밤의 일을 떠올린 비연의 몸이 천천히 굳어 가고 있었다.

그렇게 서로에게 뒤엉켜서…… 서로를 원하고…….

어젯밤의 일을 기억하는 것만으로도 비연의 호흡이 가빠 오고, 심장이 더더욱 빠르게 뛰었다. 그러나 그의 눈에 담긴 안타까운 기색을 발견하자 갑자기 별로 부끄럽지 않다는 생각이 들었다. 그녀가 살며시 그의 목을 끌어안고 속삭였다.

"아프지 않아. 걱정하지 마."

그가 가볍게 입을 맞추며 속삭였다.

"오늘 밤엔 이렇게 만들지 않을 거야."

오늘 밤? 오늘 밤에 또……?

그녀는 부끄럽기도 하고 화가 나기도 하는 동시에 또 우습다는 생각이 들었다. 비연은 그가 정신이 팔린 틈을 타서 그를 밀어내고, 이불 속으로 몸을 숨기며 재촉했다.

"당신이 먼저 일어나."

사실 그들에게는 오늘 밤뿐 아니라 내일 밤도 있었고, 모레도 있었다. 아니, 수많은 밤뿐 아니라 낮도 있었다. 고기 맛을 본 늑대가 어찌 그리 쉽게 배부를 수 있을까? 물론 이것은 훗날의 이야기다.

두 사람이 몸단장을 끝냈을 때, 군구신이 비단으로 싼 상자 하나를 건넸다.

"이거, 호칭을 바꾸는 비용."

비연은 어젯밤 나눈 이야기를 떠올리고 일부러 원망하듯 말했다.

"당신 자신이 바로 호칭을 바꾸는 비용이라고 했었잖아? 당신, 설마 자기를 회수해 가려는 거야?"

군구신이 웃으며 상자를 열어 주었다.

"그리고 나도. 전부 너에게 줄게."

비연은 원래 일부러 무시하는 듯한 표정을 지을 생각이었다. 그러나 상자 안 물건을 본 순간 그대로 넋이 나가, 눈물마저 글썽이기 시작했다. 그것은 바로 그녀가 던져 버린 기남침향 염주였다.

이 염주를 던져 버릴 때의 심정은 다시 떠올리고 싶지 않았다. 하지만 혼사를 치르기 전 그녀도 후에 시간을 내어 염주를 찾으러 다녀와야겠다고 생각하고 있었다. 그런데 그가 먼저 찾으러 갔던 것이다.

비연이 염주를 들어 보았다. 잃었던 것을 다시 찾은 느낌이 다시 치밀었다. 그녀는 하고픈 말을 삼키고 그저 천천히 그의 품에 안겼다.

군구신은 물론 그녀의 심정을 이해할 수 있었기에, 직접 염주를 그녀에게 걸어 주었다. 그리고 비연의 머리를 쓰다듬은 다음 놀리듯 말했다.

"이제 이걸 받았으니까, 더 이상은 미룰 수 없어. 호칭을 바꿔야 해."

비연이 대답 없이 그를 더욱 꽉 끌어안았다.

군구신은 그녀가 울기라도 할까 봐 걱정스러웠다. 만약 눈이 붉어진 채로 시부모를 만나러 간다면 모양새가 좋지 않을 테니까. 그래서 일부러 놀리듯 말했다.

"호칭을 바꾸지 않을 거야? 설마……."

그녀의 귓가에 입술을 가져다 댄 다음, 계속 속삭였다.

"설마 어젯밤에 준 것으로는 부족한가?"

비연은 바로 그에게 주먹을 날리고 그를 노려보았다.

군구신은 참지 못하고 큰 소리로 웃기 시작했다. 그는 가볍게 그녀의 눈가를 문질러 주며 말했다.

"앞으로는 전부 다 네 것이라니까. 다시는 네가 잃어버리게 하지 않을 테니까."

비연은 그를 한참 바라보다가, 다정한 목소리로 속삭였다.

"부군."

군구신은 무척 기뻐하며 그녀에게 열렬한 입맞춤을 퍼부었다.

마침내 그들이 문밖으로 나왔을 때는 태양이 하늘 높이 떠 있는 것이, 이미 정오가 지난 다음이었다. 늦었다 해도 오전이리라 생각했던 비연은 다급한 마음에 군구신을 노려보았다.

군구신 역시 시간이 이렇게 되었을 줄은 생각지 못하던 차였다. 그러나 그는 곧 잘못을 인정했다. 어쨌든 어젯밤 그녀를 그리도 오랫동안 괴롭힌 것은 그 자신이었으니까.

비연이 물었다.

"태부께서는…… 아직 기다리고 계시지 않겠지? 어떻게 하면 좋아?"

군구신이 웃으며 대답했다.

"바보. 그분들이 설마 너를 남처럼 대하시겠어?"

비연의 뜻은 그런 것이 아니었다. 그녀는 대진 공주의 신분을 내려놓고 며느리로서 그들을 만나고 싶었다. 그런데 첫날부터 늦어 버린 셈이니……

그녀가 고민하고 있노라니 조 할멈의 목소리가 들려왔다.

"주인님, 어찌 이리 일찍 일어나셨어요?"

어찌 이리 일찍 일어났냐고?

비연은 말할 것도 없고 군구신도 깜짝 놀라며 조 할멈이 뭔가 잘못 말하고 있는 것은 아닌지 의심하기 시작했다. 그러나 조 할멈은 희색이 만면하여 다가오더니 소리 내어 웃었다.

"차를 올리기에 길한 시간은 신시申時²랍니다. 이 늙은이가 이미 다 준비해 두었으니, 걱정하실 필요 없습니다. 태부와 민부인께서도 아직 쉬고 계신걸요."

이 말을 들은 군구신은 모친이 그들에게 핑계를 찾아 주었다는 사실을 알아차렸다.

군구신이 웃으며 말했다.

"그럼 일단 식사를 하도록 하지."

조 할멈이 천 리 길도 마다하지 않고 이고 지고 온 솥에서는 이미 삼계탕이 끓고 있었다. 조 할멈이 기뻐하며 말했다.

"잠시만 기다리세요. 제가 얼른 가져오겠습니다."

---

2 오후 3시에서 5시 사이.

비연도 바보가 아닌 이상, 이 길한 시간이라는 것이 진민이 그들을 위해 찾아낸 핑계라는 것을 깨달을 수 있었다.

비연이 중얼거렸다.

"지금부터 나는 바로 민 이모의 며느리인 거야!"

군구신이 비연의 중얼거림을 제대로 듣지 못하고 물었다.

"뭐라고?"

비연은 웃으며 답하지 않고, 그를 끌고 방 안으로 되돌아갔다. 어쨌든 그녀는 정말로 배가 고팠다.

오후가 되자 군구신과 비연은 택아와 명신의 방으로 갔다. 그리고 막 잠에서 깬 명신과 함께 택아가 서신을 남기고 사라진 것을 발견했다.

서신의 내용은 크게 두 가지였다. 첫째는 그가 절에서의 생활을 즐기고 있으며, 연공에 몰두하고 불법을 깨우치고 싶으니 당분간은 환속할 생각이 없다는 것이었다. 그리고 둘째는 군구신과 비연에게 어서 빨리 조카들을 많이 낳아, 절에 데려와 함께 놀게 해 달라는 것이었다.

비연은 원래 시간을 두고 택아를 설득할 생각이었으나, 이 서신을 보니 어찌해야 할지 알 수 없었다. 택아가 이미 결정을 내렸다면 강권하는 것도 좋은 일은 아니지 않을까?

그러나 명신은 서신을 읽고 다시 군구신과 비연을 바라보더니, 합장하고 말했다.

"아미타불. 택아는 어제 고기를 먹었고, 술도 훔쳐 마셨어요. 택아의 마음은 이미 환속한 것이나 마찬가지니, 형과 형수님은 형식에 구애받지 마시고 마음 놓고 계세요."

　군구신과 비연은 서로를 바라보며 즐거운 표정을 지었다.

　두 사람이 그렇게 명신과 잠시 대화를 나누고 있노라니, 곧
신시가 되었다⋯⋯.

그 즐거움이 가득하니

어제의 그 전당이었다. 혼례를 치르던 어제처럼 시끌벅적하지는 않았지만 대신 고요한 안정감이 있었다. 고북월과 진민도 전날처럼 화려한 옷을 입고 있지는 않았지만 공식 석상에 어울리는 옷차림이었다.

고북월은 흰옷을 입고 있었는데, 옷깃이며 소매에 간단하면서도 대담하게 황금빛으로 장식되어 있었다. 이 옷 역시 진민이 준비한 것이었다. 사실 진민은 이번에 그를 위해 옷을 다섯 벌이나 준비했다. 다섯 벌 모두 비슷한 형태로, 그가 평소 입는 것보다는 조금 더 화려하되 격식에 어긋나지는 않았다.

평소 그 이상 담담할래야 담담할 수 없는 그 분위기에 비하면, 지금의 고북월은 고귀한 느낌이 물씬 풍겼다. 마치 계속 빛 뒤에 선 채 가려져 있던 사람이 마침내 조금이나마 앞으로 나온 듯한 느낌이었다.

상석에 단정한 자세로 앉아 있는 그는 고요하고 평화로운 눈빛으로 문밖을 바라보고 있었다. 무슨 생각엔가 깊이 빠져 있는 듯했다.

짙은 자줏빛 옷을 입은 진민은 아름답고도 단정해 보였다. 그녀 역시 평화롭고 고요한 눈빛으로 문밖을 보고 있었지만, 고북월처럼 다른 생각에 빠져 있지는 않았다.

두 사람은 이렇게 앉은 채 기다리고 있었다. 곧 문밖에서 웃음소리가 들려왔다. 바로 조 할멈과 명신이 장난치는 소리였다. 그들 두 사람도 군구신, 비연과 함께 온 것이다.

진민은 고북월이 정신을 다른 데 팔고 있는 것을 보고 살짝 말을 걸었다.

"아이들이 왔어요."

고북월은 미동도 하지 않았다.

진민이 그를 돌아보며 좀 더 크게 말했다.

"아이들이 왔다고요!"

그러나 뜻밖에도 고북월은 꼼짝도 하지 않았다.

진민이 가볍게 탁자를 두드리며 외쳤다.

"고북월!"

고북월은 그제야 정신을 차린 듯 그녀를 돌아보았다. 진민이 인내심을 발휘해 다시 말했다.

"아이들이 왔어요."

고북월이 웃으며 문밖을 바라보았다. 그때 군구신은 이미 비연의 손을 잡고 안으로 들어서고 있었다.

비연은 태부와 민 이모를 부모처럼 친근하게 생각하니 이미 한 가족이 된 기분을 느껴야 했다. 그러나 두 사람이 이리도 격식에 맞게 앉아 있는 모습을 보니, 비연도 자중하며 진중하게 행동하지 않을 수 없었다. 어린 시절 허리에 손을 얹고 그들의 며느리가 되겠다고 외치던 모습과는 그야말로 딴판이었다.

군구신이 비연의 손을 놓고 두 손 모아 읍하며 말했다.

"아버지, 어머니."

비연은 고북월과 진민을 보며 멍하니 웃고 있었다. 고북월과 진민은 그런 그녀의 모습이 재미있었지만, 아무 말도 하지 않았다.

시녀가 차를 두 잔 가져왔다. 그러자 조 할멈이 재빨리 앞으로 나서더니 직접 차를 비연에게 건네며 말했다.

"신부께서 시아버지께 차를 올립니다."

진민이 저도 모르게 미소 지으며 고북월을 바라보았다. 고북월은 어디를 보아도 누군가의 시아버지 같아 보이지 않았다. 나이를 먹어 감에 따라 더욱 침착하고 평온해졌다는 점을 제외하면, 그는 나이를 추측하기 어려운 모습이었다.

비연이 두 손으로 찻잔을 들어 공손하게 고북월 앞에 내려놓았다. 그녀는 조금 부끄러웠지만, 곧 기쁜 마음으로 입을 열었다.

"연아가 아버님께 차를 올립니다."

언제나 담담하던 고북월도 이 순간만큼은 마음속 감동을 거리낌 없이 드러내며 웃었다. 이 아이는 용비야와 한운석의 딸이 아닌가! 이 '아버님'이라는 호칭은 듣고 싶다고 누구나 들을 수 있는 것이 아니었다.

그는 비연에게 답하고 두 손으로 찻잔을 들어 마셨다. 그리고 곧 커다란 붉은 봉투를 꺼내며 놀리듯 말했다.

"연아, 앞으로 너는 정말로 우리 고씨 가문의 사람이 되는 거다. 만약 영자가 너를 괴롭히기라도 하면 언제든 나를 찾아오너라. 내가 해결해 줄 테니."

비연이 웃으며 봉투를 받았다.

"감사합니다!"

조 할멈이 다시 찻잔을 비연에게 건네며 외쳤다.

"신부께서 시어머니께 차를 올립니다."

비연은 이제 긴장이 조금 풀림을 느꼈다. 그녀는 해맑게 웃으며 두 손으로 진민에게 차를 건넸다.

"연아가 어머님께 차를 올립니다."

진민도 기뻐하며 연신 고개를 끄덕였다. 그녀도 차를 마신 후 비연에게 붉은 봉투를 건넸다. 그 안에는 예물 상자가 들어 있었다.

상자를 열어 본 비연은 놀라면서도 기쁜 마음에 얼굴이 밝아졌다. 그 안에는 아홉 개의 꼬리를 가진 봉황 모양의 비녀가 놓여 있었다. 매우 정교할 뿐 아니라 윤이 나는 보석이 상감되어 있는 것이, 한눈에 보기에도 밖에서 사 온 것이 아니라 직접 만든 물건이었다.

비연이 재빨리 절하며 외쳤다.

"어머님, 감사합니다!"

진민도 일어나더니 연아에게 비녀를 꽂아 주고는 웃으며 말했다.

"연아, 오늘부터 너는 정말로 영자의 사람이구나. 앞으로 네가 그 애를 억울하게 만든다 해도, 이 어미에게 찾아와 고할 필요는 없다."

비연은 말할 것도 없고 모두 멍한 표정을 지었다.

군구신이 가장 먼저 웃음을 터뜨렸다. 어린 시절 그는 비연 대신 누명을 쓰고 온갖 상황을 수습해야만 했다. 비연은 군구신이 부모에게 벌을 받을까 무서워 항상 가장 먼저 진민에게 가서 진실을 이야기하곤 했다.

비연은 군구신이 웃는 것을 보고 부끄러운 마음에 살짝 눈을 흘겼다.

고북월도 진민을 바라보며 웃고 있었다. 무심결에 고개를 돌린 진민이 그런 그와 시선이 마주치고는 멈칫했으나, 곧 얼굴에 웃음을 떠올렸다.

마지막으로 명신이 비연에게 차를 올리며 형수라 불렀다. 그러자 비연 역시 그에게 두툼한 봉투를 건넸다. 명신은 붉은 봉투를 손에 들고 좋아서 팔짝팔짝 뛰었다.

명신은 기회를 보아 택아를 찾아가 이 돈으로 고기를 사 줄 생각이었다. 절에서 먹는 식사가 어떤지는 명신이 가장 잘 알고 있었다.

마침내 차를 올리는 예식이 끝났다. 진민과 조 할멈이 과자며 차를 준비했고, 모두 정원으로 자리를 옮겨 화기애애하게 대화를 나눴다.

군구신과 비연은 고북월과 진민에게 진양성에 남을 것을 청했다. 헌원예는 이미 홀로 나라를 다스릴 능력이 있고, 게다가 부황과 모후가 함께 있으니 태부 겸 섭정왕인 고북월도 은퇴하여 한가한 나날을 보낼 수 있을 터였다.

그러나 고북월이 대답하기도 전에 진민이 완곡하게 거절했다.

"너희들의 의부가 신농곡을 거의 손에 넣었다는구나. 그리고 신농곡을 우리에게 맡길 생각이라고 하더라. 신농곡…… 나는 그곳이 꽤 마음에 들어."

고북월도 고개를 끄덕였다.

비연이 서둘러 물었다.

"그럼 의부께서는 운공대륙으로 돌아가시나요?"

고북월이 미소 지으며 말했다.

"돌아간다고는 하지 않았다. 하지만 어디로 가라고 이야기하지도 않더구나."

진민이 말했다.

"연아, 네 친정에 인사 올리러 갈 때 모후에게 여쭤봐 달라고 하려무나. 그럼 말할지도 모르니까."

비연은 열심히 고개를 끄덕였다.

사흘 후, 비연과 군구신은 운공대륙을 향해 출발했다. 한운석은 이미 조 할멈에게 비연 일행을 따라오지 말고, 진양성에서 몇 달 머물며 비연의 시중을 들어 주라고 몰래 명령해 둔 상태였다.

그러나 비연 일행이 문밖으로 나섰을 때 용비야의 명령이 도착했다. 바로 조 할멈이 반드시 비연과 함께 돌아와야 한다는 내용이었다.

조 할멈은 망설일 여유도 없이 최대한 빠른 속도로 짐을 챙겨 비연 일행을 쫓기 시작했고, 비연은 안도의 한숨을 내쉬었다. 비연이 보기에 삼계탕은 자신보다는 모후에게 필요할 것 같았다.

비연과 군구신을 배웅한 후, 진민과 고북월은 명신을 데리고 신농곡으로 가기로 했다.

마차에 오르기 전, 진민은 무엇인가 묻고 싶은 듯 고북월을 돌아보았다. 그러나 그가 명신을 안고 있는 모습을 보자 웃으며 아무 말도 하지 않고 마차에 올랐다. 고북월은 명신을 안은 채 마차에 올랐고, 세 가족은 신농곡으로 향했다.

10여 일 후, 당정과 정역비 역시 당씨 가문에 인사를 올리러 출발했다.

전다다와 목연은 가장 늦게 혼례를 치렀지만, 처가에 인사를 드리는 예의는 가장 먼저 끝낼 수 있었다. 하지만 전다다는 두 언니가 보고 싶은 나머지 목연과 함께 운공대륙으로 향했다.

그리고 전다다보다 한발 늦게, 그녀의 모친인 목령아가 아금을 이끌고 역시 운공대륙으로 향했다.

영승과 상관 부인은 흑삼림을 떠난 후 계속 사방을 유람 중이었다.

소소옥은 한가보로 돌아오던 길에 한 비구니 사찰에 들러, 일곱 살 먹은 여자아이를 수양딸로 삼고 원래 들였던 양녀들은 모두 내보냈다.

고칠소는 용광로 아래 묻혀 있던 적령석을 파낸 후에야 흑삼림을 떠났다.

수일 후, 비연은 대진의 황궁에서 고칠소의 서신을 받았다.

그는 그녀에게 북해를 지키던 백리명천을 빌리겠노라 통보했다.

고칠소는 백리명천과 함께 빙해 동쪽에 있는 대륙을 찾을 생각이고, 3년 안에 반드시 좋은 소식을 가져올 거라고 단언했다. 물론 그 김에 제자에게 아내를 찾아 줄지도 모르겠다는 농담도 잊지 않았다.

고칠소의 이 결정을 두고 모두 이러지도 저러지도 못할 상황이 되었다. 비연은 백리명천에게 혈루의 부작용이 나타나지 않을까 걱정했지만, 고칠소가 흑삼림의 적령석을 가져갔다는 이야기를 듣고 안심할 수 있었다.

헌원예는 고칠소의 서신을 본 후로 탐험에 뛰어들고 싶은 욕망에 시달리기 시작했다. 그리고 이 소식은 곧 널리 퍼져, 현공대륙 남경에서 조용히 지내던 영원 역시 싱숭생숭하기 시작했다.

《운현수경》에 따르면 빙해의 동쪽과 서쪽에는 비옥한 땅이 있고, 운공과 현공 두 대륙은 물길로 통할 수 있다고 했다. 진묵은 여전히 《운현수경》을 파해하기 위해 노력 중이었다. 따라서 그들은 빙해의 동쪽과 서쪽 대륙에 대해서는 아는 것이 거의 없었다.

진묵이 먼저 《운현수경》을 파해할지, 고칠소와 백리명천이 먼저 그 신비 속의 대륙을 발견할지는 아직 아무도 모르는 일이었다…….

민월 외전 **곡주**

동이 틀 무렵, 고북월과 진민이 신농곡에 도착했다. 막 떠오르기 시작한 태양이 밤의 한기를 채 몰아내지 못해, 얼굴에 와 닿는 바람이 얼음처럼 차가웠다. 진민과 명신은 마차 안에서 여전히 깊은 잠에 빠져 있었고, 고북월만 마차에서 내린 참이었다.

노집사와 미친 곡주는 신농곡 입구에서 오랫동안 기다리고 있었다. 그들은 비록 고북월을 만나 본 적은 없었지만, 마차를 세워 두고 걸어오는 남자가 고 태부라는 걸 한눈에 알아볼 수 있었다. 고칠소와 비연이 이야기한 그대로, 고 태부는 이 세상에서 흰옷이 가장 잘 어울리는 사람이었다!

두 사람 모두 약속이나 한 듯 기쁜 표정으로 성큼성큼 다가섰다. 그들이 기뻐하는 이유는 두 가지였다. 첫째, 그들은 보름이 넘도록 고칠소가 저지른 일의 뒤처리를 해 왔고, 하마터면 늙은 목숨마저 보전하지 못할 뻔해 당장이라도 주인을 바꾸고 싶은 상태였다.

둘째, 고북월은 고孤씨 가문의 후예니, 그들의 진짜 주인인 고운원에 이어 가장 정통성을 가진 후손이었다. 그런 고북월이 신농곡을 맡겠다니 그들 두 사람으로서는 감복할 수밖에 없었다.

고북월 역시 노집사와 미친 곡주를 만나 본 적이 없었지만,

그들을 한눈에 알아보았다. 노집사와 미친 곡주가 서둘러 읍하며 절을 올렸다.

노집사가 공손하게 말했다.

"신농곡 수석집사인 전지행입니다. 새 곡주님을 뵙습니다."

미친 곡주 역시 공손하게 말했다.

"신농곡 부집사인 홍옹양입니다. 새 곡주님을 뵙습니다."

"두 분께서는 그리 예를 갖추실 필요 없습니다. 어서 일어나시지요."

고북월은 겸손하고 온화했다. 그러나 잔잔한 미소는 어딘가 쉽게 친근해질 수 없는 느낌을 주었다.

전 집사와 홍 부집사가 몸을 일으켰다. 전 집사가 서둘러 말했다.

"곡주님, 부인과 소주께서는 아직 주무시는 모양이지요? 이곳은 바람이 세니 어서 곡으로 드시는 것이 좋겠습니다."

고북월은 고개를 끄덕이며 마차에 올라탔다.

높은 산 사이로 이어진 길을 달려 신농곡에 들어가니, 하늘을 찌를 듯한 높이의 거대한 신상이 보였다. 마침 겨울인지라 신농곡의 약초밭도 황폐해진 상태였다. 그러나 이 소의 머리를 한 동상에는 여전히 약초 덩굴이 푸르게 자라나 있었다. 마차 밖에 앉아 있던 고북월도 경외심을 느끼지 않을 수 없었다.

고북월도 비연과 마찬가지로 덩굴 몇 종류만을 알아볼 수 있었고, 높은 곳에 있는 덩굴은 무엇인지 분간할 수 없었다.

겨울이었지만 신농곡의 약재 거래는 여전히 활발했다. 고칠소는 돈이 궁하지 않고, 귀찮은 일은 질색이었기 때문에 신농곡의 약초 시장을 닫아 버리고 경매장과 의뢰장만 남겨 두었다. 그러나 그마저도 예전처럼 매일 열지는 않고, 기분이 좋을 때만 열었다.

그나마 다행인 건, 진기가 회복된 후 단약을 필요로 하는 이들이 크게 늘면서 보통 약재 수요는 오히려 줄었다는 점이었다. 그렇지 않았다면 신농곡으로 들어오는 입구는 분명 예전 약귀곡 입구처럼 인산인해를 이루었을 것이다!

고칠소는 의뢰장과 경매장을 서쪽 산으로 옮기고, 원래 동쪽 산에 있던 경매장은 다원으로 개조했다. 또 남쪽 산에는 행궁을 세 곳 세우고, 북쪽 산은 전혀 건드리지 않았다. 골짜기 안 약재 시장은 반은 단약을 연단하는 곳으로 바꾸었고, 나머지 절반에는 약학원을 증축했다.

고칠소는 확실히 이런 일에 재능이 탁월했다. 고북월과 진민을 위해 세심하게 모든 것을 안배해 둔 셈이었다. 심지어 고북월이 약을 지을 수 있는 약방이며 진민이 꽃을 심을 수 있는 정원까지 마련해 둔 상태였다.

산길이 너무 험해 마차로는 오를 수 없어 가마로 갈아타야 했다. 마차가 남산 아래에서 멈추자 고북월은 마차 안의 진민과 명신을 확인했다. 그들은 여전히 잠에 빠져 있었다.

고북월이 조심스럽게 명신을 안아 가마로 옮긴 다음 다시 마차로 돌아오니 진민이 눈을 비비고 있었다. 고북월이 담담하게 웃으며 말했다.

"시끄러워서 깼소?"

진민은 어젯밤 늦게 잠들었기 때문에 여전히 몽롱한 상태였다. 그녀 혼자였다면 잠에서 깨어났을 때 명신이 보이지 않아 당황했을 것이다. 그러나 고북월이 함께 있으니 그녀는 안심할 수 있었다.

진민이 잠에서 깨려고 노력하며 물었다.

"도착했어요? 명신은요?"

"남산 아래까지 왔소. 명신이 아직 자고 있기에 안아서 가마 안으로 옮겼소. 당신도 마차에서 내리시오."

고북월의 대답에 진민이 뭔가 생각난 것처럼 잠시 멈칫했으나, 곧 마차에서 내렸다.

진민과 명신이 같은 가마에 타고, 고북월은 전 집사 일행과 함께 걷기로 했다. 새벽 햇살이 비추는 가운데 일행은 남산에 올랐다. 명신을 눕히고 아침을 먹고 나니 날도 조금은 따뜻해졌다.

노집사와 부집사는 고북월에게 최근 신농곡의 상황을 보고하려 했지만, 고북월은 일단 약왕곡으로 가서 고운원에게 제례를 올리겠다고 말했다. 두 집사가 모시겠노라 했지만 고북월이 부드럽게 거절했다.

두 집사가 떠난 후 고북월이 진민에게 말했다.

"신농곡에 좋은 곳이 꽤 많으니, 명신이 일어나면 데리고 여기저기 다녀 보시오. 점심은 기다리지 말고 먼저 하시고."

진민이 고개를 끄덕이며 대문 앞까지 그를 배웅했다. 그리고 잠시 망설이는 듯하더니 그를 불러 세웠다.

"고북월!"

고북월이 돌아보았다.

언제부터일까? 진민은 성과 이름을 합쳐 그를 부르기 시작했다. 이런 호칭 방식은 그녀답지 않았다. 그러나 그녀의 진지한 모습 때문인지 고북월은 별다른 위화감을 느끼지 못했다.

고북월이 웃으며 물었다.

"무슨 일이오?"

진민도 웃으며 물었다.

"나도 함께 가도 될까요?"

두 집사는 모시겠다고 말했지만, 진민은 '함께'라는 표현을 썼다. 그것은 그에게 거절할 기회를 주지 않기 위함이었다.

고북월이 그런 그녀의 마음을 알아차렸는지는 알 수 없었으나, 어쨌든 부탁을 거절하지는 않았다.

"좋소."

진민은 하인에게 명신을 잘 살피라 이른 후, 고북월과 함께 약왕곡으로 향했다.

약왕곡은 신농곡 뒤편에 있었고, 비밀 통로를 통해 갈 수 있었다. 수개월이 지난 지금, 약왕곡은 진묵이 그린 그림대로 재건되어 천 년 전 모습을 회복한 상태였다. 유일하게 다른 점은 계단을 이루는 약초밭이 텅 비어 있다는 것과 절벽에서 떨어져 내려야 할 폭포가 말라 있다는 것이었다.

고북월과 진민은 산허리 약초밭에 서서 골짜기 전체를 조망해 보았다. 고북월이 생각에 잠긴 듯 살짝 미간을 찌푸리고 있노라니 진민이 중얼거렸다.

"봄이 오면 이곳에 씨앗을 뿌리고 약초를 심어야겠어요. 2, 3년 정도면 원래의 모습을 찾을 수 있겠죠? 어때요, 이곳을 나에게 맡겨 주지 않겠어요?"

고북월이 조금 놀란 듯 돌아보며 말했다.

"당신 혼자서?"

진민이 그를 살짝 흘기며 말했다.

"손이 열 쌍이 있다 해도 혼자서는 이 많은 일을 다 할 수 없죠. 나중에 신농곡 약학원에서 제자를 열 명 정도 뽑을 생각이에요."

고북월이 고개를 끄덕였다.

"마음대로 하시오. 당신만 좋다면야."

진민이 살짝 멈칫하더니 곧 놀리듯 말했다.

"당신, 언제부터 이렇게 얘기가 잘 통하는 사람이 된 거죠?"

고북월은 그녀가 갑자기 이런 말을 할 줄 몰랐기에, 뭐라 대답해야 할지 몰라 망설였다. 진민이 더 이상 그를 추궁하지 않고 웃으며 말했다.

"가요, 산에 올라가죠."

진민이 앞장섰고 고북월이 곧 그녀를 쫓아갔다. 그도 방금의 화제를 이어 갈 생각은 없었다.

산에 오를수록 바람은 점점 더 거세졌다. 고북월이 진민을 막아섰다.

"잠깐."

그가 입고 있던 바람막이를 벗어 진민에게 입혀 주고는 허리
띠도 단단히 매어 주었다. 진민은 제 가까이에 선 고북월에게
서 그 특유의 약 냄새를 맡을 수 있었다. 그녀에게는 너무나 익
숙한 냄새였다.

진민은 또한 그의 고른 호흡도 느낄 수 있었다……. 그녀에
게는 낯설기만 한 소리였다.

고북월이 허리띠를 매어 준 후 물러나 물었다.

"좀 따뜻하오?"

진민은 잠시 망설이다가 고개를 저었다…….

민월 외전 **후회하지 말아요**

진민이 고개를 흔드는 것을 보고 고북월이 재빨리 겉옷도 벗었다. 그러자 진민이 미간을 찌푸리며 재빨리 고북월에게서 다섯 걸음 이상 물러났다.

그녀는 정말로…… 바라지 않았다!

사실 그녀는 그가 이런 반응을 보일 줄 알고 있었지만 굳이 시험해 보고 싶었다. 그녀는 정말로 화가 나는 동시에 화가 나지 않아, 결국은 울 수도 웃을 수도 없는 심정이 되었다.

진민이 물러나는 것을 본 고북월이 순간적으로 조금 당황했다. 자신이 잘못했다는 것을 깨달았으나……. 그러나 무엇을 잘못한 걸까? 그는 이해할 수 없다는 눈빛으로 진민을 바라보았고, 손은 그대로 허공에 멈춰 있었다.

진민은 일부러 아무런 말도 하지 않고 노려보기만 했다. 고북월은 더더욱 이해할 수 없어 물었다.

"대체 왜……?"

진민이 대답했다.

"따뜻하지 않지만 춥지도 않아요."

고북월이 멍한 표정을 짓더니 결국 웃기 시작했다.

"부인, 그건 또 무슨 뜻이오?"

진민은 대답 없이 그가 걸쳐 준 바람막이를 꼭 여미며 몸을 돌렸다. 고북월이 그녀를 쫓아오더니, 그녀가 들고 있던 바구니를 자연스럽게 받아 들고 그녀의 손을 잡았다. 그는 진민의 손이 따뜻한 것을 확인한 후에야 겨우 마음을 놓았다. 그의 손도 따뜻하지 않았지만 차갑지도 않았다.

평소 두 사람은 의논해야 할 일이 있거나 진민이 먼저 말을 걸지 않는 한, 고북월이 먼저 말을 꺼내는 법은 거의 없었다. 두 사람은 조용히 산 정상으로 올라갔다. 올라갈수록 바람이 점점 더 거세지더니 얼마 지나지 않아 하늘에서 눈꽃이 내리기 시작했다.

진민이 발걸음을 멈추더니 바람막이를 벗어 고북월에게 돌려주려고 했다.

고북월이 잔잔하게 미소 지으며 말했다.

"괜찮소. 나는 춥지 않으니."

눈송이가 진민의 머리 위로 쌓이고 있었다. 그는 재빨리 그녀에게 바람막이에 달린 모자를 씌워 주었다. 그런 다음 그가 입혀 준 바람막이의 모자를 덧씌워 단단히 여며 주었다.

그가 다시 손을 잡고 걸음을 옮기려 했지만 진민이 그를 잡아끌었다. 그가 무슨 일인지 물으려 했을 때였다. 진민이 그의 손을 잡고 세심하게 살폈다.

그가 손을 잡았을 때부터 그녀는 몇 번이나 몰래 이 감촉을 유심히 느껴 보려 했지만, 그녀가 느낄 수 있는 것은 그저 두근거리는 제 심장뿐이었다. 그녀는 단 한 번도 그의 손을 꼼꼼히 살펴본 적이 없었다.

고북월의 손은 여전히 아름다웠다. 길고 매끄러운 손, 하지만 마디는 분명하게 드러나 있었다. 손바닥 위 손금은 수는 적었지만 또렷했다. 계속 절굿공이를 쥐고 약을 섞었기에 엄지와 검지 사이의 호구혈에는 오래된 못이 박혀 있었다. 눈으로 볼 때는 보이지 않지만, 만져 보면 느낄 수 있었다.

진민은 말없이 그의 손을 잡은 채 살며시 그의 손바닥 위 손금을 어루만졌다.

고북월이 부드러운 목소리로 물었다.

"왜 그러오?"

진민은 대답하지 않았다.

고북월이 다시 물었다.

"부인, 왜 그러시는지?"

진민은 여전히 대답하지 않았다.

고북월도 결국 더는 말하지 않고 그녀가 제 손을 어루만지도록 내버려 두었다.

진민은 생각에 잠긴 듯하더니 한참 후에야 말했다.

"당신의 손은…… 따뜻하지 않지만 차갑지도 않아요. 마치 당신이라는 사람처럼."

고북월은 그제야 그녀가 '따뜻하지 않지만 춥지도 않아요'라고 말했던 것이 그녀 자신이 아니라 그에 대해 얘기했던 거라는 걸 깨달을 수 있었다. 그는 살짝 미간을 찌푸린 채 생각에 잠겼다.

그때였다.

진민의 손가락이 살며시 그의 손가락 사이로 파고들더니 깍지를 꼈다.

진민이 말했다.

"가요."

고북월은 이 상황을 이해하지 못하고 있었다. 그러나 그는 곧 스스로 깍지를 고쳐 꼈다.

눈이 점점 더 많이 내리고 있었다. 두 사람이 산 정상에 도착했을 무렵에는 나무 위에 눈이 얇게 쌓인 것이 보였다. 그곳에는 비연의 기억에 따라 지은 작은 집이 있었다. 진상을 모르는 사람이 왔다면, 이곳에 정말로 약사가 살고 있다고 생각했을 것이다.

진민과 고북월은 비연이 세워 둔 비석 쪽으로 다가갔다. 하늘 가득 날리는 눈꽃 아래 제비가 돌아오는 곳이라는 뜻의 '연귀처' 비석을 보고 있노라니, 어쩐지 마음속에 희망이 차오르는 것 같았다. 마치 한겨울에 봄날을 기다리는 것과 같은 희망이.

진민이 손수건을 꺼내 조심스럽게 비석을 닦으며 물었다.

"정말 내세가 있다면…… 그의 연아도 돌아올 수 있을까요?"

고북월이 고개를 끄덕였다.

"그럴 수 있을 것이오."

진민이 웃으며 말했다.

"당신도 전생과 이번 생, 그리고 내세…… 그 세 번의 생을 윤회한다는 이야기를 믿나요?"

"믿지 않는다면, 내가 어디서 왔는지, 또 어디로 돌아가야 하

는지 알 수 없겠지. 윤회를 믿지 않는 사람은 정말로 뿌리가 없
는 부평초와 같을 테고."

고북월은 잠시 웃더니 덧붙였다.

"그러니 믿는 것이 나을 것 같소."

진민이 바로 반박했다.

"당신 말대로라면, 사람이 온 곳과 돌아갈 곳은 모두 자기 자
신이라는 뜻이잖아요."

고북월은 정말로 그런 의미로 한 말이었기에 고개를 끄덕
였다.

진민이 눈을 흘기며 말했다.

"황당무계한 이야기예요. 사람은 부모에게서 온 거고, 세상
에 나와 또 다른 사람이 되는 거죠."

고북월도 바로 진민의 말뜻을 알아들을 수 있었다. 전생과
이번 생에 대한 그와 진민의 생각은 아무래도 다른 모양이었다.
그러나 그는 그녀의 의견에 반론하지 않고 미소 지으며 말했다.

"부인 말이 옳소."

비석을 닦은 진민이 절벽 가장자리로 걸어가더니, 가져온 과
일이며 술을 내려놓았다.

천 년 전 고운원은 이곳에서 제 몸을 약왕정에 바쳤다. 그 후
로 그는 사람도 귀신도 아닌, 그리고 신도 마귀도 아닌 존재가
되어 천 년 동안 약왕정을 제련했다. 그러나 결국에는 사랑하
는 제자의 손에 목숨을 잃어 아무것도 남기지 못했다. 그에게
제사를 지내려면 이곳으로 오는 수밖에 없었다.

고북월이 홀로 이곳에 왔다면, 제 오랜 조상에게 말을 걸었을까? 진민으로서는 알 수 없는 일이었다.

지금 고북월은 평소보다 더 고요해 보였다. 그는 생각에 잠긴 듯 절벽 가장자리에 한참 서 있다가 머리를 세 번 조아려 절을 했다.

진민 역시 그를 따라 절을 했다. 그녀 자신이 고孤씨 가문의 며느리기 때문이기도 했지만, 고운원에 대한 존경심 때문이기도 했다.

몸을 일으킨 진민이 고북월을 바라보았다. 하늘 가득 날리는 눈 속에서 그의 얼굴이 더더욱 고즈넉해, 마치 세상에 홀로 남은 사람처럼 보였다.

진민이 물었다.

"이제 더는 당신이 마음 써야 할 일은 없어요. 혹시 하고 싶은 일이 있나요?"

그녀는 고북월이 자신의 말뜻을 오해하지나 않을까 싶어 일부러 덧붙였다.

"약왕정이 연아에게 있으니까요. 약왕정 하나면 신농곡 몇 배 역할을 할 수 있잖아요. 당신이 걱정할 필요 없다는 뜻이에요."

진기가 회복된 후, 단약은 목숨을 구하고 진기를 승급시켜주는 약이 되었다. 단약을 만드는 단약사들이 중요해진 것은 더 말할 필요가 없었다. 그리고 약왕정을 지닌 비연은 세상에서 가장 훌륭한 단약사였다.

진민은 그들이 신농곡을 관리한다 해도, 아들과 며느리에게

도움이 되도록 굳이 노력할 필요가 없다고 말한 것이었다. 고북월은 이제 자신이 하고 싶은 대로 할 수 있게 되었다.

고북월은 이 문제에 대해서는 생각해 본 적 없는 모양이었다. 그는 잠시 고민하더니 반문했다.

"부인, 하고 싶은 일이 있으시오?"

진민은 조금 놀랐으나 곧 고개를 끄덕였다.

"그럼요. 하고 싶은 일이 아주 많지요."

그 말을 들은 고북월이 망설이는 빛 없이 바로 대답했다.

"그럼 내가 부인과 함께 그 일을 하면 어떻겠소."

진민은 그를 믿었다. 그가 하는 말 역시 모두 믿었다. 그녀가 두려워하는 것은 그가 아무 대답도 하지 않는 것이었다.

진민이 갑자기 진지한 표정으로 외쳤다.

"고북월, 후회하기 없기예요!"

고북월 역시 진지하게 대답했다.

"알겠소."

그러고는 진민이 하고 싶은 일을 말해 주기를 기다렸으나, 진민은 준비가 되면 다시 이야기해 주겠노라고만 대답했다.

눈발이 점점 더 거세지고 있었다. 그들은 그곳에 잠시 더 머물다가 산 아래로 내려왔다.

눈 오는 날은 산에 오르는 것도 힘들지만 내려오는 것은 더 힘든 법이었다. 얼마 내려오지 않아 진민이 발을 헛디뎌 하마터면 넘어질 뻔했다. 고북월이 그녀를 업었고, 그녀는 두 팔로 그의 목을 감쌌다.

진민은 제 얼굴을 그의 등에 댄 채, 그의 심장 소리를 들으며 추억 속에 빠져들었다.

빙해의 이변이 일어난 다음 해, 섣달그믐 밤이었다……

민월 외전 **제야**

원래대로라면 모두 함께 모여야 하는 섣달그믐 밤, 고북월과 진민만 궁에 남아 있었다.

그가 그녀의 눈을 가린 채 상냥하게 그녀를 요구했다. 그녀는 이번 생에서 가장 뜨거운 체온을 느낄 수 있었지만, 그의 눈이 어떤 빛깔을 띠고 있는지는 볼 수 없었다.

평소와 같이 따뜻한 눈빛일까, 아니면 그녀가 본 적 없는 격렬함을 품고 있을까? 언제나처럼 맑고 침착한 눈빛일까, 아니면 점차 빠져들고 있을까? 그 모든 것을, 그녀는 알 수 없었다.

그러나 그가 눈을 가리지 않았다 해도 그녀는 아마 그런 것들에 마음을 쓸 수 없었을 것이다. 그녀는 긴장으로 떨고 있었다. 그녀의 몸은 마치 팽팽하게 잡아당겨진 현과 같이 변했고, 머리는 텅 비어 버렸다.

그가 그녀의 안으로 들어오는 순간, 그녀는 철저하게 자제력을 잃고 그대로 점령당해 버리고 말았다. 그리고 바로 그녀가 고북월이라 불리는 이 남자를 진정으로 가졌노라 느꼈던 유일한 순간이었다.

그녀는 누워 있었고, 그는 그녀를 등진 채 침상 가장자리에 앉아 옷을 걸치고 있었다. 모든 것이 끝나는 순간, 그녀가 그를 가진 기억도 끝나고 있는 것 같았다.

그녀의 몸은 여전히 굳어 있었고 심장도 빠르게 뛰고 있었다. 그의 뒷모습을 보면서도 차마 방금 일어났던 일들을 떠올리지 못했다. 그의 그림자는 너무나 따뜻했고, 동시에 너무나 멀어 보였다. 마치 방금 늑대처럼 변했던 남자가 그가 아닌 것처럼.

그가 옷차림을 정리하고 몸을 일으켰다. 진민이 다급한 나머지 등 뒤에서 그를 끌어안았다. 그녀의 두 손은 저도 모르는 사이에 깍지를 단단히 끼고 있었다.

"북월, 가지 말아요."

그가 살며시 그녀의 손을 두드리며 잔잔한 웃음소리를 냈다.

"이리 늦은 시간인데 내가 어디로 가겠소?"

진민은 그제야 자신이 오해했다는 것을, 그리고 충동적이었다는 것을 깨달았다. 그러나 깨달은 순간에도 그녀는 그를 놓아주고 싶지 않았다. 그저 이렇게 그의 등에 기댄 채 날이 밝아올 때까지 그의 심장 박동을 듣고 싶었다.

그러나 그는 그녀의 손에서 벗어났다. 그리고 그녀에게 물을 따라 준 후, 침상 가장자리에 서서 그녀가 물을 마시는 것을 지켜보았다.

세상에 어찌 이런 남자가 있을 수 있을까. 그저 평범한 흰 자리옷을 걸쳤을 뿐인데도 이리…… 옥처럼 매끄럽고, 신선처럼 아름답다니.

고북월이 물잔을 가져다 두고 돌아올 때까지도 진민은 그저 멍하니 그를 보고 있었다. 그가 자신에게로 돌아왔을 때야 겨우 웃으며 자리를 내줄 수 있었다.

고북월이 그녀 곁에 누워 다정한 목소리로 말했다.

"잡시다."

말을 마친 그가 반듯한 자세로 눈을 감았다. 진민도 그 곁에 반듯한 자세로 누웠지만, 눈을 크게 뜨고 있었다. 멀리 어디선가 폭죽 소리가 들려오는 가운데 그들 사이에는 고요만이 내려 앉아 있었다.

진민이 눈동자가 소리 없이 고북월이 있는 방향으로 향했다. 잠시 후, 그녀가 천천히 몸을 돌려 그의 팔을 끌어안았다. 고북월이 바로 눈을 뜨더니 물었다.

"아직 잠들지 않았소?"

"당신이 자는 줄 알았어요."

고북월이 그녀의 손에서 제 팔을 빼내더니, 그녀를 안고 팔 베개를 해 주며 다정하게 말했다.

"응, 잠들려던 참이었소."

진민의 입매가 살며시 올라갔다. 그녀는 그의 허리를 끌어안 으며 그에게 바싹 다가갔다.

"방금 무슨 생각을 하고 있었어요?"

고북월은 잠시 침묵하다가 대답했다.

"아무 생각도 하지 않았소."

진민이 웃으며 말했다.

"분명 무슨 생각을 하고 있었는데요!"

고북월이 그녀의 머리카락을 쓰다듬으며 여전히 상냥한 어조로 말했다.

"그렇지 않소."

진민은 그 이상 묻지 않았다. 그녀는 그저 그와 몇 마디 하고 싶었을 뿐이었던 것 같았다. 그녀는 그렇게 그의 품에 기댄 채 조용히 잠을 청했다.

마침내 그녀가 눈을 감은 순간, 몽롱해진 그녀는 저도 모르게 중얼거렸다.

"고북월, 내가 바라기만 하면…… 거절하지 않을 건가요?"

그녀가 계속 이 문제를 마음에 두고 있었기에 무의식적으로 물어본 것인지, 아니면 대답을 듣고 싶은 것인지, 고북월로서는 알 수 없는 상황이었다.

고북월이 잠시 망설이다가 천천히 몸을 돌려 그녀를 품에 안았다. 그러나 결코 그녀의 질문에는 대답하지 않았다.

이렇게 진민은 고북월 품속에서 깊은 잠에 빠져들었다.

다음 날 새벽, 폭죽 소리가 시시때때로 들려왔다. 어젯밤보다 훨씬 시끌벅적한 아침이었다.

진민이 잠에서 깨어났을 때 고북월은 곁에 없었다. 일어나 앉아 보니 허리 아래로 갑자기 쑤시는 듯한 통증이 밀려왔다. 지난밤에는 환희에 젖어 고통조차 느끼지 못했는데……. 그러나 냉정함을 되찾은 지금은 견디기 힘들 정도로 아팠다는 사실을 깨달았다. 그녀는 속으로 웃으며 침상에서 내려왔다.

그녀는 새 옷으로 갈아입고, 화장대 앞에 앉아 섬세한 솜씨로 옅게 화장하기 시작했다. 얼마 지나지 않아 작약이 안으로 들어왔다.

작약은 어젯밤 무슨 일이 있었는지는 알지 못했지만, 태부가 아가씨의 방에서 밤을 보냈다는 사실은 알고 있었다. 작약도 기뻐하며, 웃는 얼굴로 새해 인사를 올리러 온 참이었다.

진민은 그녀에게 세뱃돈을 담은 붉은 봉투를 건네주고, 봉투 하나를 더 주며 영자를 위해 챙겨 두라고 말했다.

작약이 영 소야의 세뱃돈을 상자 안에 잘 넣어 둔 후, 침상을 정리하러 갔다. 그러나 이불을 들어 올리는 순간, 놀라 그대로 굳어 버렸다. 진민이 거울을 통해 그 모습을 보고는 다급하게 다가가 핏자국을 가렸다.

"내, 내가 정리할게!"

작약이 참지 못하고 피식 웃으며 말했다.

"아가씨, 저에게까지 뭘 부끄러워하시는 거예요? 아가씨께서 어찌……."

작약의 말이 끝나기도 전에 진민이 다급하게 그녀의 입을 막았다.

"새해 아침부터 해보자는 거야?"

작약이 여전히 웃으며 진민의 손을 떼어 냈다.

"아가씨, 안심하세요. 제가 다 처리해 드릴 테니까."

그러고는 한 걸음 뒤로 물러나더니 공손하게 절하며 말했다.

"아가씨, 축하드립니다. 어서 귀한 아기님을 낳으시길 바랍니다."

진민은 멈칫했다. 영주에 있던 시절, 그녀는 이미 결정을 내렸다. 평생 그와 서로 손님을 대하듯 공경하며, 아이는 영자 하나만을 키우겠노라, 영주에서 홀로 살겠노라고. 그녀는 심지어 고북월에게, 만약 아이를 원하게 되면 그녀가 떠나 주겠다고 말하기도 했었다.

그러나 그 후 그녀는 그가 아프다는 것을 알게 되었고, 눈에 아무것도 보이지 않았다. 그녀는 억지로 그의 곁에 머물렀고, 무애산에서의 그 밤에는 심장이 찢어질 듯이 울었다.

다행히도 그에게는 아무 일도 없었고, 그녀가 떠나려던 순간 그가 그녀를 잡았다. 그 뒤로 그저 이름뿐인 부부라 해도, 그녀는 더는 홀로 지내지 않고 계속 그의 곁에 머물 수 있게 되었다. 또한 그녀는 더 이상 그를 손님처럼 대하지 않고, 간간이 화를 내거나 하는 일도 있었다.

그리고 마침내 어젯밤, 모든 것이 달라졌다.

아이를 하나 더 바란다면 사치스러운 소망일까……. 그와 그녀의 아이를…….

진민이 생각에 잠겨 있노라니 작약이 모든 정리를 끝내고 말했다.

"아가씨. 오늘 안 그래도 늦게 일어나셨는데 계속 식사를 준비하러 가시지 않으면, 아마 주인님께서는 새해 첫날부터 배를 곯으셔야 할 거예요."

진민은 그제야 정신을 차리고 서둘러 움직였다. 최근 몇 년 동안, 새해 첫 아침은 그녀가 직접 달걀을 넣은 국수를 준비했다. 그리고 그는 이미 새해 첫날 그녀의 음식을 먹는 일에 익숙해져 있었다.

진민이 아침 식사 준비를 끝냈을 때 고북월이 왔다.

새해가 오기 전부터 한참 동안 그리워했기 때문일까. 진민은 습관처럼 그릇이며 젓가락을 하나 더 놓다가 갑자기 아들이 돌아오지 않았다는 것을 사무치게 깨달았다. 쓴웃음을 지으며 고개를 저은 진민이 그릇과 젓가락을 치우려 하자 고북월이 말렸다.

"그대로 놓아두시오. 영자가 우리 곁에 있다고 생각합시다."

그러나 진민은 그릇과 젓가락을 치우며 말했다.

"아니에요, 올해는 우리 둘이서만 보내요. 영자는 중요한 임무를 맡아 멀리 타향에 있는 것뿐이니, 우리 마음 아파 하거나 하지 말아요. 그저 영자가 돌아오는 날, 연 공주도 함께 돌아오면 좋겠어요."

고북월의 눈에 일말의 복잡한 빛이 스쳐 갔으나 곧 사라져 보이지 않게 되었다. 그는 고개 숙인 채 식사를 하다가, 한참 후에야 다정하게 물었다.

"어디 불편하지는 않소?"

진민은 무슨 의미인지 알 수 없어 그저 그를 바라보기만 했다.

고북월이 어쩔 수 없다는 듯 웃으며 평소처럼 온화하고 상냥하게 말했다.

"아프지 않소?"

진민은 그제야 그의 뜻을 알아차리고 얼굴을 붉혔다. 그녀는 그를 쳐다볼 수 없어 고개를 숙인 채 조그만 목소리로 '네.'라고

답했다.

의원이어서 그런가? 어찌 저리도 담담하게, 얼굴 한번 붉히지 않고 저런 것을 물어볼 수 있는 걸까?

그녀는 갑자기 후회하기 시작했다. 어젯밤 자신의 눈을 가리고 있던 그의 손을 잡아 내리지 않은 것을, 영원히 맑기만 할 것 같은 그의 눈동자가 어떤 빛깔이었는지 보지 않은 것을…….

새해 초이틀, 고북월은 특별히 시간을 내어 진민과 함께 의성에 다녀올 생각이었다.

그러나 아침 일찍부터 급전이 들이닥쳤다. 서북 지역에 눈사태가 일어나 마을 하나가 무너졌다는 소식이었다. 올겨울 서북 지역에 폭설이 내려 안 그래도 유목민들이 피해를 크게 입은 상태였는데, 눈사태까지 일어났다니 그야말로 설상가상이었다.

고북월은 예아에게 어서 황도로 돌아오라는 전갈을 보내고, 대신들을 소집해 구호 대책을 의논했다. 때문에 진민의 친정을 방문하는 일을 잠시 미룰 수밖에 없었다.

고북월이 이리 바쁜데, 진민이라고 친정에 가고 싶을 리 만무했다. 그녀는 조정의 일을 묻거나 참견할 생각은 조금도 없었다. 그저 그의 생활을 직접 살피고 싶은 마음뿐이었다. 그러나 이 며칠 내내 고북월은 새벽에 나가 늦게 돌아와, 그녀가 그의 생활을 살피고 싶어도 살필 방도가 없었다.

그날 밤도 고북월은 삼경[3]을 넘겨 귀가했다. 진민은 사실 그가 돌아오기를 기다리고 있었지만, 문소리를 듣자 바로 눈을

---

3 밤 11시부터 새벽 1시까지.

감고 자는 척했다.

고북월은 그녀를 깨우고 싶지 않은 듯 조용히 움직이며 이것 저것 정리하더니 곧 그녀 곁에 누웠다. 그는 반듯이 누워 자는 습관이 있었지만 진민은 그를 바라볼 수 있도록 옆으로 누웠다.

한참 후 그의 고른 숨소리가 들려왔다. 그가 잠들었다고 생 각한 진민은 조심스럽게 팔을 뻗어 그의 허리를 감싸 안았다. 그리고 잠시 기다려 그가 깨지 않는 것을 다시 확인하고는, 천 천히 제 얼굴을 그의 어깨에 묻었다.

그녀는 고북월이 이리 바쁘니 아마 서재에서 잠을 청할 거라 생각했다. 그러나 그는 그녀 곁으로 돌아왔다……. 삼경이 넘 은 시간에.

행복이란 것은 무엇일까. 그녀에게는 그가 그녀에게 왔다는 것이 바로 행복이었다.

그녀는 과거를 떠올리며 다행이라고 생각하는 동시에 문득 오싹해졌다. 그는 발병한 후 그녀를 떠나보내려 했지만 그녀가 고집부려 그의 곁에 남았다. 그녀는 그를 치료했고, 그는 그녀 를 곁에 있게 해 주었다.

만약 그녀가 그때 그가 발병했다는 사실을 발견하지 못한 채 그를 떠났더라면? 그가 그녀를 곁에 있게 하지 않고 그녀를 떠 나보냈더라면? 그랬다면…….

한참 생각을 이어 가던 그녀의 입가에 자조 섞인 미소가 떠 올랐다. 세상에 만약은 없다. 그녀 자신을 가장 잘 아는 사람은 바로 그녀가 아닌가.

그녀는 결코 그를 떠나지 않았을 것이다. 만약 몸이 떠났다 해도 마음은 떠나지 않았겠지. 그래, 마음에 둘 필요 없는 일이었다. 계속 이런 일을 곱씹는 것은 스스로를 기만하는 행위에 지나지 않았다.

그녀는 그를 꽉 끌어안았다. 그는 마치 방해라도 받았다는 듯 몸을 뒤척이다가 뜻밖에도 그녀를 끌어안았다.

그녀는 마치 도둑질이라도 하다 걸린 것처럼 순간적으로 굳어 버렸다. 그녀는 긴장한 채, 혹시라도 그가 깬 것은 아닐까 전전긍긍했다. 그러나 그는 그렇게 그녀를 안은 채 움직이지 않았다.

진민은 안도의 한숨을 내쉬었다. 그리고 그 순간 문득 그의 움직임이 몹시도 자연스럽다는 것을, 마치 일종의 습관이라도 된 것처럼 자연스럽다는 것을 깨닫고 기뻐했다.

그녀는 점점 더 대담해져서, 조심스럽게 얼굴을 그의 가슴에 묻고 살짝 입을 맞췄다. 저도 모르는 사이에 입에서 그의 이름이 신음처럼 흘러나왔다.

"고북월…… 고북월……."

고요한 방 안, 그녀도 점차 잠에 빠져들었다. 그때 고북월이 소리 없이 눈을 뜨더니 곧 다시 눈을 감았다. 그의 두 눈동자는 몹시 피로해 보였지만, 졸음기라고는 전혀 없어 보였다.

다음 날 아침 진민이 깨어났을 때, 고북월은 평소처럼 이미 사라진 다음이었다. 진민은 그가 일하러 갔다고 생각했으나, 방문을 나섰을 때 작약에게서 고북월이 함께 아침을 먹기 위해 기다리고 있다는 이야기를 들었다. 진민은 물론이고, 작약조차도 좋지 않은 예감을 느꼈다.

과연 예감은 틀리지 않았다. 곧 예아가 돌아올 예정이고, 고북월은 오늘 서북 지역으로 출발할 거라고 했다. 그는 섭정왕으로서 백성들을 구호하고, 민심을 안정시켜야 했다.

빙해의 이변 이후, 겨우 열 살이던 예아가 황위를 이었다. 계승식에조차 용비야와 한운석이 모습을 보이지 않자 온갖 의혹이 난무했다. 섭정왕이 된 고북월은 강경하게, 심지어 철혈 방식으로 조정의 모든 의혹을 잠재울 수밖에 없었다.

그러나 그렇게 하더라도 이리 짧은 기간 내에 인심을 정말로 안정시키는 방법은 없었다. 황도에서 멀리 떨어진 지역에서 일단 무슨 사건이라도 생기면, 나쁜 마음을 먹은 자들이 어떤 구실로 삼을 가능성이 컸다. 이 광활한 대진국도 사람의 입 하나에 갈기갈기 찢겨 나갈 수 있었고, 그 후의 결과는 감히 상상하고 싶지 않을 정도였다.

고북월이 괜히 바쁜 것이 아니었다. 현재 대진국의 형세를 생각하면, 그는 앞으로 수년 동안은 계속 조마조마한 상태로 바쁘게 일해야 할 것이다.

고북월은 오늘 떠날 예정이라고만 했을 뿐 언제 돌아올지는 말하지 않았다. 진민은 그와 함께 가고 싶었으나, 서북 지역이 강남보다 여러모로 낙후되어 있다는 걸 잘 알고 있었다. 게다가 폭설까지 내리는 중이니, 그녀가 따라간다면 고북월에게 귀찮은 일만 더해 주는 꼴이 될 터였다.

그녀는 아쉬운 표정으로 그를 한참 바라본 후 말했다.

"알겠어요. 제가 가서 짐을 챙겨 드릴게요."

그때 고북월이 물었다.

"부인, 함께 가시겠소?"

진민은 깜짝 놀라 의아한 눈으로 그를 바라보았다. 일하러 가면서 그녀에게 같이 가자고 한 것은 이번이 처음이었다. 진민은 당장이라도 '좋아요'라고 외치고 싶었지만, 그에게 귀찮은 짐이 되고 싶지 않은 마음에 그저 웃기만 했다.

"저는 추위를 많이 타는걸요. 가지 않겠어요."

고북월이 진지한 눈빛으로 그녀를 바라보았고, 진민도 진지해졌다.

"전 정말로 추위를 많이 타요. 아시잖아요."

고북월이 어쩔 수 없다는 듯 웃더니, 그 이상 강권하지 않았다.

그는 오후에 출발할 예정이었다. 진민은 직접 그의 짐을 챙긴 다음, 점심도 먹지 않고 탕파를 준비하고, 또 약재 몇 종류를 뜨겁게 달여 탕파에 담았다.

진민은 고북월을 배웅하며 탕파를 손에 쥐여 주었다. 고북월은 오늘도 흰옷을 입고 있었는데, 바람막이마저 흰색이었다. 진민은 일부러 붉은빛 탕파를 준비했는데, 흰옷을 입은 그의 손에 들린 탕파는 유달리 선명해 보였다.

진민은 만족스러운 표정으로 그를 살핀 후 바람막이를 여며 주며 말했다.

"이 탕파 안에는 뜨거운 약탕을 넣었으니, 보통의 뜨거운 물보다는 오래 갈 거예요. 아마 반나절 이상은 충분할 것 같아요. 내가 약탕을 달일 약을 나누어서 짐 안에 넣어 두었으니, 매일 아침 문을 나서기 전에……."

진민은 한참 동안 말을 이었다. 그녀는 그에게 삼시 세끼 무엇을 먹어야 하는지, 무엇을 먹으면 안 되는지 모두 말하고 싶어 안달이 나 있었다.

고북월은 잔잔한 미소를 지은 채 그녀의 말을 참을성 있게 모두 들어 주었다. 마침내 진민이 말을 끝냈을 때, 그는 모두 기억했다는 듯 고개를 끄덕였다.

마차는 이미 도착해 있었고, 고북월은 가야 했다.

진민이 한참 동안 이야기한 것에 비해 그의 작별 인사는 간단했다.

"스스로를 잘 돌보고, 무슨 일이 있으면 바로 서신을 보내 주시오. 예아가 곧 돌아올 터이니, 나를 대신해 보살펴 주고."

진민이 열심히 고개를 끄덕였다.

"안심하세요."

고북월이 떠나려는 순간, 진민이 갑자기 그의 손을 잡았다. 그녀는 까치발을 하고 그의 머리에 묻은 눈을 털어 낸 다음에야 그를 놓아주었다.

"기다릴게요."

고북월은 고개를 끄덕인 후 마차에 올라탔다.

그는 이렇게 떠난 후 장장 반년 동안 돌아오지 않았다. 서북 지역뿐 아니라 현공대륙에도 다녀올 일이 생겼던 것이다. 고북월이 대진국 황도로 돌아왔을 때는 이미 한여름이었다.

그는 황도로 돌아온 후에도 먼저 집으로 가지 않고, 바로 입궁하여 예아를 만났다. 그는 날이 저문 다음에야 저택으로 돌아올 수 있었다.

대문 앞에는 등불이 환하게 밝혀져 있었다.

초조한 듯 대문 앞을 서성거리던 작약이 멀리서 마차를 발견하고, 흥분한 나머지 소리를 지를 뻔했다. 그녀는 재빨리 달려나와 길 한복판에서 손을 흔들었다.

마부는 무슨 일이라도 생긴 줄 알고 나는 듯이 말을 몰아 달려왔다.

마차에서 뛰어내린 고북월이 급하게 물었다.

"무슨 일이냐? 부인께서는?"

작약이 무척 기뻐하며 말했다.

"아가씨께서는 방에 계세요. 주인님을 기다리신 지 오래랍니다! 그리고 주인님을 기다리시는 분이 한 분 더 계세요!"

한 사람 더 있다고?

고북월은 작약의 말을 이해할 수 없었다. 작약의 태도 역시 평소와 크게 달라 보였다.

고북월이 진지한 목소리로 물었다.

"어찌 된 일이냐?"

평소였다면 작약도 고북월의 진지한 모습에 겁을 먹었을 것이다.

그러나 지금 그녀는 전혀 두렵지 않았다.

"들어가셔서 아가씨를 만나 뵈시면 어찌 된 일인지 아실 수 있을 거예요!"

민월 외전 **아이**

진민 외에 기다리는 사람이 한 사람 더 있다고?

이렇게 늦은 시간까지 태부부에 남아 있다면 외부인은 아닐 터였다. 그러나 외부 손님이 아니라면, 진민이 이렇게 인내심을 발휘해 부에서 기다리기보다는 궁으로 자신을 찾아왔을 것 같기도 했다.

생각에 잠긴 고북월이 빠른 걸음으로 가다가, 마치 무슨 일인지 깨달은 것처럼 따라오던 작약을 돌아보았다. 여전히 다급하던 걸음걸이가 마침내 문 앞에 이르자 분명 느려지고 있었다. 그는 바로 문을 열고 들어가지 않고 문 앞에 멈춰 섰다.

작약이 쫓아오더니 웃으며 말했다.

"주인님, 어서 들어가세요. 아가씨와 그분께서 주인님을 뵈면 분명 아주 기뻐하실 거예요."

고북월이 고개를 끄덕인 후 문을 밀고 안으로 들어갔다.

진민이 다탁 앞에 앉아 있었다. 가슴 위에서 끈으로 묶는 푸른빛 긴치마를 입고 있었는데, 당당해 보이면서도 고운 느낌을 잃지 않고 있었다.

그녀는 반년 전보다 살이 좀 찐 것 같아 보이는 것 외에는 특별히 다른 변화는 없었다.

고북월이 들어서는데도 그녀는 예전처럼 재빨리 몸을 일으키지 않고, 자리에 앉은 채 미소만 지었다.

고북월은 문안으로 들어서면서 진민의 배에 시선을 주었다가, 다시 진지한 얼굴로 그녀를 위아래로 훑어보았다.

진민은 그러한 그의 시선에 그만 피식 웃고 말았다.

"무얼 그리 보고 계세요?"

고북월이 그녀를 바라보며 담담하게 미소 지었다.

"부인께서 살이 좀 찌셨소."

진민도 웃으며 말했다.

"부군께서 집에 계시지 않으니 저는 먹고 마시는 것으로 소일했답니다. 자연스레 살이 붙었지요."

고북월도 웃으며 말했다.

"부인의 뜻은…… 내가 돌아온 것을 환영하지 않는다는 것이오?"

진민이 참을 수 없다는 듯 다급하게 외쳤다.

"다시 보세요! 자세히 보시란 말이에요!"

고북월이 다시 살펴보았다. 이번에는 시선이 그녀의 배에만 머물렀다.

그 모습을 본 진민이 더더욱 기쁜 듯 웃으면서도 아무 말도 하지 않았다. 고북월 역시 점차 흔쾌한 표정이 되어, 앞으로 다가가 진민의 손을 잡았다.

"자, 일어나 보시오. 자세히 좀 봐야겠소."

진민이 마침내 참지 못하고 희열에 찬 얼굴로 몸을 일으켰다. 얇은 치마 아래 숨겨져 있던 부푼 배가 결국은 드러났다.

그녀가 아이를 가진 것을 알게 된 것은 고북월이 떠나고 얼마 되지 않아서였고, 지금은 이미 6개월째였다. 그녀는 원래 마른 체형이었고, 허리도 유달리 가늘어 아직은 임신 징후가 그렇게 뚜렷하지는 않았다. 넉넉한 품의 옷을 입고, 살짝 조심해서 앉기만 하면 보통 사람들은 그녀가 아이를 가졌다는 사실을 알아채지 못했다.

고북월은 진민의 배를 보며 넋이 나가 있었다. 진민과 작약은 그런 그를 보며 서로 눈빛을 교환했다. 기쁘고 또 기쁜 일이었다.

진민이 잠시 기다리다가, 그래도 고북월이 정신을 차리지 못하자 그의 손을 잡아 제 배 위에 가볍게 얹어 주었다.

"북월, 우리에게 둘째가 생겼어요……. 우리 아이가."

고북월의 손을 잡아끄는 이 순간, 그녀의 손은 살짝 떨리고 있었다. 그리고 마음은 더더욱 떨리고 있었다.

6개월이나 지났건만 그녀는 여전히 이 행운으로 인한 기쁨을 완벽하게 가라앉히지 못하고 있었다. 그의 아이를 낳을 수 있다니! 그녀로서는 지금까지 단 한 번도 감히 꿈꿔 보지 못했던 행운이었다.

고북월이 그제야 정신을 차린 듯, 환희에 가득 찬 표정으로 외쳤다.

"둘째라니, 기쁜 일이오! 정말로 기쁘오! 부인, 고생하셨소!"

그는 말을 이을수록 점점 더 진지한 표정이 되었다.

"부인께서는 어찌…… 어찌 이제야 알려 주시는 것인지."

진민이 말했다.

"당신이 신경을 쓰다가 공무를 망칠까 걱정되었어요. 물론, 사심도 좀 섞인 결정이었죠. 당신 얼굴을 직접 보면서 이야기하고 싶었거든요."

고북월이 어쩔 수 없다는 듯 웃으며 어깨를 으쓱했다. 그리고 그녀를 자리에 앉힌 다음 맥을 짚었다.

예전이었다면 그가 맥을 짚을 때 결코 말을 걸어 방해하거나 하지 않았을 것이다. 그러나 진민도 이번만은 어쩔 수 없었다. 그녀는 임신 후의 몸 상태부터 시작하여 습관이며 기호가 어떻게 변했는지 전부 이야기했다. 지난 4개월 동안은 식욕이 무척 좋았다든지, 지금은 입덧 증상이 없지만 식욕이 전혀 없다든지 등의 이야기를.

그리고 얼음처럼 차가운 뭔가를 먹고 싶다는 것과 같은 사소한 일들뿐 아니라, 예전에는 일찍 자고 일찍 일어나는 편이었지만 지금은 늦게 자고 일찍 일어난다는 이야기까지 시시콜콜 털어놓았다.

고북월은 맥을 짚으며 그녀의 이야기를 들어 주었다. 그녀가 얼마나 기뻐하고 있는지, 모르려야 모를 수가 없었다.

마침내 그가 손을 내려놓았을 때 진민은 그에게 맥이 어떤지 묻지 않고, 요즘 먹고 있는 음식이며 다음 달의 식사 계획을 이야기하기 시작했다. 그녀는 비록 입맛이 없긴 하지만 배불리 먹기 위해 노력 중이었다. 아이가 너무 작게 태어나는 일이 없도록.

고북월은 그녀 곁에 앉아 계속 얘기를 들어 주었다. 결국은 작약이 물을 가져와 권했다.

"아가씨, 물을 좀 드세요. 그리고 이제 슬슬 쉬셔야 하지 않을까요?"

고북월이 직접 물을 받아 진민에게 건넸다. 그러나 그는 그녀가 기쁨을 나누는 것을 제지할 생각이 없었다.

"자, 목을 축이시오."

진민도 물을 두어 모금 마신 다음 다시 아이를 위해 어떤 준비를 했는지 이야기하기 시작했다. 그녀는 이미 아이의 이름까지 고민 중이었다. 고북월은 시종 미소를 머금은 채 때때로 그녀의 말에 대답해 주었다.

마침내 진민이 고북월에게 하고 싶은 말을 전부 다 끝냈다. 고북월이 웃으며 말했다.

"부인께서 기뻐하니 나도 기쁘오. 내일부터는 무엇이건 먹고 싶은 것을 이야기만 하시오. 내가 직접 해 드릴 터이니."

진민은 흥분한 상태로 연신 고개를 끄덕였다.

"우리, 이 일을 지금 당장 남신에게 알려야 할까요?"

그녀는 남신이 이 일로 인해 마음에 응어리가 맺히지 않을까 걱정하지 않았다. 그녀는 자신이 직접 키운 아들을 아주 잘 알고 있었다. 다만 남신이 이 일에 신경 쓰느라 임무를 제대로 해내지 못할까 걱정스러울 뿐이었다.

고북월의 눈가에 일말의 복잡한 빛이 스쳐 갔다.

"기회를 보아 내가 이야기해 주리다."

진민이 연이어 물었다.

"그 애는 지금 현공대륙 어디에 있나요? 무슨 중요한 일이라도 있나요?"

진민이 현공대륙과 관련해 아는 것은 모두 고북월에게서 들었다. 하지만 고북월이 반년이나 부에 있지 않았으니 최근 상황은 거의 모르고 있었다.

그녀는 자주 궁에 가서 예아를 돌봐 주기도 했지만, 예아는 용비야와 마찬가지로 냉정하고 말이 적은 편이라 많은 것을 묻기 어려웠다. 그녀가 아는 것은 그저 남신이 홍두 일행과 함께 이름을 바꾸고 현공대륙에 잠입해 있다는 사실뿐이었다.

고북월이 대답 없이 그저 고개만 끄덕이고 화제를 바꿨다.

"시간이 늦었으니, 부인께서는 쉬시는 것이 좋겠소."

진민도 배 속의 아이가 자신과 함께 밤을 새우게 내버려 둘 생각이 없었다. 게다가 먼 길을 온 고북월에게도 휴식이 필요했다. 그녀는 고개를 끄덕이며 작약에게 고북월이 목욕할 수 있도록 준비하라 일렀다.

고북월이 손을 저으며 말했다.

"그럴 필요 없소. 내가 직접 하면 되니. 작약, 부인을 방으로 모시거라."

작약은 지금도 무척 기쁜 표정이었다.

"예, 명을 받들겠습니다!"

방으로 돌아온 진민은 자리에 앉았다. 그녀는 그제야 자신이 너무 흥분했었다는 사실을 깨닫고 물었다.

"작약, 내가 방금…… 말이 너무 많았지?"

작약이 참지 못하고 웃으며 말했다.

"아가씨, 아가씨께서는 주인님의 아이를 가지셨잖아요. 주인님은 분명 아가씨보다 훨씬 더 기뻐하고 계실 거예요. 그러니 절대로 아가씨가 말이 많았다고 생각하지 않으실 거고요. 게다가 주인님께서는 반년이나 부에 안 계셨잖아요. 엿새 낮과 밤을 계속 이야기한다 해도 절대로 말이 많다고는 할 수 없다고요."

진민이 바로 그녀의 말을 바로잡았다.

"그렇게 이야기하지 마. 내가 그분에게 이야기하지 않은 거니까. 그분이 돌아오지 않으신 게 아니라고."

작약이 연신 고개를 끄덕였다.

"알겠어요. 그렇고말고요."

그리고 이 순간, 고북월은 여전히 다탁 앞에 앉아 있었다. 진민과 작약이 떠난 후, 그는 빛을 잃은 눈으로 생각에 잠겨 있었다……

민월 외전 **아기**

고북월은 그대로 멍하니 앉아 있었다.

얼마나 지났을까, 문 앞에서 대기하고 있던 하인이 마침내 방 안으로 들어와 말했다.

"주인님, 시간이 많이 늦었습니다. 마님께서 기다리고 계실 것입니다."

그제야 정신을 차린 고북월이 가볍게 미간을 찌푸리고는 말 없이 후원으로 향했다. 그가 목욕을 끝내고 옷을 갈아입었을 때는 이미 한밤중이었다.

진민은 과연 자지 않고 침상에 기대어 의서를 읽으며 기다 리고 있었다. 그녀는 고북월이 들어오는 것을 보고도 예전처럼 자는 척하지 않고 웃으며 그를 맞았다. 그렇다. 그녀는 기뻐하 고 있었다. 그가 돌아왔기에 기뻤고, 그에게 이 기쁜 소식을 알 릴 수 있어서 기뻤다.

고북월이 눈썹을 치켜세웠다.

"아직도 자지 않았소?"

진민이 웃으며 말없이 자리에 누운 다음, 조심스럽게 그에게 로 몸을 돌렸다. 그 모습을 본 고북월이 다정하게 물었다.

"그렇게 누우면 몸이 불편하지 않소?"

진민이 고개를 끄덕였다.

"목령아와 영정이 5, 6개월까지는 그래도 옆으로 누울 수 있다고 하더라고요. 나중에는 배가 너무 커져서 옆으로 눕지 못하고 바로 누워야 할 거라고요. 가끔은 바로 눕기는커녕 기대기만 할 경우도 있다네요."

진민은 의원이니 임신과 관련해 아는 바가 꽤 많았다. 그러나 직접 겪게 되니 그녀도 결국은 다른 이들의 경험에 귀를 기울일 수밖에 없었다.

고북월이 곁에 누우며 말했다.

"모두와 이야기를 많이 나누는 것도 좋겠군. 부에 며칠 초청하는 것은 어떻겠소?"

"령아는 예전부터 오려고 했지만 아금이 말렸어요. 그리고 영정은 당리가 현공대륙으로 딸을 만나러 간다고 해서 당씨 가문을 지켜야 한다네요."

고북월이 다시 물었다.

"괜찮은 산파는 찾았소?"

"두 사람을 구했어요. 다음 달부터 부에 와서 머물기로 했어요."

진민의 대답에 고북월이 잠시 생각하다가 말했다.

"두 명쯤 더 찾아보시오. 부에 있는 시녀들 모두 경험이 없으니, 그때 가서 쩔쩔매지 않도록."

고북월이 진지한 눈빛으로 신경 써 주니, 진민의 마음이 순식간에 따뜻해졌다. 그녀는 그의 눈을 바라보다 저도 모르게 손을 뻗어 그의 얼굴을 어루만졌다.

"당신이 있는데, 당황할 일이 있을 리 없지요."

고북월이 진민의 손을 제 얼굴에서 떼는가 싶더니 꼭 잡아 주었다. 그는 잠시 고민하다가 여전히 진지하게 말했다.

"내가 직접 아이를 받겠소."

당황한 진민이 외쳤다.

"안 돼요!"

그녀는 고북월이 의성 행림 의술 대회에서 죽기 직전의 임신부를 살려 내는 것을 직접 보았기에 그의 실력을 의심하지는 않았다. 그러나 그녀는 그에게 직접 아이를 받게 하고 싶지는 않았다. 그녀는 고북월에게 이유를 물을 기회조차 주지 않고 거절했다.

"어쨌든 안 돼요. 절대로 안 된다고요!"

고북월이 그녀의 마음을 알아챘는지는 알 수 없지만, 어쨌든 그도 강권하지는 않았다.

"그럼 내일 산파를 두 사람 더 청합시다."

진민은 이 부분은 그의 말을 따르기로 했다.

고북월이 그녀에게 이불을 덮어 주며 말했다.

"시간이 늦었으니 이만 잡시다."

진민은 잠시 침묵을 지켰다. 잠이 오지 않았지만, 반듯하게 누운 고북월이 눈을 감은 것을 보니 그를 방해하고 싶지 않았다.

부푼 배 때문에 그녀는 예전처럼 그의 곁으로 다가가 기댈 수 없었다. 대신 살며시 손을 뻗어 고북월의 팔을 잡아당겼다.

그는 눈을 뜨지는 않았지만, 그녀의 손을 가볍게 잡아 주었다. 진민은 만족하고 마침내 잠을 청했다.

그러나 이게 웬일일까. 눈을 감고 나서 얼마 되지 않아 배 속에서 갑자기 희미한 움직임이 느껴졌다. 둥그렇게 눈을 뜬 그녀가 고북월의 손을 잡아당기며 소리쳤다.

"북월!"

고북월이 즉시 정신을 차리고 몸을 일으켰다.

"무슨 일이오?"

진민이 그에게 가만히 있으라고 손짓하고는 긴장한 표정으로 미동도 하지 않았다. 그리고 한참 후에야 조심스럽게 손을 배 위에 얹었다. 잠시 후, 기쁨으로 얼굴이 환해진 그녀가 고북월의 손을 잡아끌었다.

고북월은 의원인지라, 바로 태동 때문이라는 것을 알아차렸다. 그는 재빨리 진민의 배를 가볍게 만져 보았다. 그러나 한참을 기다려도 아무 기척도 느껴지지 않았다.

진민이 속삭였다.

"조급해 말고요, 좀 더 기다려 봐요. 아기가 움직일 거예요."

진민은 한 달 반 전부터 태동을 느꼈다. 첫 번째 태동 이후 때때로 움직임이 느껴지더니 보름 전부터는 매일 느낄 수 있었다. 하지만 아기는 아침에 주로 움직였고, 이렇게 늦은 시간에 발을 차는 경우는 한 번도 없었다. 생각이 이에 미치자 진민은 다시 가볍게 배를 쓸며 물었다.

"아가, 아버지가 돌아오신 걸 아는구나? 기쁜 거지? 아버지 목소리를 들은 거니?"

그녀가 아기에게 다정하게 말을 거는 모습을 보고, 원래도 다정하던 고북월의 눈빛이 한결 부드러워졌다. 그는 자신도 모르게 미소 지었다.

진민은 그의 손이 자신의 배를 덮은 것을 보고 그를 흘깃 바라보았다. 그녀는 그의 손을 잡고 가볍게 제 배를 쓸면서 말했다.

"뭐든 말해 봐요!"

고북월은 무슨 말을 해야 할지 모르겠다는 듯 웃기만 했다. 그때 아기가 갑자기 움직였다. 고북월의 커다란 손바닥 아래로 살짝 볼록하게 올라오더니 곧 조용해졌다.

진민은 당연히 그 움직임을 느끼고 고북월에게 묻는 듯한 시선을 보냈다. 고북월이 웃으며 고개를 끄덕이자, 진민은 그제야 웃으며 그의 손을 놓아주었다.

"아기도 당신이 돌아온 것을 아나 봐요. 분명 알고 있어요."

사실 그녀는 이 순간 마음속으로 이런 말을 하고 있었다. 그녀가 매일 그를 기다렸다고. 그리고 혹시 아기가, 엄마인 자신이 마음 쓰는 것이 싫었던 건 아닌지 모르겠다고.

고북월이 다시 진민의 배를 쓰다듬으며 물었다.

"네 어머니도 매일 내가 돌아오기를 기다렸을까?"

진민은 깜짝 놀랐다. 생각하던 것을 그대로 고북월에게 들켜 버리다니. 그녀는 부끄럽기도 하고 어쩐지 우습기도 해 고북월을 노려보았다. 그러나 고북월은 진지한 표정으로 말했다.

"반년 동안 부인께서 정말 고생하셨소."

진민은 그의 이런 진지한 모습을 좋아하지 않았다. 그녀는 여전히 그를 노려보며 말했다.

"그럼 아이에게 이름을 지어 주는 것으로 사죄하세요!"

고북월이 잠시 생각에 잠겼으나 좋은 이름이 떠오르지 않았다.

"아직 아이가 어떻게 생겼는지 보지 못했으니, 태어난 후에 지어 주는 것은 어떻겠소?"

이 이유라면 진민도 반박할 말이 없었다.

"그럼 빚을 달아 둔 것으로 하죠."

고북월이 다시 그녀에게 이불을 덮어 주며 말했다.

"너무 늦었소. 당신도 아이도 자야 할 것 같소."

진민이 그의 손을 잡으려 했지만, 그가 먼저 그녀를 향해 옆으로 눕더니 그녀의 손을 잡아 주었다.

깊고 고요한 밤. 진민은 점차 잠의 늪 속으로 빠져들었지만 고북월은 여전히 맑게 깨어 있었다.

그는 진민이 이미 잠든 것을 확인한 후에야 그녀의 손을 놓아주고 조심스럽게 몸을 바로 했다. 반듯하게 누운 그가 무슨 생각에 잠겨 있는지는 그만이 알 일이었다. 그는 점차 넋이 나간 표정이 되었다.

다음 날, 진민은 늦잠을 잤다. 고북월은 평소처럼 이미 방을 떠난 후였다. 그러나 아침 일찍 공무를 보러 간 것이 아니라 부에서 직접 아침 식사를 준비하고 진민을 기다리고 있었다.

그는 흰죽을 끓이고 무려 열 가지나 되는 요리를 준비했다. 입맛을 돋워 줄 간단한 음식 세 가지로 시작해, 맛도 향도 완벽하고 보기도 좋은 요리가 일곱 가지나 나왔다. 진민은 그의 음식 솜씨가 이리 좋은 줄 처음 알았다.

그가 만든 음식이기 때문일까, 아니면 그의 솜씨가 정말로 좋아서일까. 그녀의 식욕이 되돌아왔다. 그녀는 죽을 한 그릇 더 청해 먹었다.

진민이 다 먹기도 전에 하인이 들어와 말했다.

"주인님, 마님, 새로 청하신 산파 둘이 왔습니다. 곁채에서 기다리라 일러두었습니다."

고북월은 진민에게 천천히 먹으라 말한 후 먼저 자리를 떴다. 그가 식당을 나오고 얼마 되지 않아 하인이 다가오더니 속삭였다.

"주인님, 예왕 전하께서 파견한 사람이 소식을 전해 왔습니다. 아직…… 아직도 도련님을 찾지 못했다고 합니다. 혹시 주인님께서 현공대륙에 한 번 더 다녀오시는 것이 어떠할지 물으셨습니다."

고북월이 식당을 흘깃 돌아본 후 곁채로 향하며 하인에게 물었다.

"실마리가 전혀 없는 건가?"

"주인님께서 돌아오신 후, 예왕 전하와 승 회장님께서 직접 북안을 보름 내내 뒤지셨으나 아무 실마리도 찾지 못하셨다고 합니다."

하인의 대답에 고북월이 미간을 찌푸렸다. 언제나 온화하던 그의 눈동자가 무거워져 있었다.

섣달그믐이 되기 며칠 전, 고북월은 처음으로 영자가 실종되었다는 사실을 알게 되었다. 그는 사흘 내내 밤잠을 이루지 못하고 고민했다. 그리고 영자의 실종 문제뿐 아니라 다른 여러 가지를 고민한 끝에 그는 결국 진민에게 모든 것을 숨기기로 했다.

그 후로 반년이 흐른 지금까지도 영자는 소식 한번 보내오지 않았으니, 이제는 더더욱 말할 수가 없었다.

고북월은 정월에 서남 지역으로 갔으나, 사실 그곳에서 머문 시간은 그리 길지 않았다. 그가 그곳을 떠나 현공대륙으로 간 것도 사실은 영자의 일을 알아보기 위해서였다.

직접 낳은 아들이 아니라 해도 친아들처럼 여기고 있던 영자였다. 그가 실종되었다는데 어떻게 걱정이 되지 않겠는가?

고북월은 말없이 계속 걸었다. 그의 뒤로 늘어진 그림자조차 몹시도 무거워 보였다.

하인이 따라오며 다시 말했다.

"며칠 전 황상께서는 예왕 전하께, 현공대륙에 현상금을 거는 것이 어떠하겠느냐 하셨습니다. 다행히도 예왕 전하께서 거절하셨고요. 주인님, 황상께서는 이 일로 인해 몹시 초조해하고 계십니다. 주인님께서 돌아오셨으니, 이제 황상을 말리실 분이 오신 셈입니다."

고북월이 발걸음을 멈추고 불쾌한 듯한 목소리로 말했다.

"너무 터무니없지 않은가?"

현공대륙에서 공개적으로 사람을 찾아도 되는 거라면 지금까지 그러지 않을 이유가 없었다.

그들의 적이 아직도 현공대륙 어딘가, 그들이 모르는 곳에 숨어 있었다. 지금은 그들과 적 모두 어둠 속에 있을 뿐 아니라, 적은 빙해가 독에 감염된 진상을 알지 못했다. 하지만 만약 영자를 찾다가 이러한 사실이 드러나면 그야말로 적은 어둠 속에, 그리고 그들은 밝은 곳에 있게 되는 것이나 마찬가지였다. 그러니 영자를 찾는 일은 물론이고 연아를 찾는 것조차 한없이 조심스럽게 해야만 했다.

게다가 현공대륙은 현재 군씨, 우문씨, 백리씨가 세력을 굳힌 상황이니, 그들이 현공대륙 여러 곳에 힘을 심어 놓기에 가장 좋은 시기였다. 그들은 반드시 신중하게 행동해야 했다.

고북월이 화를 내자 하인은 속으로 감탄했다. 지금 황상에게 화를 낼 수 있는 사람은 예왕 전하를 제외하면 주인님, 바로 태부뿐이었다.

하인이 연신 고개를 끄덕였다.

"그렇습니다. 황상께서 조급하신 모양입니다."

고북월이 불쾌한 얼굴로 말했다.

"조급하실 뿐 아니라, 영자의 일로 현공대륙을 시험하실 생각인 것 같다. 지금 아직 때가 무르익지 않았으니, 영자가 아니라 황상께서 실종되셨다 해도 모두 마음을 가라앉혀야 할 때인 것을. 빙해에는 분명 우리가 모르는 비밀이 숨어 있다. 그렇지 않다면 기연결이 제 생명까지 걸고 그렇게 큰 위험을 무릅썼을 리 없지!"

하인이 깜짝 놀랐다.

"주인님의 뜻인즉…… 단목요와 기연결 뒤에 다른 이들이 있다는 말씀입니까?"

고북월이 고개를 끄덕였다.

사실 그는 단목요와 기연결 배후의 인물보다는 빙해에 숨겨진 비밀에 더 관심이 많았다.

봉황력이 방출해 낸 그 신비하고도 강력한 힘은 대체 무엇일까?

그리고 어째서 빙해의 이변 이후 현공대륙의 진기가 모두 사라져 버린 걸까?

단목요와 기연결 뒤에 있는 사람은 빙해의 비밀을 대체 얼마나 알고 있을까?

곁채에 가까워지자 고북월은 발걸음을 늦췄고, 하인도 그 이상 말을 하지 않았다.

곁채에서 기다리고 있던 산파들은 모두 나이가 꽤 들어 보였지만, 한눈에도 일손이 빨라 보였다. 한 사람은 고지식해 보일 정도로 단정하게 자리에 앉아 있었고, 다른 한 사람은 주위를 두리번거리면서 때때로 시녀에게 이것저것 묻기도 했다.

고북월이 들어가자 두 사람 모두 나란히 앞으로 걸어 나와 몸을 굽혀 절했다. 조용하던 이는 그저 '섭정왕 전하를 뵙습니다!'라고만 말했지만 다른 한 사람은 먼저 축하의 말을 늘어놓은 다음 자신을 소개하고, 명을 받들겠다거나 하는 말을 잔뜩 늘어놓았다.

고북월은 산파들의 말을 아예 귀에 담지도 않았다. 모두 태의원에서 뽑아 보낸 이들이었으니 능력에 대해서라면 고민할 필요가 없었다. 중요한 것은 진민이 그녀들을 좋아하는가 하는 것이었다.

그가 자리에 앉자 곧 진민이 작약의 시중을 받으며 곁채로 들어왔다. 두 산파는 또다시 절을 했다. 진민 역시 태의원의 추천을 믿었기에, 산파들을 흘깃 본 다음 대수롭지 않다는 듯 고북월에게 물었다.

"당신 생각에는 어떠세요?"

고북월이 담담하게 웃으며 말했다.

"그건 내가 부인께 물어야 할 말인 것 같소."

"당신이 저 대신 정해 주리라 생각했는데요."

그녀의 말에 고북월이 잠시 멈칫하는 듯했으나 곧 다시 웃기 시작했다. 그는 진민에게 가까이 다가오라 손짓한 다음, 그녀의 귀에 대고 속삭였다.

"내 보기에는, 조용한 사람 하나에 시끄러운 사람 하나이니 아주 잘 어울리는 것 같소. 두 사람 모두 머물게 합시다."

진민이 고개를 끄덕였다.

"좋아요, 그렇게 하지요."

진민의 밝은 웃음을 보는 순간, 고북월은 그녀가 변했다는 것을 깨달았다. 아니, 정확하게 말하자면 예전과 달라져 있었다.

그는 사실 그녀가 결혼 전 어떤 성격이었는지 알지 못했다. 어쩌면 그녀는 본래 이렇게 웃음이 많은 성격이었는지도 모른다. 마치 소녀 같아 보이는 진민의 모습을 그만이 알지 못하고, 또 그만이 본 적 없는 것일 수도 있었다.

고북월은 진민이 변한 것이건 아니면 예전의 모습을 되찾은 것이건 모두 좋은 일이라고 생각했다. 그녀가 명랑하게 지낼 수만 있다면.

진민이 고개를 끄덕이자 두 산파 모두 남는 것으로 결정되었다. 진민은 작약에게 산파들이 지켜야 할 규칙 등을 일러 주라고 명령했다.

작약과 산파들이 나간 후에도 고북월은 여전히 진민 곁에 앉아 있었다. 진민은 조금 당혹스러운 마음이 들었다. 예아가 아무리 뛰어나다 해도 아직 어리기 때문에 모든 일을 홀로 처리할 수 없었다. 고북월이 황도에 있는 동안은 매일 어서방으로 가서 예아를 도와 정무를 처리해야 했다.

고북월은 궁에 머물거나, 날이 밝기도 전에 나가서 밤늦게서 야 돌아왔다. 진민이 궁에 들어가지 않으면 그의 얼굴조차 보 기 힘들 수밖에 없었다.

"오늘은 조정에 나가지 않으시나요?"

진민의 물음에 고북월이 답했다.

"오늘은 휴가를 청했소. 함께 정원을 걷는 게 어떻겠소?"

진민은 물론 무척 기꺼운 마음이었다. 둘은 함께, 그녀가 올 봄에 새로 심어 이미 화려하게 피어난 수련을 보러 갔다.

고북월은 매일 이 정원을 지나치며 가끔 정자에서 시간을 보 내곤 했었다. 그러나 평소에는 너무 바빴기에 이렇게 느긋하게 꽃을 감상할 시간을 낼 수 없었다. 그는 진민의 손을 잡고 수련 뿐 아니라 다른 꽃들도 감상했다.

두 사람이 정원 남쪽 담장까지 걸어갔을 때, 활짝 핀 해바라 기 한 송이가 보였다. 손바닥 크기의 꽃받침에 눈부시게 노란 꽃잎, 해를 맞으며 피어 있는 그 모습은 무척이나 굳세고 찬란 해 보였다.

고북월이 해바라기에 몇 번이나 눈길을 주는 것을 보고는 진 민이 웃으며 물었다.

"마음에 드나요?"

"이 꽃은 키우기 쉬운 편이오?"

고북월의 질문에 진민이 아주 진지하게 대답했다.

"키우기 쉽지는 않지요?"

"그런가?"

그러자 진민이 장난스럽게 웃으며 말했다.

"아무리 대단한 원예 솜씨를 지녔더라도 이 꽃을 꽃피우게 할 수는 없어요. 태양만이 할 수 있죠. 당신 생각에는 이 꽃이 키우기 쉬워 보이나요?"

고북월은 진민을 한참 바라보다가 담담하게 미소 지었다.

"일리 있는 말이군."

꽃을 감상한 두 사람은 정자 안에서 잠시 휴식을 취했다. 그 다음 둘은 응달진 곳에 심어 둔 공기봉리를 보러 갔다. 고북월은 화초와 관련한 여러 가지를 물어보았고, 진민은 아는 것을 모두 말해 주었다.

그날 고북월은 종일 진민과 함께 있었다. 그 후로도 그는 며칠에 반나절 정도는 시간을 내어 그녀와 함께 보냈고, 밤이 되어 진민이 잠들면 서재로 가서 채 처리하지 못한 급한 일들을 처리하곤 했다.

그렇게 나날이 흘러갔고, 진민의 배도 점점 더 불러 왔다. 그리고 연아와 영자는 진민의 분만이 가까워졌을 때까지도 소식이 없었다.

어느 날 밤, 고북월이 서재에서 일하고 있을 때였다. 진민은 갑자기 배가 아파 잠에서 깨어났다…….

민월 외전 **명신**

고북월이 서류 속에 파묻혀 있을 때였다. 하인이 총총히 달려오더니 소리쳤다.

"주인님, 마님께서 아기씨를 낳으십니다! 곧 아기씨가 나옵니다!"

고북월의 손에 들려 있던 붓이 바닥으로 떨어졌다. 그는 재빨리 달려 나가다가 다시 책상으로 돌아와, 서류를 잘 정리한 후에야 자리를 떠났다.

그가 도착했을 때는 이미 방 안에 등불이 환하게 밝혀져 있었고, 겹겹이 내려진 휘장 안에서 산파들과 시녀들이 바삐 오가고 있었다.

고북월이 안으로 들어가려 하자, 문가에서 기다리던 작약이 막아섰다.

"주인님, 아가씨께서 주인님은 들어오시면 안 된다고 특별히 말씀하셨습니다."

"내가 아이를 받을 생각은 없다. 그저 곁에서 지켜 주려는 것뿐이다."

고북월의 항의에 작약이 참지 못하고 피식 웃으며 말했다.

"주인님, 아가씨의 뜻을 모르시겠어요? 남자가 산방에 드는 것은 길하지 않고, 또 말이 나는 것도 좋지 않지요. 무엇보다 중요한 것은…… 아가씨께서는 예쁘지 않은 모습을 주인님께 보여 드리고 싶지 않으신 거예요."

고북월은 영리한 사람이었지만 여자의 마음에 대해서라면 아는 바가 없었다. 그는 웃으며 억지로 들어가려 하지 않고 물었다.

"지금 상황은 어떠하지? 마님의 상태는 괜찮으시냐?"

작약은 계속 문을 지키고 있으라는 명을 받았기에 방 안의 상황은 알지 못했다. 그녀는 재빨리 산파를 불러 고북월의 질문에 답하게 했다.

"모두 순조롭습니다. 진통이 조금 빠르게 오고 있어 마님께서는 힘드신 상황이지만요. 이미 주인님께서 주신 처방에 따라 삼계탕도 끓여 놓았습니다. 잠시 후에 마님께 뜨거운 탕을 드려 기운을 북돋아 드릴 것입니다. 제 경험으로 보건대, 날이 밝기 전에 아기씨께서 나오실 것입니다."

고북월은 고개를 끄덕인 다음 문가로 물러 나와 자리에 앉았다.

여자들이 아이를 낳을 때는 고통에 비명을 지를 수밖에 없다. 그러나 한참을 기다려도 진민의 소리는 들리지 않았다. 고북월은 그녀가 비명을 참고 있다는 사실을 알아차렸다.

얼마 후 하인이 펄펄 끓는 삼계탕을 가져왔다. 작약이 탕을 받아 드는 것을 보고 고북월이 다시 물었다.

"상황은 어떻지?"

"모두 순조롭습니다. 아가씨께서 주인님께 안심하시라 전하셨어요."

작약의 말에 고북월은 어쩔 수 없다는 듯 고개를 저으며 입을 열었다.

"마님께 전하거라. 나는 계속 밖에 있으니 신경 쓸 필요 없다고. 만약 아프면 참지 말고 소리를 내시라고 말이다."

작약은 연신 고개를 끄덕이며, 고북월의 말을 진민에게 전할 생각에 기뻐했다.

이렇게 다시 한 시진이 지나갔고, 마침내 고요한 가운데 진민의 고통에 찬 비명이 들려왔다. 고북월이 몸을 일으켰다. 언제나 담담하고 침착하던 그도 긴장한 게 역력해 보였다. 그는 휘장 안을 응시한 채 꼼짝도 하지 않고 서 있었다.

진민의 비명이 간간이 들려오다가 마침내 멈췄다. 그리고 곧 맑은 울음소리가 들려왔다.

태어났다!

그 순간 문밖에 있던 하인들 모두 고북월에게 축하의 말을 건넸다. 고북월은 여전히 휘장 안을 응시한 채 입가에 미소를 짓기 시작했다.

얼마 지나지 않아 산파가 아이를 안고 나와 웃으며 외쳤다.

"아드님이십니다! 주인님, 축하드립니다! 아드님을 얻으셨어요!"

아이는 아주 작았지만 머리는 새카만 게 머리숱이 무척 많았다. 쪼글쪼글 주름이 진 새빨간 얼굴은 아무리 봐도 예쁜 곳이 없었지만, 아이를 바라보는 고북월의 눈은 부드럽게 휘고 있었다. 너무나 사랑스러웠다.

고북월은 그동안 꽤 많은 아이를 안아 보았지만, 산파의 손에서 친아들을 받아 드는 순간 마치 생전 처음 아이를 안아 보는 듯 조심스럽게 굴었다.

아이를 안은 그는 빠르게 방 안으로 들어갔다. 그곳에서는 하인들이 막 진민의 주변을 정리하고 있었다.

그녀는 창백한 얼굴로 침상에 누워 있었다. 입술마저 핏기 하나 없이 하얗게 질려 있었지만, 아이를 안은 고북월이 다가가자 아름답게 미소 지었다. 분명 산모 중에서는 나이가 많은 편이었지만, 지금 그녀는 행복에 빠진 소녀처럼 눈동자도 밝게 빛나고 있었다.

고북월이 조심스럽게 아이를 진민 곁에 내려놓고 침상 가장자리에 앉은 다음 다정한 목소리로 말했다.

"고생했소."

진민은 여전히 웃는 얼굴로 아이를 바라보았다.

"우리 아이예요."

고북월이 고개를 끄덕이며 가볍게 그녀의 맥을 짚었다. 그러나 진민의 시선은 계속 그와 아이 사이를 오가며, 고북월을 얼마나 닮았는지 살피고 있었다.

고북월은 맥에 큰 문제가 없다는 것을 확인하고 안심했다. 진민은 그가 손을 내려놓자 재빨리 재촉했다.

"이름은 생각해 봤어요?"

고북월이 다시 아이를 안아 들고 한참을 바라보다가 말했다.

"역시 신辰 자를 쓰도록 합시다."

진민도 생각에 잠겼다. 마침내 두 사람이 이구동성으로 외쳤다.

"명신!"

두 사람이 같은 이름을 떠올렸으니, 그 이상 서로의 생각을 설명할 이유가 없었다. 두 사람은 서로를 보며 미소 지었고, 이렇게 아이의 이름은 고명신으로 지어졌다.

조용히 자고 있던 명신이 마치 자신에게 이름이 생긴 것을 깨달은 듯 천천히 눈을 떴다. 그 모습을 본 고북월이 크게 기뻐하며 명신을 진민에게 보여 주었다.

"아이가 깼소."

진민 역시 기뻐하며 명신의 얼굴이며 조그만 손을 살며시 어루만졌다. 아이의 새까만 눈동자가 고북월을 보다가 다시 진민을 바라보았다. 과연 얼마나 분간할 수 있을지는 아무도 모르는 일이었지만, 명신은 곧 와앙 울음을 터뜨렸다.

고북월과 진민 모두 당황하여 외쳤다.

"배가 고픈가 봐."

유모가 달려와 명신을 안아 들고 자리를 떠났다.

고북월이 몸을 굽혀 진민의 볼에 흐트러진 머리카락을 다정하게 귀 뒤로 넘겨 주었다.

진민은 그런 그의 손을 잡았다.

"기쁜가요?"

"당연히 기쁘오."

진민은 그의 눈을 한참 동안 바라보다 겨우 중얼거리듯 말했다.

"북월, 마침내 내가 당신의 아이를 낳았어요. 아이를 낳는 건 너무나 아파요……. 하지만 그렇게 아프지 않았다면, 나는 이게 꿈이라 생각했을 거예요."

고북월의 마음이 과거 무애산에서 의지할 곳 없이 울고 있던 진민을 보았을 때처럼 아파 왔다. 그는 진민의 머리를 쓰다듬으며 부드러운 목소리로 말했다.

"당신은…… 어머니가 되었는데도 어찌 이리 바보 같은 거요?"

어째서인지는 알 수 없었지만, 진민은 문득 그가 그녀에게 아주 가까이 다가와 있다는 느낌을 받았다. 모든 것이 사실로 변한 것이다. 그녀는 그에게 뭔가를 요구하는 일이 거의 없었으나 이번에는 도저히 참을 수가 없었다.

"북월, 앞으로는 나를 부인이라 부르지 말고…… 이름을 불러 주지 않겠어요?"

고북월이 고개를 끄덕였다.

그러나 진민이 눈썹을 치켜세우자 잠시 멈칫하더니 곧 입을 열었다.

"진민."

진민이 활짝 웃으며 그에게 계속 불러 달라고 부탁했다.

"진민……. 진민……. 진민!"

고북월은 인내심 있게 세 번 연속 그녀의 이름을 불렀고, 진민은 마침내 만족했다.

작약이 계란국수를 들고 들어오자 고북월은 직접 진민의 베개를 높여 주고, 국수를 조금씩 그녀에게 먹여 주었다. 진민 모자의 시중을 드는 하인들 수가 적지 않건만, 고북월은 이렇게 직접 그녀 곁에 있어 주었다. 물론 밤에도 마찬가지였다.

아내와 아들 곁에서 시간을 보내며 조정의 일을 처리하고, 또한 현공대륙에서 벌어지는 일에도 신경 쓰다 보니 고북월은 하루가 다르게 말라 갔다. 진민은 그런 그를 볼 때마다 마음이 아파 자신과 보내는 시간을 줄이게 하려 했으나, 고북월은 고집을 부리며 듣지 않았다.

다행히도 명신은 두 사람을 닮아 매우 얌전했다. 배가 고플 때 우는 것 외에는 대부분 잠을 자며 시간을 보내곤 했다.

곧 아이가 태어난 지 한 달이 되는 만월이었다. 고북월은 진민에게 40일 동안의 산후 조리를 안배해 주었다. 게다가 친척과 친우들 모두 황도에 있지 않으니, 만월 잔치를 크게 할 필요도 없었다. 조정의 대신을 초청하는 외에, 고북월은 그날 저녁 예아를 부로 초청해 식사를 함께 했다.

예전에는 예아가 항상 고북월에게 궁에서 함께 저녁을 먹자고 졸랐다. 그러나 민 이모가 아이를 가진 후로는 단 한 번도 고북월과 저녁을 먹지 않고, 심지어 가능한 한 이른 시간에 부로 돌려보냈다.

고북월은 상석을 예아에게 권했으나, 예아는 그다음 자리에 앉았다. 예아는 비록 열두 살밖에 되지 않았으나, 그 단정한 자태며 신중하고 노련한 행동거지는 어른 못지않았다.

예아가 말했다.

"태부, 이곳에는 우리 외에 다른 이들이 없으니, 예의에 구애받을 것 없습니다."

민월 외전 **천만다행**

　헌원예가 상석을 양보하고 다음 자리에 앉자, 고북월도 상석에 앉지 않고 헌원예 맞은편에 앉았다.

　그 모습을 본 헌원예가 입가를 가볍게 비틀었으나 결국 아무 말도 하지 않았다. 더 말해 봤자 소용없다는 걸 알고 있었기 때문이다.

　시녀가 음식을 차리기 시작했다. 만월연이니만큼 달달한 찹쌀죽과 팔보를 올린 밥도 빠지지 않았다.

　고북월이 직접 예아에게 죽을 한 그릇 건네며 말했다.

　"오늘은 꼭 이 죽을 먹어야 한다고, 진민이 신신당부했단다."

　헌원예가 죽을 받아 들고는 담담하게 말했다.

　"연아와 영자가 함께 있었으면 참 좋아했겠군요. 그 애들 모두 단 음식을 좋아하니까요. 그리고 우리 모후 입맛에도 맞으셨을 텐데요."

　헌원예의 이런 모습이 고북월은 안타깝기도 하고 기껍기도 했다. 예아의 외로운 모습이 안타까웠고, 이미 어른스러워진 예아가 자신 앞에서만큼은 본연의 모습을 감추지 않고 솔직하게 구는 것이 기꺼웠다.

　"그래, 좋아했겠지. 모두가 돌아오면 부인에게 말해, 그동안 먹지 못한 만큼 벌충하게 하마."

고북월이 직접 죽을 한 숟가락 떠서 헌원예 입가에 가져갔다.

"달지만 느끼하지 않습니다. 맛을 보시지요."

헌원예가 웃었다. 가만히 있어도 잘생긴 얼굴이 웃으니 더욱 잘생겨 보였을 뿐 아니라, 방금의 낙심한 모습에 비해 훨씬 아이 같아 보였다.

헌원예가 죽을 한입 먹은 후 가볍게 입술을 핥으며 맛을 음미했다.

"맛있어요."

고북월은 그제야 숟가락을 그에게 건넸다.

"따끈할 때 먹거라."

헌원예는 죽을 먹은 후 다시 팔보밥과 다른 요리도 먹었다. 두 사람은 식사하며 한담을 나누었으나 조정의 일과 현공대륙에 관해서는 이야기하지 않았다.

헌원예는 진민의 몸이며 명신에 대해 관심을 보였고, 고북월은 헌원예와 연아가 태어날 때의 일들을 이야기했다. 상황을 알지 못하는 이들이 보았다면, 그들을 부자 사이로 오해할 법도 했다.

식사를 끝내자 하인이 견과류며 차를 가져왔다. 고북월은 특별히 헌원예를 위해 꽃차를 준비해 두었다. 헌원예가 웃으며 말했다.

"저는 물이면 됩니다."

한번은 헌원예가 부황을 너무도 그리워한 나머지, 부황이 가장 좋아하던 남산홍을 우린 적이 있었다. 그러나 독주와 차는

10대 초반 아이에게는 좋지 않은 법. 고북월은 헌원예가 차를 우리는 것을 보고 제지한 다음 맑은 물을 따라 주었다. 그 후로 헌원예는 물을 마시는 습관을 들였다.

하인이 꽃차를 낼지 물을 낼지 망설이며 고북월에게 묻는 듯한 시선을 보냈다. 그러자 고북월이 담담하게 말했다.

"물을 한 주전자 가져오너라."

본래 따사롭던 분위기는 이 '물'이라는 단어에 갑자기 조금 무거워졌다. 사실 차를 마시던 그 일로 헌원예는 고북월과 크게 다투었다. 그것은 빙해의 전투가 있은 지 얼마 지나지 않았을 때로, 헌원예가 채 열한 살이 되기 전이었다. 그리고 말다툼의 근본적인 문제는 차 한 잔이 아니라, 헌원예의 치기와 고북월이 그를 얽매려 한 것에 있었다.

헌원예가 고개를 숙인 채 아무 말도 하지 않았다. 고북월은 마치 막 태어난 아들을 보듯 다정한 눈빛으로 그런 그를 바라보았다. 한참 후 고북월이 입을 떼려 했을 때, 헌원예가 고개를 들더니 웃으며 말했다.

"식사를 끝냈는데도 태부께 축하 인사를 올리지 않았군요."

그러고는 제 앞에 놓인 물잔을 들어 올리며 말했다.

"예아가 술 대신 물로 축하드리겠습니다. 태부, 귀한 아들을 얻으심을 축하드립니다."

고북월이 연신 고개를 끄덕이며 함께 잔을 들었다.

헌원예는 물 한 잔을 다 마신 후 다시 한 잔을 더 따랐다. 그리고 이번에는 웃지 않고 진지한 표정으로 말했다.

"예아가 아직 어리고 경솔하여, 최근 2년 동안 태부께 근심을 적잖이 끼쳤지요. 예아가 잘못하였습니다. 오늘부터는 좀 더 신중하게 생각하고 행동해, 태부께서 고심하시는 일이 없도록 하겠습니다."

헌원예의 진지한 모습을 지켜보는 고북월의 마음은 복잡미묘했다. 그러나 그는 마음속에서 일렁이는 감정을 내려놓고 냉정함만을 남겨 두었다. 지난번 다투었던 일만 해도 고북월은 자신이 예아에게, 아이가 받아들일 수 있는 범위를 넘어서서 속박하고 있다는 사실을 분명히 알고 있었다. 그러나 그렇게 할 수밖에 없었다.

고북월은 냉정하게 고개를 끄덕여 헌원예의 사과를 받아들였다. 그러자 헌원예가 다시 물을 한 잔 더 따르더니, 고북월에게 건배하며 말했다.

"태부, 이 잔은 제가 부황과 모후를 대신해 축하드리기 위하여 들겠습니다."

고북월이 바로 몸을 일으켜 잔을 들었다. 헌원예는 여전히 단정한 자세로 앉아 물을 마셨다. 이 순간 그는 아이처럼 보이지 않았다. 타고난 존귀함과 위엄 덕분인지, 마치 또 다른 용비야를 보는 듯했다.

헌원예는 명신을 보고 싶어 했지만 태어난 지 얼마 안 된 명신은 계속 잠만 잤다. 밤이 되자 헌원예는 날을 바꿔 다시 오겠다며 자리에서 일어났다. 그리고 떠나기 전, 고북월에게 보름 동안 쉴 것을 명령했다. 황제의 명이었기에 고북월은 받아들이는 수밖에 없었다.

10여 일 후, 진민이 산후조리를 끝내고 고북월에게 궁으로 들어가 지내자고 제안했다. 고북월도 같은 생각이었기에, 두 사람은 명신을 데리고 입궐했다.

이 일로 헌원예는 무척 기뻐했고, 아무리 바빠도 매일 명신을 보러 갔다. 그러나 진민이 영자에 관해 물을 때면 깊은 이야기를 하지 않았다. 진민은 여전히 영자가 현공대륙에서 몸을 빼낼 수 없는 사정이 있다고만 알고 있었다.

매일 이렇게 흘러갔고, 어느덧 명신이 첫 번째 생일을 맞이했다. 연아와 영자 모두 여전히 소식이 없었고, 다른 이들도 돌아오지 않았다. 명신의 돌잔치는 만월연과 마찬가지로 간단하게 치르게 되었다.

곧 진민은 영자에게 신경을 쓸 수 없게 되었다. 명신의 몸에 고북월이 어릴 때 나타났던 것과 거의 똑같은 증상이 나타났기 때문이다. 증상만 보면 폐결핵 같았으나, 실제로는 그런 질병이 아니었다.

그들은 고북월을 치료할 때와 마찬가지로 명신을 약욕과 진민의 침술로 치료했다. 진민은 그날 이후 명신을 한순간도 곁에서 떼어 놓지 않았다.

고북월도 어쩔 수 없는 경우를 제외하고는 항상 진민과 명신 곁에 머물렀다. 그는 아예 조정에 나가지도, 어서방에서 예아와 시간을 보내지도 않았다. 대신 서재를 한 칸 마련해 예아가 매일 자신을 찾아오게 했다.

2년의 기간 동안 고북월은 진민이 산후조리를 할 때와 비슷하게 지냈다. 아내와 예아 곁을 지키고, 또 대진국을 지키면서……. 마음은 항상 현공대륙에 가 있었다.

고북월은 훌쩍 말랐다. 하루는 비를 흠뻑 맞은 후 몸져누워 한 달이 넘도록 기침을 했다. 진민과 헌원예는 혹시 옛날의 그 병이 재발한 것이 아닌가 싶어 당황스러웠다. 다행히도 고북월은 곧 건강을 회복했고, 명신도 세 살 이후로는 반년 동안이나 아프지 않아 괜찮아진 것처럼 보였다.

사월이 되어 새로이 풀이 돋고 나무에도 초록빛이 무성해졌다. 고북월과 헌원예는 서재에서 정사를 의논하고 있었고, 진민은 대청에서 모기를 쫓기 위한 향낭을 만들고 있었다. 정원에는 꽃이 가득 피어 그윽하고도 고요한 분위기를 풍기고 있었다.

세 살이 된 명신이 신발을 벗은 채 담장을 따라 몰래 기어가고 있었다. 마침내 대문 앞까지 기어간 그는 살짝 멈추더니, 문 안을 돌아보았다. 어머니가 향낭에 집중하고 있는 것을 본 그는 히죽 웃더니 소리 없이 바닥을 기어갔다.

명신은 곧 문턱 아래 숨어 엉덩이를 살랑거리며 움직이기 시작했다. 조금씩, 또 조금씩……. 노력 끝에 마침내 대문을 넘어선 그는 마침내 큰 숨을 토해 냈다. 그러나 명신이 고개를 드는 순간, 붉은 옷을 입은 아저씨가 웃는 얼굴로 그와 똑같은 자세로 엎드려 있는 것이 눈에 들어왔다…….

민월 외전 **칠 숙부**

갑자기 낯선 아저씨와 마주쳤지만, 명신은 무서워하기는커녕 비범해 보일 정도로 담담했다. 그는 정면에서 붉은 옷 아저씨를 한번 살펴본 다음 고개를 갸우뚱하더니 옆에서 살펴보기 시작했다. 붉은 옷 아저씨는 환하게 웃으며, 미동도 하지 않고 명신이 자신을 살펴보게 해 주었다.

충분히 살펴본 명신은 점차 해맑은 웃음을 떠올리더니, 아직 젖내가 풍기는 목소리로 흥분한 듯 물었다.

"아저씨, 이렇게 예쁜 걸 보니 분명 칠 숙부예요. 그렇죠?"

이 붉은 옷 아저씨는 당연히 고칠소였다. 고칠소는 귀여운 명신의 목소리에 하마터면 넘어갈 뻔했지만, 얼른 명신 앞으로 바싹 다가서며 일부러 물었다.

"칠 숙부가 누군데?"

명신이 두 손으로 턱을 받친 채 그 흑백이 분명한 새까만 눈을 깜빡거리며 다시 한번 고칠소를 살펴보았다. 그리고 확신에 가득 찬 어조로 말했다.

"칠 숙부가 아저씨잖아요. 아저씨가 칠 숙부야."

명신이 진지한 표정을 지으니 헤실헤실 웃을 때보다 훨씬 더 귀여워 보였다. 고칠소는 즐거운 마음을 감추고 여전히 엄숙한 얼굴로 대답했다.

"칠 숙부는 내가 아니고, 나도 칠 숙부가 아니지. 아가야, 네가 잘못 봤다!"

명신은 의심 어린 눈빛으로 몸을 일으키더니 고칠소 주위를 한 바퀴 빙 돌았다. 마침내 다시 고칠소 앞으로 돌아온 명신은 아까와 같은 자세로 엎드려 고칠소와 마주 보았다. 그 새까만 눈에 다시 웃음기가 떠올랐다.

고칠소가 간신히 웃음을 참으며 물었다.

"그래, 잘못 본 거 맞지?"

명신은 대답 대신 물었다.

"아저씨, 내기할래요?"

내기?

고칠소가 자못 흥미롭다는 듯 물었다.

"무슨 내기를 하자는 거지?"

명신이 서둘러 말했다.

"나는 아저씨가 칠 숙부라는 데 걸 거예요. 내가 이기면, 아저씨가 나를 현공대륙으로 데려가 주세요. 남신 형아가 있는 데로 말이에요. 내가 지면, 아저씨가 칠 숙부가 아니더라도 나는 아저씨를 숙부라고 부를게요."

어느 쪽이건 명신에게만 좋은 일이잖은가!

다른 조건이었다면 고칠소는 큰 소리로 웃으며 호쾌하게 명신의 제안을 승낙했을 것이다. 그러나 그는 웃지 않았을 뿐 아니라 눈빛마저 어두워지고 있었다. 이 내기라면 그는 결코 질 수 없었다. 명신을 데리고 남신에게 갈 수 없었으니까.

고칠소가 대답하지 않는 것을 보고 명신이 이어 물었다.

"내기, 할 거예요?"

고칠소는 슬픈 마음을 숨기고 언제나처럼 웃기 시작했다. 그는 일어나 앉아 명신의 머리를 쓰다듬었다.

"칠 숙부는 담이 아주 작단다. 그러니 내기에는 응할 수 없지."

명신이 즐거운 표정으로 웃으며 말했다.

"아저씨가 칠 숙부 맞지요! 아저씨가 내기를 못 할 줄 알았어요. 아빠가 그랬거든요. 남신 형아는 현공대륙에서 아주 중요한 일을 하고 있다고, 그러니까 아무도 형아를 방해하면 안 된다고."

고칠소는 어떻게든 화제를 돌릴 생각이었지만, 명신의 이 말을 듣고 저도 모르게 안도의 한숨을 쉬었다. 동시에 그의 마음에 씁쓸한 기운이 퍼져 나가, 자신도 모르게 중얼거렸다.

"고북월, 고북월……. 정말 힘들겠군. 어린아이까지 속이려고 하니!"

명신은 고칠소가 무슨 말을 하는지 전혀 신경 쓰지 않았다. 그는 황제 형아로부터 선물 주기를 좋아하는 칠 숙부 이야기를 자주 들었고, 그런 칠 숙부를 만날 날만을 기다리고 있었다. 그런데 지금 눈앞에 있는 아저씨가 칠 숙부라니, 명신은 기쁠 수밖에 없었다.

명신이 고칠소를 바라보며 점점 더 눈을 빛냈다. 마치 고칠소가 그의 앞에 놓인 커다란 선물이라도 되는 것처럼.

물론 고칠소는 명신을 실망시키지 않았다. 그는 재빨리 풀덤

불에서 커다란 선물 보따리를 들어 올리더니 하나하나 꺼내 놓기 시작했다.

"출생 선물, 만월 선물, 백일 선물, 돌 선물, 두 번째 생일 선물, 세 번째 생일 선물, 그리고 새해 선물 4년어치……."

명신은 기쁜 나머지 계속 소리 내어 웃었다. 그 모습에 고칠소는 마음속에 가득하던 먹구름이 일시에 씻겨 내려가는 것을 느낄 수 있었다. 그래서 그도 소리 내어 웃으며 선물 더미 속에서 팔괘쇄[4]를 집어 들었다.

"자, 이걸 보려무나!"

팔괘쇄를 처음 본 명신은 그것을 손에 들고 한번 살펴본 다음, 호기심에 가득 차 물었다.

"칠 숙부, 이 이상한 나무토막은 어떻게 떼어 내는 거예요?"

고칠소가 웃으며 말했다.

"그걸 알려 주면 재미없지. 자, 이걸 분리하고 다시 원래대로 되돌려 보는 거다. 네가 하고 싶은 대로 해 보려무나. 칠 숙부는 네가 하자는 대로 따를 테니까."

명신은 즐거운 표정으로 손가락을 내밀었다.

"약속하는 거예요!"

고칠소가 손가락을 걸자 명신은 열심히 팔괘쇄를 연구하기 시작했다. 진민이 언제부터인지 문가에 서서 그들을 바라보고

---

4 나무로 만든 입체 퍼즐 장난감. 중국 전국시대 초기, 노반이 중국 고대 건축 기술에서 착안해 발명했다.

있었고, 고북월과 헌원예도 그 곁에 서 있었다.

명신은 팔괘쇄 놀이에 정신을 팔고 있었고, 고칠소도 정신을 집중하고 있는 것 같았다. 고칠소는 이 순간 자신이 얼마나 아이 같아 보이는지도 의식하지 못하고 있었다.

명신이 부모님의 체면을 떨어뜨리지 않고 곧 팔괘쇄를 분리해 내더니, 다시 원래의 모양으로 되돌렸다. 그러나 고칠소는 전혀 놀랍지 않다는 표정이었다. 어쨌든 연아를 비롯해 그 주변의 아이들은 모두 세 살이 좀 넘으면 팔괘쇄를 다룰 줄 알았으니까. 심지어 예아는 두 살 무렵에, 누가 가르쳐 주지도 않았는데 스스로 깨우쳤다.

명신이 원래의 모습대로 만든 팔괘쇄를 고칠소에게 건네며 눈이 가늘어지도록 웃었다. 그리고 해맑은 얼굴로 외쳤다.

"나, 말 태워 줘!"

말을 태워 달라고?

진민이 먼저 피식 웃었고, 고북월도 참지 못하고 웃고 말았다. 헌원예 역시 웃는 듯 마는 듯 입꼬리를 살짝 들어 올렸다. 고칠소와 명신은 그제야 그들이 곁에 있다는 것을 발견했다.

고북월은 웃으면서도 재빨리 앞으로 나와 명신의 요구를 제지했다.

"명신, 예의 없이 굴면 못쓴다."

진민 역시 명신에게 다가가 일깨웠다.

"명신, 칠 숙부는 어른이야."

헌원예는 팔짱을 끼고 담장에 기댄 채 상황을 지켜보았다.

사실 이 일은 그에게 별일 아니었다. 모두가 알다시피 그와 연아는 어린 시절 항상 의부의 등에 올라타 놀았으니까.

고칠소는 단 한 번도 예의에 구애받아 본 적 없는 사람이었다. 그는 고북월과 진민을 살짝 흘겨보더니 불쾌한 목소리로 말했다.

"무슨 예의니, 예의가 아니니, 그런 말만 하는 것도 지치지 않나? 모두 저리 가시지."

고북월이 난감해하면서도 움직이지 않자 고칠소가 직접 그와 진민을 밀어냈다. 그리고 흔쾌히 바닥에 엎드린 다음 명신에게 웃으며 말했다.

"칠 숙부는 한번 말하면 꼭 하는 사람이지. 올라오너라! 칠 숙부가 한 바퀴 돌아 주마."

그러나 부모의 허락이 없으니 명신은 감히 움직일 엄두를 내지 못했다. 명신이 눈을 깜빡이며 가련한 표정으로 부모를 바라보았다. 그러나 고북월과 진민이 입을 열기도 전에 고칠소가 단숨에 명신을 안아 올리더니 제 목 위에 앉혔다. 그리고 경공으로 정원에서 날아올랐다.

고칠소의 뒷모습이 멀어지는가 싶더니 까르르거리는 웃음소리가 들려왔다. 명신이 무척 즐거운 것이 분명했다.

진민은 어쩔 수 없다는 듯 웃으며 고북월을 바라보았고, 고북월도 그녀를 바라보았다. 두 사람의 시선이 약속이나 한 듯 마주치자 진민의 웃음이 더욱 밝아졌다.

"차라리 명신으로 하여금 칠소를 따르게 할까 봐요. 그럼 아주 개구쟁이가 되겠죠."

고북월은 생각에 잠긴 표정으로 그녀를 바라보며 물었다.

"정말이오?"

아이를 곁에서 떼어 놓지 못하는 사람은 바로 진민이었다. 명신이 태어난 후 그녀는 단 하룻밤도 빼놓지 않고 명신 곁에 붙어 있었다. 명신의 병이 나은 후로도 그녀는 한밤중에 깨어나 명신의 맥을 짚은 다음에야 안심하고 계속 잠들 수 있었다.

아니나 다를까. 진민은 고북월의 질문에 대답할 말을 찾지 못하고, 결국은 불만스러운 듯 살짝 눈을 흘겼다.

그날 밤, 고칠소는 예아의 침궁으로 향했다. 진민은 언제나처럼 명신 곁에서 잠을 청했고, 고북월은 서재에 있었다.

밤이 깊어 방으로 돌아온 고북월은 진민이 명신을 가볍게 끌어안은 채 깊이 잠들어 있는 것을 발견했다. 그는 침상 가장자리에 앉아 아내를 멍하니 바라보았다.

밖에서 시간을 알리는 야경꾼 소리에 문득 정신을 차린 고북월이 진민의 손에서 조심스럽게 명신을 안아 올렸다. 그가 막 방을 나서려 했을 때였다. 잠에서 깨어난 진민이 다급한 목소리로 물었다.

"북월, 지금 뭐 하는 거죠?"

진민이 긴장하는 모습을 본 고북월이 고개를 저으며 말했다.

"별일 아니오. 그저 당신이 편히 잤으면 해서."

돌 무렵 겨우 마음이 좀 놓인다 싶었는데 갑자기 명신이 발병했다. 명신이 태어난 후 지금까지 진민은 단 하룻밤도 편안히 잔 적이 없었다.

고북월 역시 거의 제대로 쉰 적이 없었다. 그러나 아버지와 어머니는 역시 다른 법. 아버지가 항상 마음에 책임감을 품고 있다면 어머니는 언제나 조마조마, 근심을 품고 있는 법이었다.

진민이 여전히 미간을 찌푸리고 있는 것을 보고 고북월이 나지막한 목소리로 말했다.

"유모에게 하루만 데리고 자라고 하겠소. 바로 옆방이니까. 당신도 편히 쉬도록 하시오."

고북월은 잠시 멈췄다가 진지하게 다시 말했다.

"진민, 명신은 이미 다 나았소. 그러니 너무 걱정할 필요는 없소."

진민은 아무 말 없이 아련한 눈빛만 보냈다. 고북월은 미간을 찌푸린 채 웃으면서도, 의연하게 명신을 안고 밖으로 나가려 했다. 그가 문밖으로 나가는 순간, 진민이 결국 참지 못하고 말했다.

"조심해요, 명신이 깨지 않도록."

고북월이 명신을 데려다준 후 돌아와 보니, 진민이 침상에 엎드린 채 가련한 눈으로 그를 바라보고 있었다. 그에게 괴롭힘이라도 당한 것 같은 모습이었다. 고북월은 길게 이야기하지 않고 병풍 뒤로 가서 옷을 갈아입었다.

그가 돌아올 때까지 진민은 그에게서 시선을 떼지 않았다. 그가 침상 위에 앉자 진민은 그제야 침상 안쪽으로 몸을 움직여 그에게 자리를 내주었다.

고북월이 자리에 누운 다음 진민에게 팔베개를 해 주었다. 진민이 그의 손을 잡아끌어 이불 안으로 넣게 했다. 그리고 그의 팔을 안고 마치 작은 새가 사람에게 기대듯 그에게 기댔다. 그녀는 그의 손을 사랑했고, 이렇게 기대는 자세에 익숙해져 있었다.

고북월은 누운 채 그녀를 위로했다.

"별일 없을 테니 안심하고 자는 게 좋겠소."

진민이 한참 조용히 있다가 말했다.

"아니에요. 역시 의원을 하나 찾아 명신 곁을 지키게 하는 게 좋겠어요. 어쨌든 앞으로 보름은 더 맥을 짚어 봐야 하니까요."

고북월이 몸을 돌리더니 진지하게 말했다.

"진민, 두려워 마시오."

지금 진민은 신중하다기보다는 두려워하고 있었다. 그녀가 명신의 병 때문에 긴장해 있는 모습은 과거 고북월의 병 때문에 초조해하던 때와 비슷해 보였다. 이 세상에서 고북월만큼 지금의 그녀를 이해해 줄 수 있는 사람은 없었다.

진민이 살짝 멈칫하는가 싶더니 고북월 품에 머리를 묻었다. 그녀는 분명 자신의 연약함을 말없이 인정하고 있었다.

고북월이 그녀를 가볍게 끌어안으며 말했다.

"곧 명신에게 영술의 기본을 가르칠 생각이오. 명신도 이제 그럴 나이가 되었으니."

진민이 바로 고북월의 품에서 고개를 들었다.

"그 애는 이제 겨우 나았을 뿐이에요!"

고북월이 웃으며 말했다.

"나도 저 애 나이만 할 때부터 시작했으니, 약욕을 하면서 배우면 될 거요. 명신의 지금 상태를 보면, 기본적인 것을 배우면 몸에 무리가 가기보다는 오히려 건강해지는 효과가 있을 것이오."

진민은 도저히 믿고 싶지 않다는 듯 중얼거렸다.

"당신 어머니가 정말 모지셨네요."

고북월이 진민의 말을 들었는지는 알 수 없었지만, 어쨌든 이 화제를 끝내고 싶은 건 분명해 보였다.

"잡시다."

그러나 진민은 달랐다. 이 이야기를 끝내고 싶지 않던 그녀는 고북월의 손에서 벗어나 자리에서 일어나 앉았다.

"영자가 오래전에 영족의 사명을 계승했잖아요. 그러니까 명신은……."

그녀의 뜻을 알아챈 고북월도 일어나 앉더니, 진지한 표정으로 진민을 바라보았다.

"진민, 영족의 조상께서 내려 주신 유훈은 어길 수 없소. 그건 당신도 알 텐데. 우리 영족의 후예는 남녀를 막론하고……."

고북월이 말을 끝내기도 전에 진민이 그의 말을 이어 말했다.

"영족의 후예는 서진 황족을 목숨으로써 지켜야 한다. 그러나 자신이 진심으로 목숨을 걸고 지키고 싶은 사람을 만난다면 영족의 사명을 잊어도 된다. 맞죠?"

고북월은 아무 말도 하지 않았지만, 진민이 웃으며 말했다.

"영자, 그 아이는 아마 연 공주를 지키려 하겠죠. 명신도 훗날 분명 목숨을 걸고 지키고 싶은 여자를 만날 수 있을 거예요. 그리고 그 여자는 아마 황족의 후예가 아니겠지요. 우리, 내기할까요?"

고북월은 진민과 내기를 하지는 않았지만, 엄숙하던 얼굴에 웃음기가 감돌았다.

"인연을 따를 수 있다면 좋겠소."

진민은 만족스러운 듯 나른하게 자리에 누웠고, 고북월 역시 누웠다. 그러나 진민은 여전히 잠이 오지 않았다. 그녀는 한참 동안 영자를 그리워하다가 고북월에게 물었다.

"다음 설이면 영자가 돌아올 수 있나요? 영자도 분명 동생을 보고 싶어 할 텐데요."

고북월이 눈을 감더니 잠시 후에야 답했다.

"아직 모르겠소. 그건 그때 가서 이야기합시다."

진민이 말했다.

"이제 겨우 사월이니, 다음 설까지는 한참 남아 있잖아요. 지금부터 계획을 세워 놓을 수는 없나요? 영자가 동생은 그립지 않더라도, 분명 집을 그리워하고 있을 텐데."

고북월이 살짝 미간을 찌푸리며 말했다.

"최선을 다해 보겠소."

아직 반년여 시간이 남아 있지만, 고북월도 그동안 영자를 찾을 수 있을지는 확신할 수 없었다. 그러니 지금 그는 솔직하게 대답한 셈이었다. 그 자신뿐 아니라 현공대륙에 있는 모두가 계속 최선을 다할 테니까.

그러나 고북월은 영자가 더는 세상에 존재하지 않는 듯한, 혹은 어딘가에 갇혀 있을 것만 같은 불길한 예감이 자꾸 떠올랐다. 그리고 그 어느 쪽 예감이 맞아떨어지건, 진민으로서는 견딜 수 없을 것이다.

진민도 영자에 대해서는 더 묻지 않았다. 그러나 그녀는 여전히 잠이 오지 않는 듯 눈을 크게 뜨고 잠시 생각에 잠겨 있다가 다시 물었다.

"세 살부터 영술의 기본을 배운다면, 몇 살쯤이면 다 배울 수 있나요?"

고북월이 대답했다.

"빠르면 1년이면 순식간에 위치를 이동하는 법을 초보적으로나마 배울 수 있소. 그다음에는 재능에 달렸지. 영자는 일곱 살에 영술을 다 익혔으니, 명신도 정상적으로 훈련한다면 일곱 살을 넘기지 않을 거요. 어쨌든 내가 직접 가르칠 생각이니, 열 살까지는 열심히 노력하기만 하면 큰 문제는 없을 것이오. 열 살 이후로는 확신할 수 없지만."

진민이 더 물으려 하자 고북월이 달래듯 말했다.

"명신을 일부러 유모에게 보낸 것은 당신을 쉬게 하려 했던 것이니, 이만 자는 것이 좋겠소."

진민은 그에게 바싹 기대며 중얼거렸다.

"잠이 오지 않는걸요."

고북월이 몸을 돌리더니 그녀의 이마에 가볍게 입을 맞추었다. 그리고 그녀를 제 품에 안은 채 옆으로 누우며 다정하게 말했다.

"이만 말을 들으시오. 눈을 감고, 더는 아무 말도 하지 마십시오."

진민은 잠시 조용히 있는가 싶더니 곧 그의 품에 대고 가볍게 얼굴을 문질렀다. 이미 눈을 감고 있던 고북월이 눈을 뜨더니, 정말 어쩔 수 없다는 표정을 지었다.

그러나 그가 한마디 하려 했을 때 진민이 그의 품속에서 고개를 들고 그의 목을 감싸 안았다. 그리고 방금 그가 했던 그대로, 그의 이마에 가벼운 입맞춤을 남겼다.

고북월은 피곤한 안색이었지만 마침내 다정하게 웃기 시작했다. 진민이 손을 풀지 않고 그의 눈동자를 한참 동안 들여다보더니, 다시 한번 그의 이마에 입을 맞췄다. 그러나 이번에는 거기에서 그치지 않고, 천천히 입술이 아래로 내려왔다.

그녀의 입술이 그의 콧날을 스치는가 싶더니 마침내 그의 입술 가까이에 도착했다. 그리고 망설이듯 한참 동안 더는 아래로 내려오지 않았다. 방 안은 고요했고, 심지어 공기마저 멈춘 것만 같았다. 그저 시간만이 그들의 입술 사이를 속절없이 흐르고 있을 뿐이었다.

그녀는 두 눈을 꼭 감고 있었지만 그는 뜨고 있었다. 얼핏 보기에는 맑은 눈빛이었지만, 동시에 어딘가 텅 비기도 했다.

그렇게 한참 동안, 소리 없는 시간이 흘러갔다. 마침내 그녀가 입술을 살짝 물었다. 그리고 바로 그 순간, 고북월이 눈을 감더니 그녀의 입술에 입을 맞추기 시작했다……

민월 외전 **다정함**

처음에는 살짝 맛보는 듯한 입맞춤이었지만 곧 다정하게 깊어지기 시작했다. 진민은 살짝 아련한 기분이 들었다. 그의 아이까지 낳았건만, 이런 다정함을 견뎌 낼 재주는 없었다. 그 이유는 다름이 아니라 그가 고북월이기 때문이었다……. 고북월!

그의 입맞춤이 깊어져 감에 따라 그녀도 몸이 굳어 가는 것을 어찌할 도리가 없었다. 심장이 떨리다 못해 멈출 것만 같았다.

그해 섣달그믐 밤, 그녀는 감히 그에게서 받은 것을 되돌리지 못했고 그 역시 그녀에게 되돌려 주는 것을 잊고 있었다. 두 사람 모두 긴장하고 흥분한 나머지 두려움까지 느끼고 있었던 것이다.

고북월은 그녀가 긴장한 것을 눈치챈 듯 바로 멈추더니, 살짝 미간을 찌푸린 채 그녀를 바라보았다. 그의 눈빛은 옅은 물안개라도 낀 듯 따뜻해 보였다. 물과 같이 다정하다는 표현은 분명 이런 모습을 가리키는 게 아닐까?

그러나 왠지 모르게 진민은 그의 눈에 어린 저 물안개를 흩트리고 싶은 충동이 들었다. 저 녹지 않을 것만 같은 물안개를 녹여 버리고 그의 눈을 똑똑히 보고 싶은데…….

그러나 이 생각은 그녀의 머릿속을 잠깐 스치고 지나갔을 뿐이었다. 그가 다시 입을 맞춰 와 그 이상 아무 생각도 할 수 없었던 것이다.

그의 입술이 그녀의 하얀 목을 타고 내려오는가 싶더니 그의 손이 그녀의 옷고름을 풀기 시작했다. 저택 깊은 곳, 고요함 속에 봄과 같은 시간이 찾아왔다. 쌓여 있던 마음이 분분히 흩어지고 뼈마저 녹아내렸다. 꽃잎 속 꽃술이 깨어지고, 버드나무는 다시 가지를 흔들기 시작했다…….

뼈에 사무치도록 휘몰아친 후, 진민은 고북월의 벗은 가슴 위에 누워 있었다. 여전히 다급하게 뛰고 있는 그의 심장 소리를 듣고 있노라니, 피곤한 와중에도 잠이 오지 않았다. 아니, 잠들기에는 너무 아쉬웠다.

그녀는 그대로 손을 뻗어 그의 얼굴을 살며시 어루만지며 그의 존재를 느껴 보았다. 고북월은 눈을 감은 채 그녀가 마음껏 만지도록 내버려 두었다.

진민은 그의 눈매를, 코를, 그리고 볼을 어루만진 다음 점차 그의 입술 쪽으로 손을 뻗었다. 그리고 그의 입술 윤곽을 따라 살며시 쓰다듬었다. 만족하고 있던 마음이 점차 제어할 수 없을 정도로 불안해지기 시작했다.

그녀는 천천히 고개를 들었지만 감히 그를 바라볼 수도 없었다. 그녀의 시선은 그의 매력적인 가슴에서부터 슬며시 위로 올라가 그의 입술로 떨어졌다. 이번에는 그녀도 머뭇거리지 않고 그에게 입을 맞췄다.

그녀는 너무나 서툴고 조심스러운 사람이었다. 그러나 동시에 동작은 비할 데 없이 애정이 넘쳤다.

그는 잠시 그녀 마음대로 하게 내버려 두었지만, 결국은 다시 한번 그녀를 제 몸 아래 눕히고 주도권을 빼앗고 말았다. 진민은 살짝 당황했다. 그녀는 그저 그에게 입을 맞추고 싶었을 뿐, 이렇게까지 할 생각은 없었으니까!

사실 단 한 번만으로도 그녀는 이미 견디기 힘든 지경이 되어 있었다. 그러나 또한 거절하고 싶지도 않았다.

곧 그녀의 눈이 웃음기로 가득 찼다. 아무리 견디기 힘들더라도…… 또한 행복하니까.

난초 같은 소매가 너울거릴 제 향이 피어오르고, 휘장 안은 붉게 물들었다. 수를 놓은 베개가 서로의 머리 아래로 옮겨 다니고, 해당화는 따스한 봄에 감사하는 밤이었다. 서로에게 달라붙은 두 사람은 사랑이 담긴 눈빛을 교환했다. 단단한 상아 침상 위 원앙금침이 살며시 펼쳐지고, 그들 사이의 물결이 다시 한번 휘장을 붉게 물들였다.

또 한 번의 파도가 지나간 후, 진민은 가볍게 '북월'이라고 말하더니 고북월 곁에 웅크린 채 잠이 들었다.

고북월은 잠시 누워 있다가 몸을 일으켰다. 머리카락에 가느다란 땀방울이 맺혀 있었지만 그의 표정은 여전히 침착하고 조용했다. 그는 진민의 흐트러진 머리카락을 살며시 정리해 주며 잔잔하게 미소 지었다.

그는 일단 옷을 입은 후 조심스럽게 진민의 몸을 닦아 주었다. 그리고 옷을 입혀 준 뒤 이불을 덮어 주었다.

침상에서 내려와 물을 마시던 그가 갑자기 무슨 생각에라도 잠긴 양, 두 눈동자가 조금 흐려졌다. 그는 그렇게 한참 동안 앉아 있다가, 침상 위의 진민이 몸을 뒤척이며 잠꼬대를 하자 겨우 정신을 차렸다.

그는 침상으로 돌아와 등 뒤에서 진민을 안았다. 그러나 아무리 귀를 기울여도, 진민이 잠꼬대로 무슨 말을 하는지는 알 수 없었다. 결국은 그도 눈을 감고 잠을 청했다.

고요한 밤, 삼경을 넘은 시각, 세상 모든 것이 잠든 것 같았다. 그러나 황궁 동쪽 침궁에서는 헌원예와 고칠소가 전혀 잠들 기미를 보이지 않고 있었다.

헌원예는 황위를 계승한 후로도 여전히 동궁에 있겠노라 고집을 부렸다. 심지어 동궁 안의 모든 물건도 태자의 신분에 맞는 것만을 사용하며, 그 어떤 것도 새로 바꾸지 않았다.

헌원예는 침상 위에서 옆으로 누워 밖을 내다보고 있었다. 고칠소는 그 곁에 똑바로 누워 있었다. 누운 채 역시 두 손으로 머리를 받치고 있었으나, 다리는 높이 들어 꼬고 있었다.

고칠소는 매번 예아와 같은 침상에서 잤다. 예아도 그도 아무 말 없이 이렇게 누워 있다가 그대로 잠들기도 하고, 또 가끔은 고칠소 혼자 떠들다가 결국 스르르 잠든 적도 있었다. 예아가 고칠소에게 몇 마디 건넬 때도 있긴 했지만, 단 몇 마디일 뿐이었다.

고칠소가 말했다.

"이렇게 계속 숨기는 것은 좋지 않아. 영자는 무슨 사고를 당했거나, 아니면 어딘가에 갇혀 있는 게 분명해. 고북월도 분명 아들을 찾기가 쉽지 않을 거라는 걸 잘 알고 있을 텐데⋯⋯. 앞으로 얼마나 더 속일 수 있을까?"

예아는 대답하지 않았다.

고칠소가 다시 말했다.

"처음부터 속이지 말았어야 했어. 그 녀석, 똑똑해 보여도 사실은 바보 같다니까."

예아는 대답하지 않았다.

고칠소가 다시 말했다.

"명신도 곧 영술을 배우겠지? 내 생각엔, 명신이 영술을 배우기 시작하는 이 기회에 진민에게 진실을 말해야 해."

예아는 여전히 대답하지 않았다.

고칠소가 몸을 돌리더니, 예아를 바라보며 의미심장한 어조로 말했다.

"예아, 이 일은 아주 중요하다. 너에게 맡기마!"

예아가 마침내 입을 열었다.

"할 수 없습니다."

고칠소가 예아 앞에 바싹 다가앉으며 말했다.

"그럼 너는 네 태부가 계속 저리 괴로워하는 걸 지켜볼 작정이냐?"

예아가 살짝 눈을 비끼며 말했다.

"그런 것은 아닙니다."

고칠소가 기분 나쁜 듯 외쳤다.

"양심이라곤 없군! 네가 말하지 않겠다면 내가 하겠다!"

예아는 몸을 돌려 침상에 엎드리더니 진지하게 말했다.

"태부와 민 이모의 일은 의부께서 걱정하실 일이 아닙니다. 태부는 본래 영자를 찾은 다음, 영자로 하여금 직접 민 이모에게 저간의 사정을 이야기하게 할 생각이셨습니다. 태부께서 진심으로 민 이모를 속이고 계신 것도 아니고, 태부도 우리와 마찬가지로 영자를 이리 오랫동안 찾지 못할 줄 모르셨던 거지요. 의부, 민 이모를 가장 잘 아는 사람은 바로 태부입니다. 태부께서 지금까지 숨겨 온 이상 아마 생각하시는 바가 있을 겁니다. 그러니 의부께서는 태부를 걱정하시기보다는 차라리 저에게 의모를 한 분 만들어 주시는 것이⋯⋯."

헌원예가 말을 끝내기도 전에 고칠소가 그의 입을 틀어막더니 말했다.

"좋아, 지금은 여기까지만 하지."

헌원예도 그 이상 말하지 않고 똑바로 누워 눈을 감았다. 그 모습은 정말로 그의 부황을 닮아 있었다. 얼굴에 아직 어린 기운이 남아 있었지만, 그 미간에는 그 누구도 감히 무시할 수 없는 오만함이 흐르고 있었다.

다시 누우려던 고칠소가 그 모습을 보고 그대로 멈추더니, 한참 후에야 옆으로 누우며 놀리듯 말했다.

"예아, 좀 많이 웃도록 해라. 아직 어린데 자꾸 얼굴만 굳히고 있지 말고. 어린 아가씨들이 보고 무서워하겠다. 계속 그러면 나중에 아무도 너에게 시집오려 하지 않을 게다."

헌원예가 말했다.

"의부, 이만 주무셔야죠."

고칠소가 여전히 웃으며 말했다.

"의부처럼 웃어 봐라. 그럼 의부도 얼른 잘 테니."

헌원예는 상대하고 싶지 않다는 듯 몸을 돌렸다. 고칠소도 말없이 몸을 일으켜 방을 나가려 했다. 그러나 막 침상 아래로 내려서는 순간, 헌원예가 그의 손을 잡더니 고개를 들었다.

예아는 분명 미소를 지으려고 노력하고 있었다. 그러나 아무리 노력해도 겨우 입꼬리가 살짝 올라가는 정도였다.

그는 계속 자신이 완전히 다 자랐고, 누구 앞에서건 가면을 쓸 수 있다고 생각했다. 그러나 누가 알았겠는가. 의부 앞에서는 가면을 쓸 수 없었다. 심지어 의부 앞에서도 표정을 만들어 낸다는 것이 혐오스러웠다. 헌원예는 결국 의부의 손을 놓았다.

고칠소라고 정말 방을 나가려던 것은 아니었다. 그는 도저히 견딜 수 없는 마음에 외쳤다.

"예아, 그게 무슨 웃는 얼굴이냐? 우는 것보다 더 보기 딱하구나. 자자, 어서 자자. 웃기 싫으면 그냥 말도록 해라. 지금 네 얼굴은 네 부황의 얼음 같던 얼굴을 정말 닮았지만…… 네 모후가 푹 빠졌던 그 모습은 아니구나."

고칠소가 다시 예아 옆에 눕더니, 마치 제 아들이라도 되는 것처럼 예아를 품에 끌어안았다. 그리고 그렇게 한참 동안 있은 다음에야 예아의 머리를 쓰다듬어 주며 말했다.

"바보 같은 녀석. 웃음이 나오지 않으면 그렇게 애쓸 것 없다. 나에게건 네 태부에게건, 그리고 그 누구에게건……."

헌원예는 대답하지 않았고, 고칠소 역시 두 번 말하지 않았다. 그러나 그는 분명 헌원예의 온몸이 편안해지는 것을 느낄 수 있었다.

얼마 지나지 않아 헌원예가 잠들었다. 그리고 이 밤 이후 아주 오랫동안, 그는 한 번도 웃지 않았다.

다음 날, 헌원예는 평소처럼 해가 밝기 전에 깨어났다. 그의 침궁에는 하인이 한 명도 없었다. 그는 직접 자신의 차림새를 단정하게 정리한 다음 맑은 정신으로 조회에 나갔다. 그러나 장엄할 정도로 휘황찬란한 대전 안에는 고북월 한 사람밖에 없었다.

고북월은 황도에 있을 때면 언제나 조회에 가장 먼저 나왔고, 두 번째가 바로 헌원예였다.

헌원예가 대전 안으로 들어가자 고북월이 그를 향해 침착하고도 겸손하게 읍하며 말했다.

"소신, 황상을 뵙사옵니다."

대전 밖에서는 예의범절에 구애받지 않을 뿐 아니라, 심지어 처자식과 함께 궁에 들어와서 사는 고북월이었다. 그러나 이 대전 안에서는 말 한마디, 행동거지 하나 모두 선을 넘는 법이 없었다.

헌원예가 높은 곳에 자리한 용상에 앉자 고북월은 그제야 왼쪽의 자리에 앉았다. 그리고 두 사람 모두 대문을 바라보며 조용히 기다렸다.

그들은 이곳에서 둘이서만 정무에 대한 일을 이야기한 적이 없었다. 게다가 보통은 신하가 군주를 기다리는 법이지만, 그들은 늘 먼저 와서 신하들을 기다렸다. 그들이 이곳에 이렇게 앉아 있으면, 대전으로 들어오는 신하들은 모두 그들의 위엄에 놀라 그들의 관계며 마음을 짐작하지 못하곤 했다.

대신들이 잇달아 들어오고, 곧 조회가 시작되었다.

조회는 점심 무렵이나 돼서야 끝났다. 헌원예와 고북월이 어서방에 도착해 보니, 고칠소가 헌원예 자리에 다리를 꼬고 앉아 있었다. 그는 깊은 생각에 잠긴 듯 붓 끝을 씹고 있었다.

고북월은 어쩔 수 없다는 듯 고개를 흔들면서 그 곁에 앉았고, 헌원예 역시 아무 말 없이 그 옆에 앉아 태감에게 상소문을 가져오라고 했다.

고칠소는 눈썹을 치켜세운 채 그들을 흘깃 보더니, 말 한 마디 없이 계속 생각에 잠겼다. 그리고 한참 후 갑자기 말했다.

"예아, 내가 깊이 생각해 보았는데, 아무래도 직접 어주도에 다녀와야겠다. 그곳에 뭔가 비밀이 있는 게 분명해! 시간을 들여서 섬 전체를 뒤져 보면, 뭐든 찾아낼 수 있겠지."

고북월과 헌원예는 아무 반응도 보이지 않았다.

고칠소가 몸을 일으켜 어서방을 나가려 하자 고북월이 미간을 찌푸리며 그를 바라보았다. 그러나 그가 한마디 하기 전에 헌원예가 먼저 영패 하나를 고칠소에게 건넸다.

"의부, 아금 숙부에게서 병사들을 지원받아 함께 가도록 하세요. 찾을 것은 찾아봐야지요."

고칠소가 무척 기뻐하며 그 자리를 떠나려 했다. 그러나 헌원예가 다시 그를 불러 세우며 덧붙였다.

"인어족은 현공대륙에서 왔다고 했습니다. 섬을 뒤지는 힘든 일은 병사들에게 맡기고, 칠 숙부는 현공대륙으로 돌아가셔서 인어족이 멸족한 비밀을 조사해 보시는 것이 좋겠습니다."

고칠소가 살짝 당황하는 듯싶더니 곧 웃으며 좋다고 말한 후, 손을 흔들며 밖으로 나갔다. 그는 어서방에서 한참 멀리 떨어진 후에야 중얼거렸다.

"거참, 하마터면 용비야가 돌아왔다 착각할 뻔했군. 어젯밤에는 분명 품에 쏙 들어오는 아이였는데……."

고칠소는 수년 전 우연히 백리명천을 제자로 받아들이면서, 백리 일족이 인어족의 후예라는 사실을 알게 되었다. 그러나 그는 백리명천뿐 아니라 고북월 일행에게도 이 사실을 말하지 않고 몰래 조사를 했다. 하지만 몇 년이 지난 지금도 여전히 현공대륙의 백리 일족과 운공대륙의 백리 일족 사이의 관계를 알아내지 못했다.

그는 제자인 백리명천을 이 일에 연루시키고 싶지 않았으나, 그렇다고 또 이 실마리를 포기할 수도 없었다. 어쨌든 지금 그는 현공대륙에서 다른 실마리를 찾지 못해, 어주도 쪽에서 다시 조사를 시작해 보는 수밖에 없다고 생각하고 있었다.

고칠소는 다시 어서방을 한번 바라본 후 그 자리를 떠났다.

어서방 안에서는 고북월이 헌원예를 바라보고 있었다. 헌원예는 무표정한 얼굴로 계속 상소문에 머리를 묻고 있었다.

고북월은 헌원예의 변화를 분명하게 느끼면서, 속으로 감탄하는 중이었다. 이 아이는 결국 용비야의 아들이 맞구나. 그와 고칠소가 가르치고 있건만, 헌원예는 점점 더 용비야를 닮아 가고 있었다.

정오가 되었다. 고북월은 예아와 함께 식사하려 했지만, 예아는 고북월에게 돌아가라고 재촉했다. 고북월이 다시 예아에게 함께 식사하자고 권했지만, 예아는 바삐 처리할 일이 있다고 거절했다. 고북월은 예아의 성격을 잘 알고 있어 강권하지 않았다.

고북월이 돌아와 보니 명신은 이미 작은 배가 볼록해지도록 먹은 다음 정원에서 놀고 있었다. 그리고 진민은 식탁 앞에 앉아 한 입도 먹지 않고 그를 기다리고 있었다.

명신을 안아 들자마자 한눈에 아들이 울었다는 것을 알아본 고북월이 물었다.

"어찌 된 일이오?"

진민이 어쩔 수 없다는 듯 고개를 저으며 속삭였다.

"아침에 깨자마자 제가 보이지 않는다고 울었다나 봐요. 아주 한참을 달래 줘야 했죠. 오늘 내내, 제가 조금만 멀리 떨어지려 해도 울면서 가지 못하게 하더라고요. 지금은 밥을 먹고 나서 많이 좋아진 거예요."

명신이 진민의 말뜻을 이해했는지는 알 수 없었으나, 명신은 그 흑백이 분명한 눈으로 마치 원망하듯 진민을 구슬프게 바라보았다.

고북월은 그 모습이 사랑스러우면서도 어딘가 우습다는 생각이 들었다. 그는 입에서 나오는 대로 진민에게 물었다.

"늦잠을 잤소?"

명신은 게으름을 부리며 느지막이 일어나는 것을 좋아했지만 진민은 항상 일찍 일어나는 편이었다. 그녀는 아침에 여러 가지 일을 하다가 다시 명신에게로 가곤 했지만, 어쨌든 명신이 눈을 떴을 때 가장 먼저 보게 되는 사람은 늘 그녀였다. 고북월도 이 점에는 늘 감탄하고 있었다.

진민은 대답 없이 살짝 볼을 붉히고는 고북월을 흘겨보았다. 고북월은 그제야 진민이 어젯밤 지쳐서 오늘 늦잠을 잤을 거라는 사실을 깨달았다. 겸연쩍은 표정으로 그녀를 바라보던 그가 명신을 한 손으로 안고는 다른 손으로는 진민의 손을 잡았다.

"자, 식사합시다."

명신이 제 모친을 보고 또 부친을 보더니, 고개를 갸우뚱하며 말했다.

"아버지, 엄마가 늦잠을 자서 부끄러운가 봐요. 얼굴이 붉어졌어요!"

진민의 얼굴이 더욱 붉어졌다. 그녀가 명신을 노려보며 말했다.

"부끄러워할 사람은 바로 너지. 이렇게 커서도 엄마한테서 떨어질 줄 모르고."

명신이 입술을 비죽이며 말했다.

"그럼 나 앞으로는 엄마에게 달라붙지 않을 거예요. 아빠한테 달라붙으면 되지! 아버지랑 잘 거야!"

두 모자는 이렇게 한마디씩 주고받기 시작했다.

고북월은 식사를 하며 진민에게도 식사하라고 일깨워 주었다. 그러나 진민은 계속 명신과 한마디씩 주고받았다.

뿐만 아니라 밤이 되자 서재에 있는 고북월을 찾아와, 자신은 전혀 피곤하지 않으니 몰래 명신을 안고 갈 생각은 말라고 이야기했다. 그녀는 명신에게 적응할 시간을 줄 생각이었다.

그리고 꼬마 명신은 일찌감치 침상으로 기어 올라가 진민의 베개를 끌어안은 채 기다리고 있었다. 진민이 침상에 앉자 아이는 바로 그녀의 허벅지를 끌어안고 어디로도 가지 못하게 했다.

하지만 고북월에게서 영술을 배우기 시작한 후로는 명신도 점차 달라지기 시작했다. 그는 진민보다는 오히려 고북월에게 붙어 있는 시간이 길어졌다.

그리고 초보 단계 영술에 익숙해진 후로는 고북월에게도 달라붙지 않았다. 대신 영술로 황궁과 황도 이곳저곳을 돌아다니며 여러 가지 재밌거리를 찾아냈다. 그리고 가끔은 예아와 함께 쫓고 쫓기면서 주변 사람들의 웃음을 자아내기도 했다.

예아는 여전히 웃지는 않았지만, 그 잘생긴 얼굴은 분명 다정하게 변해 있었다. 예아는 명신이 자신을 잡아끌 때면 아무리 바빠도 거절하는 법 없이 명신과 놀아 주곤 했다.

나날이 이렇게 흘러갔다. 따뜻하고 향기롭게, 또한 무겁게.

마침내 한 해가 지나 섣달그믐 밤이 되었다.

네 살의 명신은 식탁 가득 차려진 요리를 보고 다섯 번째로 깊이 숨을 들이마시며 말했다.

"아버지랑 예아 형아랑 계속 오지 않으면, 내가 이 맛있는 냄새를 다 빨아들이고 말 거야!"

그러자 진민이 곁에 있던 꽃 한 송이를 명신에게 건네며 말했다.

"그럼 꽃향기를 맡으며 기다리렴."

꽃향기를 깊이 들이마시던 명신이 재채기를 했다. 진민이 다급하게 꽃을 빼앗아, 다행히도 꽃이 명신의 재채기에 엉망이 되는 것은 막을 수 있었다.

"조금만 더 기다려. 오늘 저녁은 꼭 아버지께서 먼저 시작하셔야 하니까."

진민의 말에 명신이 소리쳤다.

"그럼 내가 가서 모셔 올래요! 얼른 돌아올게요!"

진민이 고개를 저었다.

"아버지는 분명 급한 일이 있으신 거야. 자, 착하지? 조금만 기다리……."

그러나 그녀의 말이 끝나기도 전에 명신은 그대로 사라지고 말았다. 진민은 어쩔 수 없다는 듯 고개를 저으며 탄식했다.

"영자가 있었으면 바로 저 애를 잡아 오라고 했을 텐데."

진민은 한참 동안 기다렸지만, 아무도 돌아오지 않았다. 작약을 보내기는 했지만 여전히 걱정스러웠던 그녀는 이윽고 직접 찾으러 나서기로 마음먹었다.

　그러나 어서방에 도착한 진민은 명신이 창가에 달라붙어 안에서 흘러나오는 이야기를 엿듣고 있는 모습을 보게 되었다…….

민월 외전 **분노**

명신이 창가에서 몰래 엿듣는 것을 본 진민도 호기심이 일어 소리 없이 다가갔다. 명신은 진민이 오는 것을 보고 재빨리 소리 내지 말라고 손짓했다. 진민이 명신 곁에 쪼그리고 앉아 속삭였다.

"꼬마 도적님, 여기서 무엇을 하시나요?"

꼬마 도적님?

명신은 어머니와 농담을 주고받는 것에 익숙해 이 낯선 호칭에도 금방 적응했다. 명신이 속삭였다.

"세뱃돈."

세뱃돈?

진민은 즐거운 마음으로 귀를 기울였다. 방 안에서는 헌원예와 태감의 목소리만이 들려왔다. 아마도 예아가 태감에게 세뱃돈에 관해 이야기하고 있었던 것 같았다.

명신이 속삭였다.

"엄마, 나 세뱃돈을 아주 많이 받을 예정이에요!"

진민은 하마터면 웃음을 터뜨릴 뻔했다.

"아버지께서는 안에 계시지 않고?"

명신이 고개를 흔드는 것을 본 진민이 물었다.

"배고프지? 작약이 간단히 먹을 것을 준비해 놓았으니까, 일단 돌아가서 먼저 배를 좀 채우렴. 엄마는 여기서 아버지를 좀 더 찾아볼 테니까. 그리고 여기는 어서방이니, 앞으로는 이곳에서 이야기를 엿듣거나 해서는 안 돼."

고개를 끄덕인 명신이 환영처럼 움직여 금세 멀어졌다. 그 모습을 본 진민은 깜짝 놀랐다. 며칠 유심히 보지 않은 사이에 명신의 영술이 부쩍 는 것이다.

명신이 멀어진 후, 진민은 헌원예에게 고북월이 어디 있는지 묻기 위해 어서방 안으로 들어가려 했다. 그러나 그때, 안에서 고북월의 목소리가 들려왔다.

"내가 얼마나 잤지? 어째서 깨우지 않으셨는지요?"

고북월이 어서방 안에 있었다고? 게다가 자고 있었던 거야? 대체 얼마나 피곤하기에…….

진민은 언제나 고북월에게 너무 지치도록 일을 하지 말라고 권했지만, 그는 항상 피곤하지 않다고 대답했다. 진민은 어쩐지 마음이 답답해져 그만 발걸음을 멈추고 말았다.

방 안에서는 헌원예가 붉은 세뱃돈 봉투를 두 개 꺼내며 고북월에게 말하고 있었다.

"짧게 주무셨어요. 별일도 없어 깨우지 않았고요. 태부, 올해는 초닷새에 출발할 생각입니다. 민 이모가 기다리고 계실 테니, 일단 먼저 가시죠."

최근 수년 동안 헌원예는 제야의 밤이면 빙해를 향해 출발했다. 원소절을 부모와 함께 보내기 위해서였다.

예전에는 당리 일행도 함께 새해를 맞으러 오곤 했으나, 헌원예가 궁에 있지 않다는 사실을 알고 바로 빙해로 왔다. 때문에 새해에는 오직 고북월 일가만이 궁을 지키고 있었다.

고북월은 예아가 올해 초닷새에야 출발하겠다는 말에 깜짝 놀라 진지하게 물었다.

"어찌 된 일입니까? 무슨 일이라도……?"

진민도 궁금한 마음에 그 자리에서 움직이지 않고 귀를 세웠다.

헌원예가 대답했다.

"아무 일 없습니다. 초닷새에 출발해도 시간을 맞출 수 있을 테니까요. 초사흘에 성 남쪽에서 묘회[5]가 열린다고 하더군요. 민 이모, 명신과 함께 놀러 가고 싶습니다."

고북월은 미간을 찌푸린 채 말없이 헌원예를 바라보았다. 헌원예 역시 한참 동안 침묵한 끝에 담담한 목소리로 말을 이었다.

"또 1년이 지났습니다. 연아에게서도 소식이 없고, 영자마저 소식이 전혀 없으니……. 올해는 제가 영자를 대신해 태부와 민 이모 곁에 있어 드리겠습니다."

또 1년이 지났다고? 영자에게서 소식이 전혀 없다니, 그건 무슨 뜻이지?

그녀는 수개월 전 고북월에게 설에는 영자가 돌아올 수 있도록, 그래서 동생을 만나게 해 달라고 부탁했고, 지난달 고북월

---

5 과거 명절이나 특정한 날에 절 안이나 부근에 임시로 열던 시장.

은 그녀에게 올해는 힘들 것 같다고 이야기했다. 그런데 예아의 저 말은…… 대체 무슨 의미인가?

진민은 뭔가 잘못되었음을 깨닫고 창백해진 얼굴로 멈춰 섰다. 안에서는 고북월과 헌원예의 대화가 계속 이어지고 있었다.

고북월이 평온한 목소리로 말했다.

"황상께서는 괴로워하실 필요 없습니다. 소신과 남신은 모두 영위니, 그간 했던 모든 행동은 바로 책임을 다하기 위함이었습니다. 새해가 되면 황상께서는 열여섯 살이 되시지요. 이 닷새 동안 황상께서 조정의 일을 처리하기 위해 남으실 생각이라면 소신도 막지 않겠습니다. 하지만 그런 사적인 일 때문이라면…… 황상께서는 숙고해 보십시오. 황상께서 빙해에 가시는 것은 단지 양친을 뵙기 위함일 뿐만이 아니라 현공대륙을 얻기 위함이기도 합니다. 장래 연 공주님께서 돌아오시건 아니건, 또 빙해의 얼음을 깰 수 있건 아니건, 대진국이 안정되고 나면 황상께서는 병사들을 이끌고 현공대륙으로 가실 날이 올 것입니다. 지금 우리와 적들은 누가 더 침착을 유지할 수 있는지 겨루고 있습니다. 장래에는 아마 누가 먼저 선수를 치는지가 관건이 되겠지요……."

고북월이 잠시 침묵한 후 이어 말했다.

"자애로운 자는 병사들을 다루지 못하고, 정으로는 일을 성공시키기 어렵습니다. 황상께서는 재삼 숙고하시기 바랍니다."

헌원예는 침묵했지만, 그 자리에 굳어 있던 진민은 입을 가린 채 한 걸음 뒤로 물러났다. 고북월과 헌원예가 바로 인기척을 느끼고 문밖을 바라보았다.

고북월이 순식간에 문 앞으로 위치를 옮기더니 날카로운 눈빛으로 주변을 둘러보았다. 그러나 그의 눈에 들어온 것은 바로 눈물을 흘리고 있는 진민이었다. 그는 그대로 당황하고 말았다.

진민이 고개를 저으며 몇 걸음이나 뒤로 물러가더니 갑자기 몸을 돌려 뛰기 시작했다. 고북월은 헌원예를 흘깃 보며 '대신 명신을 돌봐 주십시오.'라고 말한 후 진민을 쫓아갔다.

진민의 머릿속은 그야말로 텅 비어 있었다. 그저 길이 보이니 뛸 뿐, 아무 생각도 할 수 없었다. 그녀는 도망치고만 싶었다. 그들에게서 멀리 떨어지기만 하면 그들이 방금 나눴던 그 말들이 그녀와 아무 관계가 없어질 것처럼.

한참 후에야 그녀는 마침내 더는 달리지 못하고 멈춰 섰다. 그녀는 낭패한 몰골로 숨을 몰아쉬었고, 고북월 역시 그녀에게서 다섯 걸음 떨어진 곳에 멈춰 섰다. 그녀를 바라보는 그의 눈빛은 유난히 무거워 보였다.

"진민."

머릿속이 텅 빈 것만 같았던 그녀도 겨우 정신이 돌아오기 시작했다. 그녀가 천천히 몸을 돌려 그를 바라보았다. 그리고 점점 더 미간을 찌푸리다 다시 한번 고개를 저었다.

그녀는 문득 그가 그녀를 쉽게 쫓아올 수 있다는 사실을, 그녀가 멈출 때까지 기다릴 필요가 없었다는 사실을 깨달았다.

주변을 둘러보니 사람 하나 보이지 않는 빈 공터였다. 그녀의 시선이 다시 그의 고요한 얼굴로 떨어졌다. 그녀는 그를 보고…… 보고 또 보았다. 분노의 불길이 마침내 타오르기 시작했다.

고북월의 속도라면 그녀가 아무리 멀리 달려간다 해도 쉽게 쫓아올 수 있지 않은가. 그렇다면 일단 그녀를 막아서고 변명을 해야 하는 것 아닐까? 그러나 그는 뜻밖에도 속도를 늦춰 가면서까지 그녀가 멈추도록 기다렸다!

그녀의 눈에 비친 고북월은 전혀 초조해 보이지 않았다. 그는 전혀 다급한 기색을 보이지 않고 있었다!

이 남자는…… 어떻게 이렇게 냉정할 수 있는 걸까?

이 세상 그 누가 이 남자로 하여금 이성을 잃게 할 수 있지?

진민이 분노하여 외쳤다.

"고북월, 당신……. 이 거짓말쟁이! 나쁜 사람! 당신……. 당신……."

너무도 화가 나서 그에게 욕을 퍼붓고 손찌검도 하고 싶었다. 그러나 그녀는 결국 욕을 내뱉지도, 손을 올리지도 못한 채 울먹이기 시작했다.

"고북월, 아직도 말하지 않을 거예요? 대체 어떻게 된 거예요? 내 아들, 내 아들은 대체 어디 있는 거죠? 말해요!"

고북월이 고개를 숙이더니 한참 후에야 겨우 입을 열었다.

"진민, 영자는 4년 전 실종되었소. 그리고 지금까지……."

고북월의 말이 끝나기도 전에 진민이 폭발했다.

"뭐라고요?"

고북월은 진민에게 다가오려다, 그녀가 분노하는 모습을 보고 다시 멈춰 섰다. 그는 심문하는 듯한 진민의 시선을 피해 눈을 내리깐 채 방금 했던 말을 반복했다.

"영자는 4년 전 실종되었고, 지금까지 아무 소식이 없소."

진민은 멍하니 그를 바라보았다. 무슨 말이라도 하고 싶었지만, 그보다 먼저 눈물이 눈을 채웠다.

고북월이 잠시 말을 멈추더니 계속 말했다.

"모두 온 힘을 다해 찾고 있으니…… 안심해도……."

진민이 다시 한번 그의 말을 끊었다.

"그래서, 당신들은 모두 알고 있었으면서 그 애 어미인 나에게만 숨겼다는 건가요? 고북월, 당신…… 어떻게 그럴 수 있어요?"

고북월이 마침내 고개를 들었다. 안색은 창백했고 미간은 잔뜩 찌푸린 채였다. 부끄러움으로 무겁게 가라앉은 그의 눈은 어쩔 줄 몰라 하고 있었다. 그는 진민의 질문에 답할 방법이 없는 듯했다.

그는 한참 동안 아무 대답도 하지 않다가, 조심스럽게 손을 뻗어 진민의 눈물을 닦아 주려 했다. 그러나 그의 손끝이 그녀에게 닿는 순간, 진민이 매섭게 그의 손을 쳐 냈다.

진민은 분노가 치밀어 올라 울면서 외쳤다.

"4년을 찾아도 찾지 못했다면서, 어떻게 나보고 안심하라고! 어떻게 안심하란 말인가요?"

민월 외전 **초췌**

4년을 찾아도 찾지 못했는데, 어떻게 그녀가 안심할 수 있을까? 그리고 그가 영자를 찾아올 거라고 대체 어떻게 믿을 수 있을까?

눈물을 흘리며 고북월의 답을 기다렸다.

고북월은 미간을 더더욱 찌푸리며 그런 그녀를 바라보았다. 그는 아주 오랫동안 이렇게 미간을 모은 적이 없었다.

사실 그가 이야기한 '안심하라'는 표현은 그저 위로하는 말에 불과했다. 그 자신조차 마음을 내려놓지 못하고 있는데 어떻게 진민에게 안심하라 설득할 수 있다는 말인가!

그 말을 하지 말았어야 했다. 그의 성격대로라면 확신할 수 없는 말은 입 밖에 내지 않는 것이 맞았다. 그러나 그 말 외에는 진민을 위로할 방법을 찾을 수 없었다.

고북월이 마음속으로 중얼거렸다.

'당신이 걱정한들 아무 소용 없단 말이오. 이미 4년이 지났어. 영자는 분명 재난을 당했거나, 아니면 어딘가에 갇혀 있을 텐데……. 대체 무슨 일을 당하고 있을지도 알 수 없소. 지금으로서는 그저 포기하지 않고 찾는 것 외에는 다른 방법이 없는데……. 내가 그동안 충분히 괴로워했으니 당신은 괴로워하지 않았으면 좋겠소.'

그러나 이 말을 입 밖으로 낼 수는 없었다. 더구나 영자를 찾는 것보다도, 아니 심지어 연아를 찾는 것보다도 빙해의 비밀이 중요하다고는 결코 말할 수 없었다. 영자와 연아를 찾기 위해 모두를 드러낼 수 없다고는.

그의 마음속 이 말들을 그대로 이야기한다면 진민은 아마도 무너져 내릴 것이다. 그저 숨기는 수밖에 없었다. 처음에는 이렇게 오랜 세월 숨겨야 할 거라고는 생각지 못했다. 4년 동안이나 영자를 찾지 못할 거라고는 생각지 못했으니까.

고북월이 고개를 숙인 채 한마디도 하지 않았다. 그저 미간을 점점 더 찌푸릴 뿐이었다.

그가 대답하지 않자 진민은 더욱 화가 나서 분노한 목소리로 외쳤다.

"실마리가 전혀 없는 건가요?"

고북월이 무겁게 탄식하며 고개를 끄덕였다. 진민은 그 모습을 보자 순식간에 노기가 치밀어 올라 숨도 쉬지 못할 지경이 되었다. 그녀는 잠시 말을 멈추고 몇 번 심호흡을 한 다음, 가까스로 냉정함을 유지하며 물었다.

"4년…… 4년이라니! 영자는, 영자는 대체 어떻게 된 거죠? 그 애는 아이인데……. 아직 아이라고요! 내 아이……."

그녀는 중얼거리고 또 중얼거리다가 결국은 울먹이기 시작했다. 그리고 그 자리에 무너지듯 주저앉은 채 얼굴을 가리고 통곡했다.

영자가 그녀 곁을 떠났을 때는 겨우 열 살 먹은 아이였다.

4년 전 실종되었다면…… 열한 살 때가 아닌가! 영자는 대체 무슨 일을 당한 걸까? 무슨 괴로운 일이라도 당하고 있는 것은 아닐까?

진민은 생각을 이어 나가기가 두려웠지만, 가지가 뻗어 나가는 것을 막을 수 없었다. 그리고 뻗어 나가면 뻗어 나갈수록 초조해졌다. 그녀는 걱정스러웠고 또 무서웠다…….

진민은 마침내 이성을 잃고 재빨리 몸을 일으켰다.

"내가 그 애를 찾으러 가겠어요!"

진민이 몸을 돌리는 순간, 고북월이 재빨리 그녀의 팔을 잡았다. 그는 마치 잘못을 저지른 어린아이처럼 여전히 그녀를 제대로 쳐다보지도 못하고 있었다.

"진민, 일단 냉정함을 되찾고 다시……."

진민이 매서운 기세로 고북월의 손에서 벗어나더니 노한 목소리로 반문했다.

"냉정? 당신은 4년 동안이나 냉정한 상태였죠. 그걸로는 부족한가요?"

고북월은 다시 대답할 말을 잃고 말았다. 그러나 그는 또 한 번 진민의 손을 잡았다. 진민은 이번에는 그의 손을 떨쳐 내지 않고 차가운 목소리로 외쳤다.

"놓아요!"

고북월은 놔주지 않았을 뿐 아니라 애걸하듯 말했다.

"진민, 이러지 마시오. 우리 같이 방법을 생각해 봅시다."

진민은 벗어날 수 없다는 걸 알면서도 계속 사납게 발버둥

치며 물었다.

"고북월, 정말로 나와 함께 방법을 생각하고 싶어요? 이제 와서 이런 말 하는 거, 너무 우습다고 생각하지 않아요? 4년이라고요. 나흘도 아니고, 네 시진도 아니고, 4년! 어째서 나를 속인 건가요? 어째서 처음부터 나에게 말해 주지 않았죠? 어째서 나와 함께 대책을 생각하려 하지 않았죠?"

진민은 말하면 말할수록 괴로운 마음에 눈물을 세차게 쏟아냈다.

"고북월, 당신 대체 어떻게 그럴 수 있었죠? 이 4년 동안, 마치 아무 일도 없었던 것처럼 나와 명신을 대하고……. 고북월, 말해 봐요, 말해 보라고요!"

고북월이 마침내 진민의 눈을 똑바로 바라보았다. 그의 이마는 여전히 긴장하고 있었다. 그리고 눈빛은 몹시 슬퍼 보였지만, 동시에 여전히 냉정해 보이기도 했다. 고요한 얼굴이 마치 순식간에 수년이 흐른 것처럼 초췌해 보였다.

그가 진민의 손을 놓아주며 대답했다.

"진민, 미안하오. 나는 당신이 괴로울까 봐……."

진민은 화가 머리끝까지 치밀어 올라, 그의 이야기를 제대로 듣지도 않고 중간에 잘랐다.

"우리는 아주 잘 지냈지요, 가족끼리 단란한 행복을 누리며! 하지만 영자는요? 영자는? 말해 봐요, 영자는 어디 있어요? 그 애가 대체 무슨 일을 당한 거죠?"

그때 한옆에서 불만스러운 목소리가 들려왔다.

"민 부인, 영 소주가 실종되신 후 고 태부께서는 부인보다 훨씬 괴로워하셨습니다. 더 이상 태부를 괴롭히지 말아 주십시오!"

진민과 고북월이 동시에 돌아보니 목소리의 주인은 바로 오랫동안 만나지 못했던 소소옥이었다. 그녀가 걸어오며 말했다.

"민 부인, 4년 동안 부인과 작은 아드님께서 좋은 시절을 보내실 때, 고 태부께서 어찌 편안하셨겠습니까? 영 소주가 실종되지 않았다 해도, 부인과 작은 아드님을 제외하면 그 누구도 편히 지내지 못했습니다. 고 태부께서는 이미 충분히 부인을 보호하고 계시건만, 대체 무엇이 불만스러우신가요? 고 태부께서 부인을 속이신 것은, 부인이 괴로워하지 않고 온 마음으로 작은 아드님을 돌보시기를 바라셔서 아니겠습니까? 민 부인, 그러니까……."

진민이 당황한 표정을 지었다.

고북월이 다급한 나머지 예의조차 차리지 못하고 소소옥의 말을 잘랐다.

"소 부인, 우리 집안일은 부인께서 신경 쓰실 바가 아니니, 망령되이 아무 말이나 하지 않으시는 것이 좋겠소이다!"

그러나 소소옥은 입을 다물기는커녕 오히려 무시하는 표정으로 계속 말했다.

"민 부인께서 태부께 시집오실 적에 이미 태부께서 어떤 분이신지는 아셨을 터. 민 부인께서 만약 부군을 돕고 자식을 가르치며 화초나 돌보는 안일한 삶을 바라셨다면 부인께 고 태부는 어울리지 않습니다. 고 태부께서는 마음에 사명을 품으신 분이니, 고씨의 아이 역시 그러해야 할 것입니다. 영 소주가 실종된 이상, 명신 소주가 영술을 익혀 영 주인님의 사명을 계승하고, 현공대륙으로 가는 것이 마땅할 것입니다. 그때에도 분명 예측하기 어려운 위험이 가득할 텐데, 민 부인께서……."

고북월이 분노하여 날카로운 목소리로 외쳤다.

"방자하다! 그 입 다물도록!"

소소옥이 계속하려다가, 문득 얼음처럼 차가운 고북월의 눈동자를 보는 순간 심장이 덜컹 떨어지는 것 같았다. 소소옥은 참고 참아, 목 끝까지 올라온 말을 간신히 삼켰다.

그러나 이 순간, 진민은 고북월보다 더 사나워져 있었다. 그녀는 다급하게 변명하거나 하지 않고 차가운 목소리로 말했다.

"소소옥, 말해요! 할 말이 있으면 모두 해 보라고!"

소소옥도 물론 계속 말하고 싶었다. 그러나 고북월 눈에 떠오른 살의를 보니 소소옥도 겁이 날 수밖에 없었다. 그녀는 진민을 흘깃 본 다음 몸을 돌렸다. 얼마 떨어지지 않은 담벼락에 고칠소가 팔짱을 낀 채 그녀를 바라보고 있는 것이 보였다.

"하하, 소 부인도 오셨군. 소식이 나보다 빠른 모양이야."

그들은 예아가 빙해 출발 시일을 늦춘 걸 미리 알고, 그와 새해를 보내러 황도로 온 참이었다.

소소옥이 말했다.

"예왕 전하께서는 딱 시간에 맞춰 오셨군요."

고칠소가 웃으며 말했다.

"보아하니 소 부인께서 아주 한가하신 모양이야. 돌아가면 예아에게 말해 임무를 더 많이 맡겨야겠어."

이 말에 소소옥은 자신이 방금 했던 말을 고칠소가 모두 들었음을 깨달았다. 소소옥이 냉소하며 말했다.

"내가 기름을 부은 것은 두 분을 위해서죠. 아니라면 두 분 성격으로 보건대, 백날 싸워 봤자 헛일일 테니까."

고칠소가 불쾌한 표정으로 말했다.

"쓸데없는 일을 하는군."

그러자 소소옥이 갑자기 고칠소 가까이 다가가더니 말했다.

"예왕 전하. 전하께서 보시기에 우리의 저 고 태부께서는 민 부인을 마음에 두고 계신 것 같은가요, 아니면 그저 아내로 보시는 것 같은가요?"

고칠소가 반문했다.

"무슨 차이가 있지?"

소소옥이 웃으며 대답했다.

"차이가 있는지 없는지는 전하께서 가장 잘 아시잖아요?"

고칠소가 대답하려는 찰나, 소소옥이 다시 말했다.

"하지만 민 부인이 과연 무엇을 해야 하는지 아실까요? 자기 자신을 내려놓기만 한다면 모든 일이 다 괜찮을 텐데……. 고 태부께서는 결코 민 부인을 홀대하지 않으실 테니까요."

고칠소가 차갑게 냉소하며 말했다.

"소소옥, 당신은 어린 시절에도 그다지 귀엽지 않았는데, 어른이 된 지금은…… 더더욱 귀염성이라곤 없군!"

말을 마친 고칠소가 걸음을 옮기자 소소옥도 서둘러 따라갔다. 그리고 정원에서는 진민이 고개를 숙인 채 한마디도 하지 않았다. 고북월 역시 한마디도 하지 못하고 그저 곁에 서 있을 수밖에 없었다…….

민월 외전 **섣달그믐 밤의 식사**

　진민은 아무 말도 하지 않았다. 동시에 고북월이 입을 여는 것도 허락하지 않았다. 시간이 이렇게 흘러갔고…… 기다리다 못한 고북월이 마침내 중얼거리듯 말했다.

　"진민……."

　"한마디도 하지 말아요!"

　진민이 다시 한번 그의 말을 잘랐다.

　그러나 고북월이 다시 달래듯 말했다.

　"소소옥의 입이 험한 것은 당신도 잘 알지 않소. 그러니 마음에 두지 말고……. 나중에 그녀로 하여금 당신에게 사과하게 하겠소."

　진민이 고개를 들더니 사나운 기세로 외쳤다.

　"아무 말도 말라니까요!"

　그러나 고북월은 계속 말을 이었다.

　"이 4년은 소소옥이 말한 것 같지도 않았고, 또 당신이 알던 그대로만도 아니었소. 당신이 명신을 돌봐 주지 않았더라면 나는 분명 몸을 빼낼 도리가 없었겠지. 진민, 당신은……."

　진민이 물었다.

　"소소옥이 한 말에 틀린 부분이 없다고 생각하지 않나요?"

　그러나 고북월은 굳게 고개만 흔들 뿐이었다.

진민 역시 고개를 저으며 그를 바라보았다. 고북월이 계속 대화를 이어 나가려 하자 진민이 손을 뻗어 그의 입을 막았다.

"잠시만 조용히 있게 해 줘요. 네?"

고북월은 그 말에 따를 수밖에 없었다.

진민은 그를 밀어내고 근처에 있는 돌의자에 앉았다. 고북월을 등진 그녀는 유난히도 고요해 보였다.

고북월이 난감한 눈빛으로 그녀의 뒷모습을 바라보았다. 진민은 한참 동안 미동도 하지 않았다. 결국 고북월이 다시 입을 열었다. 이번에는 달래는 것이 아니라 일깨우기 위해서였다.

"진민, 돌아가지 않으면 명신이 배고프다 할 것이오."

진민은 이미 상당히 냉정함을 되찾은 상태였으나, 이 말에 다시 분노가 치밀었다. 아무리 그녀를 이해하지 못한다 해도, 그래도 그 누구보다 그녀의 약점이 무엇인지 알고 있는 사람 아닌가!

고북월은 조금 당혹스러운 표정이었다. 그는 정말로 자신이 한 말이 무엇이 잘못인지 이해할 수 없었다. 한마디 더 하려다가, 결국은 진민이 자신을 노려보게 내버려 둘 수밖에 없었다.

진민이 차갑게 말했다.

"기다려요!"

고북월은 의외였고, 당황스럽기도 했다. 아무리 화가 났다 해도 진민이 명신조차 돌볼 생각을 하지 않다니.

그러나 진민은 잠시 앉아 있다가 곧 일어났다. 그리고 그를 쳐다보지도 않고 거처를 향해 걷기 시작했다. 고북월은 속으로 안도의 한숨을 내쉬며 재빨리 따라나섰다.

문 앞에 도착한 진민은 눈물을 닦고 옷을 정리하더니, 갑자기 돌아서며 물었다.

"괜찮아 보여요?"

고북월이 말뜻을 이해하지 못하는 것을 보고, 진민이 불만스럽게 말했다.

"눈 말이에요!"

고북월은 그제야 진민이 울었다는 사실을 명신에게 들키지 않으려 한다는 것을 알아챘다. 그는 진지하게 그녀의 눈을 살펴보았다. 그녀의 눈은 조금 붉게 부어 있었다. 고북월은 진민을 잠시 기다리게 하고 얼음을 찾아왔다.

그는 얼음을 수건으로 감싸 진민의 눈에 냉찜질을 해 주려 했다. 그러나 진민은 그의 손길을 거부하고 자신이 직접 하려 했다. 고북월은 여전히 수건을 빼앗으려 하며 다정하게 말했다.

"내가 할 테니 움직이지 마시오."

진민도 말없이 고개를 숙인 채 손을 내밀어 그에게 수건을 건넸다.

"눈 주변에는 혈이 많으니 함부로 누르면 안 되지."

고북월이 가벼운 손길로 진민의 턱을 들어 올렸다. 진민은 그런 그의 행동을 묵인하며 말없이 살짝 고개를 들었다.

고북월은 그녀에게서 아주 가까이 있었고, 그의 움직임은 조심스럽고도 부드러웠다. 그의 숨소리를 따라 맑은 약초 향이 진민의 얼굴로 쏟아졌다. 진민은 두 눈을 가늘게 뜬 채 그가 집중하는 모습을, 그리고 그의 눈에 선 핏발을 바라보았다.

냉정함이라……. 이 순간에야 그녀는 진정으로 냉정함을 되찾고 있는 건지도 모른다. 아무리 그를 원망하고 미워한다 해도 그런 그의 모습을 보자 마음이 너무나 아파 왔다.

그녀는 4년 내내 영자가 실종되었다는 사실을 알지 못했다. 그리고 고북월이 얼마나 괴로워했는지도…… 그녀는 전혀 알지 못했다.

생각이 이에 미치자 진민의 눈가가 저도 모르게 젖어 들었다. 고북월의 손이 살짝 굳었다. 그는 분명 어쩔 줄 몰라 하고 있었다. 그가 진민을 품에 안으며 곁에 있던 시종에게 분부했다.

"가서 황상께 먼저 연회를 시작하시라 전해라. 나와 부인은 조금 늦게 가겠다고 말이다."

진민이 마침내 그를 밀어내며 말했다.

"그럴 필요 없어요. 먼저 가세요. 저도 옷차림을 정리하고 바로 가겠어요."

말을 마친 그녀가 빠른 걸음으로 방으로 향했다. 고북월도 그런 그녀를 붙들지 않았다.

연회실 안에는 식탁 가득 음식이 차려져 있었다. 조 할멈과 작약이 시녀들 한 무리를 거느린 채 한옆에서 기다리고 있었다. 예아와 고칠소는 긴 의자에 앉아 작은 소리로 대화를 나누고 있었고, 명신은 가부좌를 틀고 앉아 열심히 견과류 껍질을 까고 있었다.

명신은 종종 껍질을 까다 말고 견과류를 입에 넣고 씹으며,

들려오는 대화 내용을 생각하거나 호기심 어린 목소리로 두어 마디 묻기도 했다. 또 고칠소와 예아에게 껍질을 깐 견과류를 내민 다음 고칠소와 예아가 번갈아 제 작은 머리를 쓰다듬게 했다. 결론적으로 명신은 마치 조그만 다람쥐처럼 계속 견과류를 입에 넣고 있어 전혀 배가 고프지 않았다.

고북월이 들어오자 명신은 무척 기뻐하며, 껍질을 벗긴 견과류를 한 움큼 들고 달려왔다.

"아버지, 이거 드세요!"

명신이 두 손으로 견과류를 모아 든 채 고개를 갸우뚱, 고북월의 뒤를 바라보았다. 그러나 어머니의 모습은 보이지 않았다.

"어머니가 아버지를 찾으러 가셨는데, 못 만나셨어요?"

고북월이 명신을 안아 들고, 아이의 코를 문지르며 말했다.

"어머니는 네 세뱃돈을 준비하러 가셨다. 곧 오실 거야."

명신의 눈빛이 찬란하게 빛났다. 그는 아버지에게서 이상한 점을 전혀 느끼지 못하고 있었다.

고북월은 예아와 고칠소에게 식탁 앞에 앉을 것을 권하고, 자신도 명신을 안은 채 자리에 앉았다. 주변을 둘러본 그는 소소옥이 보이지 않자 예아를 바라보며 물었다.

"소소옥은 어디 있습니까?"

예아는 그보다는 진민의 상황을 묻고 싶었지만, 명신이 곁에 있으니 물을 수도 없었다. 그래서 그저 고북월의 질문에만 답하기로 했다.

"옥 누님은 몸이 불편하다고 먼저 쉬러 갔습니다. 기다릴 필요 없습니다."

고북월은 소소옥의 아프다는 말이 핑계라는 것을 알아차렸지만 그저 고개만 끄덕였다. 소소옥이 스스로 진민을 피한 것인지, 아니면 고칠소와 예아의 요구에 따른 것인지는 묻지 않았다.

곧 진민이 도착했다. 그녀의 얼굴에 울었던 흔적은 이미 사라지고 없었다. 게다가 화장을 수정해서인지 여전히 우아하게만 보였다. 진민이 웃으며 말했다.

"모두 오래 기다리셨지요."

그녀는 고북월 곁에 앉아 명신을 받아 안으려 했다. 그러나 명신은 그녀에게 안기지 않고 그 옆자리에 앉았다. 진민이 그런 명신을 내버려 두고 주변을 둘러보며 물었다.

"소 부인은요?"

고북월이 대답했다.

"몸이 불편해 먼저 쉬러 갔소."

진민은 고개만 끄덕였을 뿐 별다른 말은 하지 않았다. 마치 아무 일도 없었다는 듯한 태도였다. 사실 진민은 소소옥을 탓할 생각이 전혀 없었다.

비록 모두 서로의 마음을 아는 상태였지만, 그리고 진민이 평소보다 말수가 적었지만, 어쨌든 이날 저녁 식사는 최근 몇 년 사이 가장 시끌벅적했다. 일단 고칠소가 자리하고 있는 것만으로도 분위기가 얼어붙을 일은 없었다. 명신은 제 몫으로 꽤 많은 세뱃돈에, 형 몫 세뱃돈까지 잔뜩 받아 기분이 좋았다.

모두 식사하는 동안 소소옥은 운한각에서 바쁘게 움직이고 있었다. 운한각은 동궁에서 멀지 않은 곳으로, 예아의 부황과 모후가 가장 좋아하던 거처였다. 이곳을 비워 놓은 지 이미 수년이 흘렀지만 예아가 매일 시종들에게 청소를 시키고 있어 말끔했다. 소소옥도 황궁에 돌아올 때마다 수고를 마다하지 않고, 구석구석 놓치는 일 없이 직접 청소하곤 했다.

정리를 끝낸 소소옥은 땀마저 흘리고 있었다. 그녀의 굳은 얼굴은 어딘가 냉혹해 보였고, 눈빛은 더더욱 날카로웠다. 그녀는 주변을 둘러본 후 만족한 듯 시녀를 불렀다.

"전하의 시중을 드는 노비들을 모두 불러오너라!"

그 순간 조 할멈이 음식이 든 바구니를 들고 안으로 들어오다가 난감해하며 말했다.

"아이고, 됐네, 됐어. 곧 새해인데 모두 좀 쉬게 하면 안 되겠나? 내 이 늙은 몸을 황궁에 두고 있는데, 시종들이 시중을 제대로 들지 못할까 걱정이야? 네가 좋아하는 옥수수만두를 싸 왔으니 뜨거울 때 먹자."

소소옥이 그런 조 할멈을 말끄러미 쳐다보더니 결국은 미소를 지었다. 그녀는 조 할멈을 끌어 앉히고 함께 만두를 먹기 시작했다.

조 할멈이 물었다.

"요 계집애, 대체 또 무슨 사고를 친 게야? 어째서 함께 식사하지 않고?"

소소옥이 불만스러운 목소리로 말했다.

"노비는 노비일 뿐인걸요. 어찌 저분들과 함께 겸상을 할 수 있겠어요? 전하께서 계시지 않으니, 다들 예의범절이며 규칙을 잊고 있어요!"

조 할멈은 웃기만 했다. 소소옥은 만두를 맛있게 먹다가 결국은 참지 못하고 조 할멈의 솜씨를 칭찬했고, 조 할멈은 더욱 기뻐했다.

연회장에서는 모두 이미 배불리 먹은 다음 자리에 앉아 한담을 나누고 있었다. 고칠소가 오래 묵힌 귀한 술을 한 병 꺼내더니 예아에게 말했다.

"새해가 되면 열여섯 살이 되지? 의부와 두 잔 마시자꾸나!"

고북월도 웃으며 말리지 않았다. 예아는 흔쾌히 술잔을 받아 들었다.

명신은 이미 진민의 품에 웅크린 채 잠들어 있었다. 평소라면 진민이 명신을 방으로 데려갔을 테지만, 오늘은 한 손으로 명신을 안은 채 다른 한 손에는 술잔을 들고 있었다.

"술 향기만 맡아도 얼마나 좋은 술인지 알겠네요. 30년까지는 아니더라도 25년 이상은 묵힌 술 같은데, 저도 한잔 맛봐야겠어요."

그 말에 고북월이 그녀를 돌아보았다…….

민월 외전 **취하지 않는다**

고북월은 진민을 바라보기만 할 뿐 아무 말도 하지 않았다. 그가 진민을 말리고 싶은지 아닌지는 아무도 모를 일이었다.

고칠소가 이 모습을 보고 짐짓 아무것도 모르는 척 웃으며 진민의 잔에 술을 따랐다.

"자자, 이 술이 몇 년 묵힌 건지 맛을 보시지요!"

진민은 맛을 보지 않고 그저 향만 맡은 후 말했다.

"역시 30년은 되지 않았어요. 27년에서 28년은 분명 된 것 같고."

처음에는 25년에서 30년 사이라 이야기했으니, 지금은 다시 범위를 줄인 셈이었다. 고칠소는 말할 것도 없고 고북월도 적이 놀랐다. 진민이 이리도 술에 대해 잘 알 줄이야.

고칠소가 기뻐하며 재촉했다.

"자, 어서 맛을 보시지요. 정확하게 맞힌다면 돌아가서 더 좋은 술을 보내 드리겠소이다."

진민도 웃으며 가볍게 술을 한 모금 머금더니 천천히 맛을 음미했다. 그리고 다시 한 모금 마시더니 확신에 찬 대답을 내놓았다.

"27년!"

진민의 답은 정확했다. 너무 놀란 고칠소가 고북월을 보며 키득거렸다.

"고북월, 자네 부인을 그동안 너무 꽁꽁 숨겨 놓았군. 이렇게 오래 알고 지냈는데도 민 부인께 이런 능력이 있는 줄 몰랐으니 말이야. 하하, 설마 우리가 민 부인에게 술 마시자고 할까 봐 일부러 감췄나?"

고북월의 입가에 살짝 경련이 이는 듯했으나, 결국 아무 말 없이 술잔을 내밀었다. 고칠소가 특별히 후하게 그의 잔을 채워 준 다음, 더 이상 농담을 건네지 않고 진민을 바라보았다.

"민 부인께서도 뭔가를 잘 감추시는군요?"

진민이 일부러 책망하듯 말했다.

"함께 술을 마실 때 한 번도 부르지 않았으면서, 나에게 속였다고 하시면 되나요?"

"그건 우리를 탓하실 것이 아니라 부군을 탓하실 일이지요."

고칠소가 소리 내어 웃으며 고북월을 가리켰다.

"우리가 알고 지낸 지 몇 년인데, 함께 술을 마신 횟수가 열 번도 안 된다니까요! 하하! 고북월과 술을 마신 적보다는 독누이와 술을 마신 적이 더 많을 겁니다."

이 말에 고북월이 바로 눈썹을 치켜세웠다. 고칠소는 그제야 자신이 말실수했다는 것을 깨닫고 재빨리 소리 죽여 말했다.

"몰래 마신 겁니다, 몰래. 어디 가서 말씀하시면 안 됩니다."

그는 진민이 상황을 이해하지 못할까 봐, 고개를 돌려 더더욱 나지막한 목소리로 말했다.

"용비야도 고북월과 비슷한 사람입니다. 여자가 술 마시는 것을 싫어하지요."

그 말을 들었는지는 알 수 없었으나, 고북월이 곧 잔을 들어올리더니 단숨에 비웠다. 그와 동시에 진민 역시 잔을 들더니 똑같이 단숨에 비웠다. 그 모습을 본 고칠소가 재빨리 두 사람의 잔을 채워 주었다.

곁에서 조용히, 이미 몇 잔째 마시고 있던 예아도 잔을 내밀었다. 그러나 고칠소는 계속 진민과 고북월에게 신경 쓰느라 그에게는 주의를 기울이지 못하고 있었다.

예아는 고칠소가 자신의 잔을 쳐다보지도 않자 바닥에 있던 술 한 항아리를 들어 올리더니 자작하기 시작했다. 마음속에 이런저런 생각이 많던 고북월과 진민도 이런 예아의 모습을 눈치채지 못하고 있었다.

고칠소가 잔을 들었다.

"고북월, 이 잔은 내가 용비야를 대신해 마시기로 하지. 그동안 고생 많았네!"

고북월은 이 말을 듣자 막 들어 올리던 잔을 내려놓았다. 그리고 고칠소에게 물을 한 잔 건네며 말했다.

"잔을 잘못 찾았군. 이 잔이야말로 자네 것이지."

고칠소는 물잔을 보고 웃더니 정말로 고북월과 잔을 바꿨다. 진민은 대체 무슨 상황인지 이해할 수 없어 당혹스러운 표정을 지었다.

고칠소가 물잔을 들더니 갑자기 진민을 향해 말했다.

"이 잔은 제가 용비야를 대신해 부인께 드리는 것으로 하겠습니다. 그동안 부인께서도 고생하셨습니다."

진민은 그제야 맑은 정신인 것처럼 보이는 고칠소가 사실 이미 취해 있다는 것을 깨달았다. 그녀는 난감한 심정이었으나, 고칠소의 진지한 얼굴을 보니 저도 모르게 웃음이 새어 나왔다. 세상에, 고칠소의 주량이 이 정도밖에 안 되다니!

진민이 고칠소와 잔을 부딪치려는 찰나, 고북월이 갑자기 그녀의 잔을 빼앗더니 물잔을 건넸다. 그러나 그녀는 다시 술잔을 빼앗아 고칠소와 잔을 비웠다.

진민이 다시 술을 따르려 하자 고북월이 술잔을 잡았다. 진민이 깊이 잠든 명신을 그에게 떠맡기듯 안기며 말했다.

"오늘 밤은 당신이 명신을 재우도록 해요. 자, 방으로 가세요!"

고북월은 명신을 안은 채 그야말로 멍한 표정이 되었다. 이렇게 패기로운 진민은 처음 보았으니까. 그러나 이 모습도 아무 위화감 없이 잘 어울렸다.

진민이 커다란 물병을 고칠소 앞에 놓더니 말했다.

"우리 오늘 밤 신나게 마셔 볼까요? 모두가 취할 때까지. 어때요?"

고칠소는 물에 비친 제 그림자를 보며 소리 내어 웃더니, 두 손으로 물병을 들고 호방하게 말했다.

"좋습니다. 제가 용비야를 대신해 여러분과 마셔 드리지! 모두 취할 때까지!"

진민이 술 항아리를 하나 들어 고칠소의 물병에 건배하고는 항아리째 술을 마시기 시작했다.

고북월이 미간을 찌푸렸으나 그런 진민을 제지하지는 않았다. 그가 명신을 작약에게 맡기고 다시 자리에 앉으려던 순간, 문득 예아가 취해서 흔들거리는 모습이 보였다. 고북월이 다급하게 예아를 안았다.

예아는 처음 마신 술에 흠뻑 취해, 온몸에서 힘이 빠져나간 상태였다. 고북월이 그를 잡아끄는 순간, 그대로 품 안으로 쓰러졌다.

고북월이 다시 한번 진민을 흘긋 보더니, 곁에 있던 시종에게 나지막한 목소리로 명령했다.

"마님을 잘 지켜보고 있거라. 내가 곧 돌아올 테니."

그러나 그가 예아를 안고 문턱을 넘으려는 순간, 불쾌한 듯한 소소옥의 목소리가 들려왔다.

"처음 술을 드시는데 이렇게 취하시다니, 대체 몸에 얼마나 나쁠는지요!"

고북월이 돌아보니 소소옥이 팔짱을 낀 채 담벼락에 기대어 차가운 눈으로 그들을 보고 있었다.

고북월이 진지하게 말했다.

"오늘 밤은 모두 함께 모여 즐기는 것이 마땅하니, 취하신다 해도 좋은 일이오. 모시고 가서 곁에 있어 드리시오. 반 시진 후에 술 깨는 탕을 드시게 하면 큰 문제 없을 것이오."

그러나 소소옥은 입술을 비죽거리며 대답하지 않았다. 그녀는 예아를 받아 안지도 않고 그대로 몸을 돌려 연회장 안으로 들어갔다.

연회장에서는 여전히 고칠소와 진민이 마시는 중이었다. 소소옥이 성큼성큼 다가가 고칠소 손에 들린 물병을 잡으며 차가운 목소리로 말했다.

"매번 전하를 대신한다면서, 취하지 않을 수는 없는 건가요?"

고칠소의 얼굴은 여전히 멀쩡해 보였다. 그가 취했다는 사실을 믿을 수 없을 정도였다.

고칠소가 천천히 고개를 들었다. 소소옥을 보는 그의 얼굴에 점차 사나운 기운이 번졌다.

소소옥이 유달리 담담한 얼굴로 한 걸음 물러섰다. 고칠소가 재빨리 그녀에게 다가섰으나, 결국 걸음걸이에서 취한 것이 드러났다. 고칠소는 그대로 소소옥 쪽으로 넘어지고 말았다.

소소옥이 그를 부축해 일으키며 여전히 굳은 얼굴로 말했다.

"우리 주인님의 체면까지 떨어뜨리지 말고!"

진민은 계속 소소옥을 보고 있었으나, 소소옥은 그녀에게 시선 한번 주지 않고 고칠소를 부축해 문밖으로 나섰다. 그리고 고칠소를 시종에게 넘긴 후 자신은 예아를 부축하더니, 고북월에게 인사도 없이 그 자리를 떠났다.

마침내 거대한 연회장에 고북월과 진민 두 사람만이 남았다. 한 사람은 방 안에, 한 사람은 문가에.

고북월이 방 안을 들여다보니 진민이 다시 술 항아리를 들고 꿀꺽꿀꺽 마시고 있었다. 그는 말없이 방 안으로 들어가 직접 문을 닫고, 진민 맞은편에 앉았다. 그리고 그 역시 술 항아리를 들고 마시기 시작했다.

이렇게 취할 수만 있다면 차라리 나을 것이다. 그러나 안타깝게도 그들 두 사람 모두 아무리 마셔도 취할 수가 없었다.

고북월이 먼저 입을 열었다.

"더 마시고 싶소? 내게 100년 된 술이 한 항아리 있는데."

진민이 웃으며 말했다.

"100년 된 술 말고, 또 내가 모르는 좋은 것을 갖고 있는 게 있나요?"

고북월은 말문이 막히고 말았다.

진민은 여전히 웃고 있었다.

"나는 땅굴 가득 100년 된 술을 갖고 있는데, 당신, 그건 몰랐겠죠?"

고북월이 대답하지 않았다.

진민의 눈에 어려 있던 웃음기가 서서히 가시더니, 대신 슬픔이 그 자리를 채웠다.

"북월, 당신은 내 주량을 모르지요. 그리고 나도 당신 주량이 이 정도인 줄은 몰랐어요. 당신은 나를 알지 못하고…… 나도…… 당신을 알지 못해요……."

고북월이 그녀의 말을 잘랐다.

"진민, 영자의 일은……."

그러나 진민은 더는 그의 말을 들을 생각이 없는 모양이었다.

"북월, 처음에 당신이 나를 무애산에 남겨 두었을 때, 조금 경솔한 구석이 있었지요?"

고북월은 슬픔에 찬 진민의 눈을 보며 다시 미간을 찌푸렸다. 그는 고개를 저으며 진민의 생각을 부정했다.

진민 역시 고개를 저었다. 그러자 고북월이 다급하게 입을 열었다.

"영자의 일이 이 정도로 심각해질 줄 몰랐소. 나는 당신이 걱정할까 봐, 다른 사람들이 영자를 찾아낸 뒤에 당신에게 말하려고 했소. 나도 영자가 보고 싶소. 나도……."

고북월이 미간을 찌푸렸다. 마침내 남은 말은 사과뿐이었다.

"진민, 이 일은 내 잘못이오. 미안하오."

진민은 그런 그의 모습을 보며 마음이 아프기도 하고 화가 나기도 했다. 소소옥의 그 말을 듣지 않았다면 아마 그녀는 이미 마음이 풀어졌을 것이다. 그러나 소소옥의 말은 지금까지도 그녀의 귓가에 맴돌고 있었다. 그녀는 자신과 그의 관계를 신중하게 다시 생각해야 했다.

그녀가 그에게 정말로 필요한 사람일까?

그녀가 그의 곁에 있어도 괜찮은 걸까?

진민이 고북월의 눈을 한참 동안 들여다본 다음 겨우 말했다.

"북월, 그때…… 내가 경솔했던 거지요?"

고북월은 마음 한구석이 서늘해 오는 것을 느끼며 다급하게 고개를 저었다.

"진민, 당신 취했소."

진민의 두 눈동자가 젖어 들고 있었다.

"그래요, 내가 정말로 경솔했던 거예요."

고북월은 그녀 곁으로 다가가 그녀를 품에 안았다. 그는 아무 말 없이 점점 더 그녀를 강하게 끌어안을 뿐이었다. 대체 진민에게 무슨 말을 해야 하는 걸까? 고북월로서는 정말로 알 수 없는 문제였다. 그는 한참 동안 그녀를 끌어안고 있다가 겨우 입을 열었다.

"그렇지 않소, 진민. 이상한 생각은 하지 마시오."

진민은 오래도록 대답하지 않았다.

고북월이 고개를 돌려 다른 방향을 바라보았다. 슬픔에 찬 그의 눈은 언제부터인가 핏발이 가득해 무서울 정도로 붉어 보였다. 그가 눈을 감고 말했다.

"진민, 경솔했던 것이 아니오. 나는…… 나는 당신의 남은 생이 편안하기를 바랐소. 그러나……."

정말로 경솔했던 것이 아니었다. 그는 지금까지 그녀를 대할 때 단 한 번도 경솔했던 적이 없었다. 무애산에서 '진민, 남아 주겠소?'라고 말했던 그 순간을 포함하여.

그는 언제나 심사숙고하고 행동했다. 그는 그녀에게 안온한 일생을 약속하고 싶었다. 그러나 천하 모든 이에게 평안을 가져다줄 수 있는 그도, 그녀에게만은 안정된 삶을 약속할 수 없었다. 그에게 있어 그녀는 이번 생에서 유일하게 마음대로 어찌할 수 없는 사람이었다.

"편안⋯⋯."

편안이라는 단어가 진민의 귓가에 맴돌고 있었다. 그녀는 한참을 기다렸지만 고북월은 그 이상 아무 말도 하지 않았다.

그녀는 계속 뭔가를 묻고 싶었지만, 마음이 칼에 베이듯 아파 왔다. 진민 스스로도 차마 물어보기 아쉬운 것인지, 아니면 물어볼 수 없는 것인지 구분할 수 없었다. 그래서 그저 고북월의 허리를 감싼 채 천천히 눈물만 흘렸다.

그를 사랑하기 시작했던 그 순간, 그녀도 그의 남은 생을 평온하게 해 주겠노라 약속하고 싶었다. 무애산에 있던 시절 그는 그녀가 만든 국수를 먹고 싶다고 했고, 그녀는 자신이 그에게 그 정도는 해 줄 수 있으리라 생각했다.

그러나⋯⋯ 결국은 해내지 못했다! 뿐만 아니라 그녀는 소소옥이 말한 대로 그의 근심을 덜어 주지도 못했다. 그녀는 이제 정말로 그를 어떻게 해야 좋을지 알 수 없었다.

두 사람은 한참 동안 서로를 끌어안고 있었다. 연회장 안은 마치 세월의 흐름마저 멈춘 듯 고요했다. 고북월의 눈동자는 여전히 핏빛이었다. 그는 멍하니 문밖의 어둠을 바라보았고, 진민은 정말 취해 잠든 것처럼 조용히 그의 품에 얼굴을 묻고 있었다.

영원히 이렇게 서로를 안고 있을 수 있다면 얼마나 좋을까!

그러나 자시[6]가 되자 시끌벅적한 폭죽 소리가 고요함을 깨트

---

6 밤 11시부터 새벽 1시까지.

리고 말았다. 자시, 자시였다. 새로운 한 해가 시작된 것이다.

진민이 마침내 고북월의 품에서 고개를 들고 담담하게 말했다.

"원장 어른, 새해에는 평안하고 건강하셔야 해요."

원장 어른?

서로를 손님처럼 공경하던 과거의 수년 동안, 그녀는 그를 '원장 어른'이라 부르지 않고 '고 태부'라 불렀다. 그녀 자신조차 얼마나 오랫동안 이렇게 그를 부르지 않았는지 잊고 있을 지경이었다.

수년의 세월이 흐르는 동안 수많은 일을 겪었건만, 지금 다시 이렇게 그를 부르니 마치 늘 부르던 호칭처럼 자연스러웠다. 그리고 너무도 익숙했다. 익숙해서…… 그녀 자신도 놀랄 정도였다.

고북월이 천천히 고개를 숙였다. 잔뜩 찌푸리고 있던 미간에 더욱 힘을 주는 모습은 꼭 궁지에 몰린 것만 같아 보였다.

진민이 손을 뻗더니 진지하고도 조용한 표정으로 그의 얼굴을 만졌다. 그의 얼굴을 보면 볼수록 마음이 아팠고, 마음이 아플수록 아쉬운 마음이 드는 건 어쩔 수 없었다. 울고 싶을 정도로 괴로웠다. 그래도 그녀는 의연하게 결정을 내렸다.

"원장 어른, 미안해요. 떠나겠어요."

고북월이 진민의 입을 틀어막으며 고개를 저었다.

"진민, 당신 취했소."

진민이 그의 손을 떼어 내며 말했다.

"당신이 취했다면 그런 거겠죠. 그래요, 취했어요. 그래도 내가 말한 대로 할 거예요."

고북월이 계속 설득하려 했지만, 이번에는 진민이 그의 입을 막았다.

"나에게, 그리고 당신에게 시간을 좀 주기로 해요. 우리 서로 생각을 해 보면…… 경솔하지 않을 수 있겠지요? 그리고…… 명신에게도 시간을 주었으면 좋겠어요. 나는 그 애가 영족의 사명을 잇기를 바라지 않아요. 그리고 그 애가 영술을 배우는 것도 원하지 않아요. 그러니 열 살이 되면 그 애 스스로 선택하게 하세요."

고북월이 고개를 돌린 채 대답하지 않았다. 진민이 그의 얼굴을 잡아 억지로 자신을 보게 했다.

"북월, 대답해요."

고북월은 차라리 눈을 감아 버렸다. 그러나 진민이 말했다.

"북월, 그런 말을 했었죠. 언제라도 내가 떠나고 싶을 때 당신에게 한마디만 건네면 그뿐일 거라고. 그러니까 지금 당신의 대답은 필요하지 않아요."

고북월은 말없이 고개를 저었다. 이 상황을 이해하고 싶지 않았으나 진민을 설득할 이유를 찾을 수 없었다.

진민은 그가 괴로워하는 모습을 보고 싶지 않았다. 자신이 그를 이렇게 괴롭게 만드는 날이 오다니. 그녀의 심장이 그대로 쪼그라들고 있었다. 너무 아파 말도 나오지 않았고, 너무나 아쉬웠다. 그러나 그녀는 결국 손을 놓았다.

고북월이 그녀의 손을 잡았다. 진민은 손을 빼내려 했으나 빼낼 수 없었다. 그러나 얼마 지나지 않아 고북월이 손을 놓았다.

"진민, 시간이 얼마나 필요하건 계속 기다리겠소."

계속 기다리겠다고? 그렇다면 언제건 그녀가 돌아와도 괜찮다는 걸까? 그러나 그녀는 이미 영원히 돌아오지 않기로 마음을 굳힌 상태였다.

진민이 고개를 끄덕이고는 뒤도 한번 돌아보지 않고 걸어갔다.

정월을 마치 아무 일도 없었던 것처럼 평소와 같이 보냈다. 최소한 명신이 보기에는 여전히 재미있는 일도 많고 맛있는 음식도 많은 그런 나날이었다. 그러나 이월의 어느 밤, 진민은 깊이 잠든 명신을 안고 마차에 올라 대진국 황도를 떠났다.

그녀는 자신과 명신을 걱정할 필요 없다는 서신을 한 통 남겼다. 그녀와 명신을 찾으러 올 필요 없노라고, 그리고 때때로 영자의 소식을 물으러 사람을 보낼 터이니 반드시 영자를 찾아달라고. 영자가 죽었다면 그녀는 시신이라도 봐야 했다!

명신은 달게 잠들어 있었고, 진민은 소리 없이 눈물을 흘리고 있었다. 그때 무애산에서 그를 떠났다면 지금 어떤 나날을 보내고 있을까?

그러나 그녀는 그때를 후회하지 않았다. 그리고 명신을 낳은 것 역시 후회하지 않았다.

소소옥의 말이 옳았다. 수년 동안 그녀는 안락하고 고요한 나날을 누렸다. 아무리 힘든 일이 있다 해도 그의 얼굴을 보기만 하면 평온한 마음이 되었다. 그러나 그동안 그가 감당한 괴로움을…… 그녀는 함께해 주지 못했다.

그가 그녀에게 자리를 내주지 않은 것이 아니었다. 그녀가 그에게 가까이 가지 않았던 것이다.

그녀는 그에게로 건너갈 수 없었다. 그의 목숨까지 구했건만…… 결국은 그에게로 건너갈 수 없었던 것이다.

혹은, 계속 그가 그 누구도 제게로 건너오기를 바라지 않았던 것인지도 모른다……. 그녀만이 연심을 품고 있었을 뿐.

마차가 천천히 멀어지더니 어두운 밤하늘 속으로 사라졌다.

사람들은 진민이 고북월을 탓하며 떠났다고 생각했다. 진실을 알지 못하는 명신조차도 계속 모친이 부친에게 화가 나서 집을 떠난 것이라 여겼다. 그러나 사실 진민은 더 이상 고북월에게 마음 쓸 일을 만들어 주고 싶지 않았을 뿐이었다.

진민이 궁을 나온 그 순간부터, 고북월은 계속 그녀를 따라갔다. 그는 그녀를 따라 빙해까지 넘었지만, 그녀가 떠난 진정한 이유를 그가 아는지 모르는지는 그 자신만이 알 터였다.

그 한 번의 이별 후로 수년이 흘렀다. 그는 스스로 말했던 것과 같이 계속 그녀를 기다리고 있었다. 다만 그녀와 명신 모두 그 사실을 알지 못했을 뿐이다…….

"진민, 자고 있소?"

고북월의 목소리가 진민을 회상에서 불러냈다. 정신을 차린 진민은 그들이 이미 약왕곡을 나와 신농곡으로 돌아왔다는 사실을 깨달았다.

하늘에는 여전히 눈꽃이 날리고 있었다. 아련해진 그녀는 지금 자신이 기억 속의 어느 순간에 있는지, 혹은 현재에 있는지도 분간하기 어려울 지경이었다…….

진민의 대답이 들려오지 않자 고북월이 작은 소리로 다시 물었다.

"진민, 자고 있소?"

진민은 그의 목소리를 들었으나 대답하지 않았다. 커다랗게 뜬 그녀의 눈이 언제부터인가 젖어 들어가고 있었다. 그녀는 여전히 기억 속 이별의 슬픔에서 깨어나지 못하고 있었다.

고북월은 진민이 잔다고 생각했는지 그 이상 묻지 않고 조심스럽게 걷기 시작했다.

신농곡 남산 발치에 도착했을 무렵 눈이 그쳤다. 하인들이 그들을 보자마자 가마를 가져왔으나, 고북월은 진민을 내려놓지 않았다. 하인을 시켜 진민에게 바람막이를 둘러 주게 한 후 여전히 그녀를 업은 채 산을 올랐다.

마음이 아파 옴을 느낀 진민이 마침내 속삭였다.

"바보 같아. 피곤하지 않아요?"

고북월이 발걸음을 멈췄다.

"깼소?"

진민은 솔직하게 답했다.

"계속 깨어 있었어요. 속았죠?"

고북월은 화를 내지 않고 그저 담담하게 웃었다.

그가 그녀를 내려놓으려 하자 진민이 고집을 부렸다.

"가마에는 타지 않을 거예요. 당신이 나를 업고 산을 올라가 줘요."

수년 전이었다면 고북월은 언제나 온유한 진민이 이렇게 응석을 부리는 것에 깜짝 놀랐을 것이다. 그러나 지금의 고북월은 진민의 이런 행동이 평소와 다르다고 생각하면서도 놀라지는 않았다. 이미 그녀에게 그가 이해하고 있던 그런 모습이 아닌, 다른 모습도 있다는 사실을 알았기 때문이다.

그녀는 고요할 수 있었으나 동시에 소란을 피울 수도 있었다. 온유하고 세심했지만 패기롭게 제멋대로 굴 수도 있었다. 그리고 그는 예전과 마찬가지로 그녀가 하고픈 대로 따를 뿐이었다.

고북월이 웃는 얼굴로 잠시 망설이는 듯하더니 말했다.

"그럼 꽉…… 잡으시오."

진민은 깜짝 놀라 혹시 자신의 귀가 어떻게 된 것은 아닐까 생각했다.

그러나 고북월이 다시 한번 말했다.

"꽉 잡아야 하오. 혹시 떨어지는 일이라도 생기면 안 되니까."

진민은 그제야 자신이 잘못 들은 게 아니라는 사실을 깨달았다. 그는 지금 영술을 사용할 생각인 것이다. 그녀는 계속 멋대로 요구하기로 마음먹었다.

"나는 당신이 한 걸음 한 걸음씩 천천히 올라가 줬으면 좋겠어요."

"좋소. 천천히 올라갑시다."

고북월은 정말로 아주 천천히 올라가기 시작했다. 진민은 그를 꽉 잡지 않는다 해도 떨어질 리 없다는 것을 알면서도, 말없이 그의 목을 꽉 끌어안았다.

두 사람은 다시 침묵 속에 빠졌다. 산허리에 도착했을 때, 어두컴컴하던 하늘이 그예 완전히 어두워졌다. 산골짜기 안 등불은 별처럼 찬란하고 아름답게 빛나고 있었다.

진민이 산골짜기를 바라보다가 마침내 입을 열었다.

"북월, 멈춰요."

고북월이 발걸음을 멈추더니 물었다.

"왜 그러시오?"

진민은 산골짜기의 '뭇별'들을 바라보며 담담하게 말했다.

"원장 어른……."

진민은 고북월의 몸이 굳는 것을 분명히 느낄 수 있었다. 그러나 그녀는 계속 물었다.

"오후에 그랬잖아요, 내가 하고픈 일이라면 뭐든 함께 하겠다고. 혹시 또 너무 경솔했던 것 아닌가요?"

그때 무애산에서 그가 말했었다.

'진민, 남아 주겠소?'

그리고 방금 약왕곡에서 그가 말했다.

'그럼 내가 부인과 함께 그 일들을 하면 되겠소.'

과거 두 사람은 서로에게 생각할 시간을 주자고 약속했었다. 그러나 사실 그녀는 그때 이미 생각을 끝낸 다음이었다. 그녀

는 그에게 다시 물을 생각이 없었고, 그의 곁으로 돌아갈 생각
은 더더욱 없었다. 하지만 명신이 다시 발병하여 그 모든 일이
어긋나고 말았다.

지금 그녀는 이미 결정을 내렸다기보다는, 그때 그녀의 결정
에 계속 변화가 없다고 하는 편이 옳았다. 다만 수년 전과 달리
지금 그녀는 그에게 대답을 굳이 요구하고 있었다.

진민은 고북월을 놓아주고 그의 앞으로 가서, 수년 전과 똑
같이 발끝을 세우고 그의 얼굴을 잡아 자신의 눈을 똑바로 바
라보게 했다.

"말해 봐요."

고북월이 눈썹을 치켜세우더니 지난번에 한 적 없는 말까지
입 밖에 냈다.

"진민, 경솔한 것이 아니오. 심사숙고한 결과니까."

진민의 눈가가 순식간에 젖어 들었다. 동시에 그녀는 웃고
있었다. 울고 싶고, 웃고 싶고……. 동시에 울 수도 웃을 수도
없었다. 그리도 오랫동안 그는 정말로 전혀 변하지 않았던 것
이다. 그리고 그녀는……. 그녀 또한 역시 그렇지 않은가.

진민이 말했다.

"북월, 앞으로 남은 생애 동안 무엇을 할 것인지 잘 생각해
봤어요. 역시 심사숙고한 결과예요."

고북월이 소리 없이 고개를 끄덕이며 그녀의 말을 기다렸다.

진민의 눈은 이미 꽤 젖어 있었지만, 그녀는 여전히 웃고 있
었다.

"하지만 나는 당신과 함께 있지 않을 거예요. 원장 어른, 나는 당신과 이혼하겠어요⋯⋯."

사랑은 심사숙고가 필요하지 않다. 그러나 상대를 사랑하지 않겠다고 결심하는 일이야말로 심사숙고가 필요한 것이다! 그는 그녀가 심사숙고하기를 기다렸고, 그래서 그녀는 심사숙고했다.

방금까지 꽤 편안해 보였던 고북월의 얼굴이 순식간에 찌푸려졌다. 그는 분명 놀라고 있었다.

"진민, 당신⋯⋯."

진민이 계속 말했다.

"이 순간부터 신농곡은 당신에게 맡기겠어요. 나는 약왕곡에서 살면서 화초를 키우고 의원 노릇을 해 볼까 해요. 한적하고 평온한 삶을 살 거예요. 당신도 한가로운 삶이 그리워지면 언제든 찾아와도 좋아요. 다만⋯⋯."

고북월은 미간을 찌푸린 채 진민을 바라보았다. 경악한 나머지 말이 나오지 않는 것 같기도 했고, 무슨 말을 해야 할지 모르는 표정 같기도 했다.

진민이 다시 한번 발끝을 세워 그의 이마를 어루만져 펴 주었다.

"다만⋯⋯. 북월, 미안해요. 나는 당신을 사랑하지 않아요."

고북월이 멍하니 굳어 버렸다.

진민이 소매 속에서 이혼서를 꺼내 그에게 건넸다.

고북월은 더욱 놀란 표정이었다. 이혼서까지 미리 준비해 두었다니? 바꿔 말하자면, 만약 남신이 그들 모자를 찾아내지 않았다면, 명신이 다시 발병하지 않았다면, 진민은 그들이 예전에 했던 약조대로 명신이 열 살이 되기를 기다려 그와 이혼할 생각이었던 걸까? 심지어 수년 전 이미 그를 떠날 마음을 먹고 있었던 걸까?

진민은 모든 것을 깨달은 듯한 고북월의 모습을 슬프게, 또한 기쁘게 바라보았다. 고북월의 마음을 들여다볼 수 있는 아주 진귀한 순간이었으니까.

진민이 입을 열었다.

"그래요, 당신 생각이 옳아요. 수년 전에 당신과 이혼할 생각을 했었어요. 다만 확신할 수는 없었죠. 지금은 확신하고 있어요."

고북월이 마침내 매우 진지한 얼굴로 물었다.

"진민, 무엇 때문이지?"

"최근 수년 동안 나는 아주, 정말로 아주 평온한 삶을 보냈어요. 북월, 내게 명신을 선물해 주어 고마워요. 명신에게 선택의 기회를 준 것도 고맙고요. 명신도 이제 선택해야 할 나이가 되었죠. 당신이 이혼서를 받으면 지금부터 우리는 더 이상 부부가 아닌 거예요. 하지만 여전히 아이들의 부모고, 또 친구가 될 수도 있죠. 어때요?"

고북월은 미간을 찌푸린 채 진민을 응시했다. 마치 그녀의 마음속을 꿰뚫고 싶은 것처럼.

진민은 그의 시선을 피하지 않고 오히려 그의 눈을 직시하며 두 손으로 이혼서를 건넸다.

"북월, 그때 무애산에서…… 당신이 경솔했던 것이 아니었어요. 내가 경솔했던 거죠. 나는 심사숙고하지 않고 당신에게 대답했어요. 당신의 부인이 되는 일은 힘든 일이고, 당신은 나에게 안온한 삶을 줄 필요가 없어요. 당신이 나를 놓아주면 나는 바로 안온한 삶을 얻을 수 있지요."

이 말을 들은 고북월의 심장이 맹렬한 기세로 무너져 내렸다. 그는 한참 후에야 겨우 대답했다.

"진민, 내가 결국은 당신에게 잘못한 것 같소."

진민이 가장 두려워하던 말이 바로 이것이었다. 그의 입에서 나오는 '잘못'이라는 말.

진민은 재빨리 고개를 저었다.

"북월, 당신이 나에게 잘못했다면 나 역시 당신에게 잘못한 거예요. 그렇지 않나요? 지금까지 있었던 모든 일은 모두 당신과 나의 마음에서 비롯된 것이니, 그 누구도 누구에게 잘못을 저지르지 않았어요. 오늘 당신이 이혼서를 받지 않는다면, 그때는 정말 내 남은 생에 잘못하게 되겠지요."

고북월은 여전히 미동도 없이 진민을 바라보았다.

진민은 그를 잠시 마주 보다가, 이혼서를 다시 한번 건넸다.

"됐어요. 사실 이 이혼서가 있건 없건 별문제는 아니죠. 어쨌든 고북월의 부인이라는 이름 정도야…… 나에게는 별문제가 아니니까."

말을 마친 그녀는 이혼서를 산골짜기 아래로 던지려는 자세를 취했다. 그러자 고북월이 환영처럼 몸을 움직이더니, 절벽 아래로 떨어지려는 이혼서를 적시에 잡았다. 그는 이혼서를 펼치더니 진지한 얼굴로 읽기 시작했다…….

민월 외전 **놓아주다**

진민의 이혼서는 봉투에 커다랗게 '이혼서'라고 적혀 있을 뿐, 정작 이혼서에 적힌 내용은 단 한 줄, '오로지 여생을 안온하고 고요하게 살기 원한다'뿐이었다.

고북월이 이혼서를 읽건 읽지 않건 사실 별다른 차이는 없었을 것이다. 그 안에 적힌 내용은 진민이 방금 모두 이야기했으니까. 그러나 고북월은 한 글자 한 글자 곱씹듯이 천천히 읽었다.

하지만 겨우 단 한 줄뿐인 이혼서니, 아무리 천천히 읽어도 결국은 읽기를 마치는 순간이 오는 것이다.

고북월은 한참 동안 침묵을 지키다가 겨우 진민을 돌아보았다. 그가 입을 열기 전에 진민이 선수를 쳐서 말했다.

"가요. 가서 명신에게도 이야기해야 하니까요. 내일 나는 약왕곡으로 가겠어요. 오늘 약왕곡을 보니 무척 마음에 들더군요."

고북월은 그녀의 말을 끊으려 했으나, 진민의 얼굴에 어린 동경의 빛을 보고 그만 멈추고 말았다.

진민은 이 순간 웃고 있는 자신의 표정이 얼마나 아름다운지, 얼마나 눈부시게 순수한지 알지 못하고 있었다. 고북월이 그녀의 웃음에서 20여 년 전의 그녀를 떠올리고 있노라니 진민이 계속 말했다.

"산을 약초밭으로 채울 거예요. 골짜기에 꽃이 가득하면 얼마나 아름다울까! 북월, 내가 당신에게 시집오기 전 소원이 뭐였는지 아세요?"

"평생 누구에게도 시집가지 않겠다. 침술을 연구하고, 화초와 약재를 키우며 자유롭게 살겠다."

고북월은 문득 이해할 수 있었다. 원래 진민은 제 목숨을 버리는 한이 있더라도 타인이 안배한 혼사를 피하려 했었다.

진민이 웃으며, 일부러 농담 섞인 어조로 말했다.

"당신은 확실히 나를 잘 아는 것 같아요."

고북월이 계속 말을 이으려 했으나, 진민이 다시 선수를 쳤다.

"나는 언제나 집에서 나와, 경치가 아름다운 곳을 찾아 마음이 흐르는 대로 살고 싶었어요. 이제 아름다운 곳을 찾았으니, 내가 마음이 흐르는 대로 자유롭게 살도록 당신이 허락해 주셨으면 해요."

진민은 말이 많은 사람이 아니었고, 타인의 말을 자르는 사람도 아니었다. 그녀가 두 번이나 선수를 치며 말을 한 것이 결국은 '자유롭게 살도록 허락해 달라'는 말을 하기 위해서였다니!

고북월이 목 끝까지 올라온 말을 집어삼켰다. 그와 그녀는 모두 영리한 사람들이었고, 서로 한마디 건네는 것만으로도 그 속내를 짐작할 수 있었다. 그녀가 마음의 결정을 내리고 이렇게까지 말한 이상, 그가 말을 더 얹어도 결국은 아무 의미 없을 것이다.

진민은 찬란하게 웃고 있었고, 고북월은 계속 그녀를 바라보았다. 침묵하는 시간이 길어질수록 고북월의 눈가가 점차 붉어지더니 결국 젖어 들기 시작했다. 그는 손을 뻗어 살며시 진민의 볼을 어루만진 다음, 결국은 언제나처럼 미소를 띤 채 말했다.

"좋소, 허락하리다."

진민의 눈매도 순식간에 붉어졌다. 그녀는 다시 한번 발끝을 세우더니, 고북월의 목을 안고 그의 입술에 입을 맞췄다.

나의 원장 어른, 이 생에 나는 당신에게로 건너가지 못할 거예요. 그러니 당신을 놓아줄 수밖에 없어요. 당신을 놓아주어야, 나도 나 자신을 넘을 수 있을 거야.

진민의 입맞춤이 깊어졌다. 고북월도 점차 그녀를 강하게 끌어안더니 스스로 그녀에게 입을 맞추기 시작했다. 다정하고 따뜻한, 그러나 동시에 단호하고도 깊은 애정이 어린 입맞춤이었다.

두 사람은 숨이 가빠 올 때가 되어서야 서로를 놓아주었다. 진민이 고개를 들더니 고북월을 바라보며 미소 지었다. 부끄러움도 섞여 있는 미소였으나, 그저 아름답기만 했다. 고북월은 사랑스럽다는 듯, 그리고 어찌할 수 없다는 듯 웃기 시작했다.

진민이 그를 놓아주며 말했다.

"가요, 고북월!"

고북월은 이혼서를 손에 쥔 채 뒷짐을 지고 진민과 함께 걷기 시작했다. 그들이 점차 멀어져 감에 따라, 고북월 손에 들린 이혼서도 점차 작은 조각이 되어 그들 뒤에서 분분히 날리기 시작했다.

그들의 뒷모습이 사라지고 얼마 되지 않아 길가의 바위 뒤에서 소소옥이 걸어 나왔다. 그녀는 오른손으로 꼬맹이의 얼굴을 감싸듯 안고 있었고, 왼손으로는 대설의 뾰족한 입을 꽉 잡은 채 들고 있었다.

소소옥은 명을 받아, 고북월에게 가려 하는 꼬맹이에게 길을 가르쳐 주기 위해 이곳에 온 참이었다. 그리고 대설은 순수하게 꼬맹이의 시중을 들기 위해 동행한 것이었다.

그들이 산허리에서 고북월과 진민을 발견했을 때, 소소옥은 바로 뭔가 잘못되었음을 깨달았다. 그래서 꼬맹이와 대설이 소리를 내지 못하도록 이런 식으로 그들을 잡고 있었던 것이다.

고북월과 진민이 멀어진 것을 확인한 소소옥은 손을 놓았다. 꼬맹이와 대설이 동시에 바닥을 구르더니 찍, 날카로운 울음소리를 냈다. 대설은 아예 사지를 하늘로 향한 채 아프다고 찍찍거렸지만, 꼬맹이는 곧 몸을 일으켰다.

꼬맹이는 공자와 진민이 무슨 이야기를 나누었는지는 이해할 수 없었지만, 공자가 무척 괴로워하고 있다는 것은 알 수 있었다. 꼬맹이는 공자가 이렇게 괴로워하는 모습을 본 적이 없었고, 자신도 마음이 아파 죽을 지경이었다.

꼬맹이가 사납게 소소옥을 향해 찍, 울더니 바로 고북월과 진민이 사라진 방향으로 달리기 시작했다. 소소옥은 한참 전부터 이 '쥐' 두 마리에게는 관심이 없었다. 그녀는 복잡한 눈빛으로 전방을 바라보다가 곧 쫓아가기 시작했다.

주위가 조용해졌다. 이제 남은 것은 어딘가 슬픈 듯한 대설의 울음소리뿐이었다. 대설은 울고 또 울다가 마침내 멈추고는, 조심스럽게 몸을 굴려 일어났다. 그는 꼬맹이와 소소옥이 사라진 방향을 몇 번 흘깃거리더니 바로 몸을 돌려 산 아래를 향해 달리기 시작했다.

대설은 꼬맹이가 무엇 때문에 여기에 왔는지 알지 못했고, 무엇보다 이곳에 가득한 약 냄새를 참을 수가 없었다. 당장이라도 이곳을 빠져나가고 싶었다.

고북월과 진민이 천천히 걸어 산 정상에 도착했을 때는 이미 밤중이었고, 명신은 자고 있었다. 전 집사의 말에 따르면 명신은 신농곡을 무척 마음에 들어 했고, 하루 내내 신농곡 안 여기저기를 돌아다니다 못해 신농 동상에까지 올라가려 했다고 했다. 명신은 약왕곡에도 가 보려 했지만 눈이 오는 바람에 포기했다고 한다. 여하튼 명신은 신나게 돌아다니며 힘을 모두 쓴지라, 식사를 끝내자마자 잠들었다고 했다.

진민이 명신을 살펴본 후 고북월과 식사를 했다.

산 위로 오르는 동안 두 사람은 한마디도 하지 않았다. 그러나 진민이 탕을 다 마셨을 때 고북월이 운을 떼었다.

"약왕곡은 신농곡만큼 크지는 않지만 그래도 작지 않소. 일을 도울 농부와 정원사, 노비와 시위는 얼마나 필요하오? 그리고 묘목이며 약초의 씨앗은 얼마나 필요할지?"

고북월이 잠시 생각하더니 다시 말했다.

"다른 물건도 함께 생각해 보시오. 명신도 약왕곡에 관심이 있어 한다니, 내일 명신을 데리고 가 봅시다. 내일 눈대중으로라도 수를 헤아려 보고, 돌아와서 모두 안배해 보겠소."

진민이 갑자기 인상을 쓰며 물었다.

"고북월, 당신 왜 이리 급하게 나를 내쫓으려 하는 거죠?"

고북월이 순간 당황했다. 그러자 진민이 피식 웃으며 말했다.

"농담이에요. 세상에, 놀란 얼굴 좀 봐."

고북월이 미간을 찡그리면서도 어쩔 수 없다는 듯 웃었다. 진민이 그 가까이 다가앉아 다시 한번 그의 눈썹을 어루만졌다.

"고북월, 당신 이런 표정으로 늙으면 안 돼요. 마음을 편하게 먹고, 많이 웃어야 해요."

고북월이 순순히 고개를 끄덕였다.

진민이 여전히 웃으며 말했다.

"농부와 정원사, 노비…… 모두 필요해요. 그리고 학당을 열어 제자를 받아 침술을 가르칠 생각이에요! 학당 이름도 이미 생각해 둔걸요. 제비가 돌아오는 곳이라는 의미로 '연귀당'이라고요. 내가 당신네 고씨 가문 선조들의 땅을 차지한 셈이니, 선조들의 바람을 남겨 두어야겠지요. 그리고 선조들의 일도 좀 돕고요. 내 침술이 구현침만은 못하겠지만, 그래도 어쨌든 환자를 구하고 천하를 이롭게 할 수 있으니……."

진민은 그저 고북월이 너무 괴로워하지 않기를, 그리고 자신도 너무 괴롭지 않기를 바라 말을 이어 나갔을 뿐이었다. 그러나 계속 이야기를 하다 보니 뜻밖에도 그렇게까지 괴롭지 않을 뿐 아니라, 미래의 생활을 동경하게 되었다.

그녀는 살짝 흥분하여 어떻게 제자를 받을지, 또 어떻게 시험을 볼지 같은 이야기부터, 약초밭을 어떻게 구획하고 무슨 꽃을 심을지 같은 이야기까지 전부 털어놓았다. 그렇게 그녀가 말을 하고 또 하는 동안 고북월은 계속 경청하며 때때로 자신의 의견을 밝혔다.

말을 마친 진민이 웃으며 말했다.

"북월, 나중에 연귀당이 당신네 신농곡 약학당의 제자들을 빼앗아 올지도 몰라요."

고북월이 웃으며 말했다.

"내가 양보하도록 하지."

"흥, 당신이 양보할 필요 없을 거예요."

진민은 잠시 생각에 잠기는가 싶더니 서둘러 물었다.

"북월, 신농곡은 어떻게 관리할 생각이에요?"

고칠소가 신농곡을 그들에게 주었기에 그들은 이곳에 왔다.

진민은 예전부터 약왕곡에 은거할 꿈을 꾸고 있었다. 그러나 고북월이 그녀와 함께하려는 것 외에 또 무슨 일을 하고 싶어 하는지는 알지 못했다.

돌이켜 보면 그녀는 그가 늘 바쁘다는 것을 알고 있었고, 대충 무슨 일로 바쁜지도 알고 있었다. 그러나 그녀에게 그가 구체적으로 무슨 일 때문에 바쁜지 말해 보라고 한다면 그녀는 할 말이 없었다. 관련한 대화를 나눌 일도 적었지만, 간혹 그런 기회가 생긴다 해도 그는 그녀에게 걱정하지 말라고만 했으니까.

갑자기 흘러넘치는 시간이며, 이렇게 편안한 기분이라니……. 이렇게 서로 마주 앉아 밥을 먹으며 한담을 나눌 수 있다니, 정말 꿈도 꾸지 못하던 일이었다.

진민이 덧붙여 말했다.

"진기가 회복되었으니 단약이 더더욱 중요해지겠지요. 신농곡이 단약의 재료를 갖고 있다 해도, 단약을 연마할 연단사를 키우지 않으면 장기적으로는 결국 문제가 생길 거예요. 다행히 연아에게 약왕정이 있으니 아마도……."

진민의 말이 끝나기도 전에 고북월이 그녀에게 음식을 집어 주며 담담하게 말했다.

"걱정할 필요 없소. 내가 안배해 두었으니까."

이 말, 너무나 익숙했다!

그러나 진민은 이제 예전처럼 순순히 고개를 끄덕일 생각이 없었다. 그녀가 놀리듯 물었다.

"내가 입에서 나오는 대로 물어본 건데, 그렇게 진심으로 받아들이나요? 약왕곡만 해도 내가 신경 쓸 일이 얼마나 많은데요? 당신의 이곳에 관해서는 신경 쓸 생각이 없다고요."

탕을 마시려던 고북월이 이 말을 듣자 눈을 들어 그녀를 바라보았다. 진민은 그런 그를 못 본 척하며 고개 숙여 밥을 먹었다. 그러나 고북월은 웃기만 할 뿐 아무 말도 하지 않았다.

시녀가 술을 가져왔다. 고북월은 시녀를 물린 후 직접 진민에게 술을 따라 주었다. 진민이 한 모금 마시더니 기뻐하며 물었다.

"이게 신농곡의 그 유명한, 100년 된 약주인가요?"

고북월이 고개를 끄덕이며 물었다.

"땅굴에 묻어 둔 당신의 100년 주는 언제 꺼낼 생각이오?"

진민은 고북월이 그 일을 기억하고 있으리라고는 생각지 못하던 차였다. 그녀는 침착하게 술잔을 비운 후 말했다.

"그때는 화가 나서 당신을 속이려 했던 거예요. 그런데 그걸 믿었다니."

고북월은 졌다는 표정으로 재빨리 진민의 잔을 채웠다. 그들은 술에 관한 이야기를 나누다가 두 사람 모두 홀로 술 마시는 걸 좋아한다는 사실을 알게 되었다. 그뿐이 아니었다. 두 사람 모두 따뜻하게 데운 술을 좋아했다. 한 사람은 안주에 일가견이 있었고, 다른 사람은 안주에는 손도 대지 않았다…….

그렇게 이야기를 나누다 보니 두 사람은 부지불식간에 의성이며 어린 시절의 이야기를 나누게 되었다.

진민은 어릴 때 고북월을 두 번 본 적이 있었다. 한 번은 멀리서 보기만 했고, 한 번은 아주 가까이에서 보았으나 고북월은 당시 그녀에게 주의를 기울이지 않았다.

진민은 또한 강조하듯 말했다. 남신이 친아들은 아니지만 어린 남신은 고북월과 닮은 구석이 있었다고. 그리고 명신은 그녀를 더 많이 닮았노라고…….

두 사람은 그렇게 한담을 나누었다. 이 하룻밤에 나눈 대화가 지난 1년 동안 나눈 대화보다 더 많을 정도였다.

다른 이들은 헤어지거나 반목할 때면 서로의 잘못을 지적하거나 화를 내기도 하고, 단점을 끄집어내기도 한다. 혹은 슬퍼하거나 통곡을 하기도 하고, 서로 피하며 다시 보지 않으려 하기도 한다. 그러나 그들은 마치 산뜻하게 악수하고 헤어지는 것처럼, 이별을 하소연하거나 하지 않았다.

밤이 깊었다. 진민이 자리를 뜨려 했다. 그런데 그녀가 문가에 도착했을 때 고북월이 말했다.

"내일도 눈이 내린다면, 며칠 더 있다 가도 되지 않겠소?"

진민이 그를 돌아보며 고개를 끄덕였다.

"응, 그래요. 날이 맑아지면 떠날게요."

문밖으로 나온 진민은 밤하늘을 바라보았다. 검은 구름 가득한 하늘에는 별도 달도 보이지 않았다. 그녀는 한참 동안 하늘을 바라보다가 고개를 숙이고 명신의 거처로 향했다.

그러나 그녀가 명신의 거처에 도착하기도 전에 소소옥이 팔짱을 끼고 문에 기대서 있는 게 보였다. 보아하니 일부러 진민을 기다리고 있었던 것 같았다. 진민은 소소옥이 이곳에 나타나리라고는 생각지 못해 서둘러 다가갔다.

"소 부인께서 갑자기 오시다니……. 무슨 일로 저를 찾아오셨나요?"

소소옥이 차갑게 대답했다.

"명을 받아 짐승 두 마리를 데려오던 중에, 하필이면 듣지 말았어야 할 말을 듣게 되었지요."

진민은 이해할 수 없었다.

소소옥이 곁에 둔 등불을 들더니 진민에게로 다가왔다.

"같이 걸으면서 이야기하지요."

말을 마친 그녀가 성큼성큼 정원 밖으로 향했다. 진민은 잠시 망설이다가 서둘러 그녀를 쫓아 나갔다.

두 사람이 도착한 곳은 숲이었다. 소소옥은 등불을 진민에게 건넨 후 나무줄기 위로 뛰어올라 앉았다.

진민은 소소옥이 무슨 이야기를 하려는 건지는 몰랐으나, 어쨌든 그녀를 올려다보며 이야기하고 싶지는 않았다. 그래서 등불을 가지에 꽂은 다음, 자신도 나무줄기 위로 뛰어올라 소소옥과 마주 보고 앉았다.

소소옥은 진민의 진기를 느끼고 자못 놀란 듯 그녀를 훑어보았다.

"진기를 수련했군요? 하하, 그런데 아무에게도 알리지 않고. 부군께서도 아시나요?"

진민이 담담하게 미소 지었다.

"그가 알건 말건, 그건 그의 일이지요."

소소옥이 키득거리기 시작했다.

"성격이 점점 더 부군을 닮아 가시는군. 비단 속에 바늘을 숨기고 있다가, 유순한 척하며 가시를 세우고! 진민, 당신이 사나워지면 고북월보다 훨씬 더 사납겠지?"

"소 부인께서 설마 다른 사람들의 성격을 평하러 여기까지 오신 것은 아니겠지요?"

진민의 반문에 소소옥이 입술을 비죽이며 불쾌한 목소리로 말했다.

"아직 시작도 안 했는데!"

진민이 웃으며 뛰어내렸다.

"아무래도 정말 진지하게 할 이야기가 있는 모양이군요. 가죠. 내가 술을 낼 테니, 우리 마시면서 이야기해요."

그러나 소소옥은 미동도 하지 않고 진민을 내려다보며 말했다.

"내 시간은 아주 귀중하답니다. 당신이 술로 시름을 달래는 것을 지켜볼 시간은 없어요."

진민이 다시 줄기 위로 올라와 물었다.

"내 얼굴에 시름이라는 글자가 쓰여 있기라도 한가요?"

소소옥이 그녀를 흘겨보며 말했다.

"됐어요. 고북월은 여기 없으니, 이제 그렇게 연기할 필요 없다고요."

진민이 웃으며 몸을 돌려 앞쪽 어둠을 바라보다가 말했다.

"소옥아, 다른 사람의 말을 엿들은 건 그렇다 쳐도 그렇게 당당하다니. 정말이지 귀엽지 않다니까."

소소옥이 이야기한 '듣지 말았어야 할 이야기'가 무엇인지 진민은 이미 짐작하고 있었다. 방금 몇 마디 나누며 탐색해 본 결과 이제는 완전히 확신했다. 소소옥은 듣지 말았어야 할 이야기를 들은 것이 아니라, 그녀와 고북월이 산허리에서 나눈 이야기를 엿들은 것이다.

소소옥이 당황하는 듯하더니 곧 큰 소리로 웃기 시작했다.

"진민, 분명 마음을 내려놓지 못하고 있으면서 굳이 이혼서까지 쓰다니요. 또 이혼서까지 써 놓고는 평생 약왕곡에서 지낼 생각이라니. 그럼 자기는 사랑스러워 보이나?"

진민이 여전히 앞을 바라보며 담담한 목소리로 반문했다.

"그럼 어떻게 해야 사랑스러워 보일까요?"

소소옥이 진민이 앉아 있는 줄기 위로 건너오더니, 그녀 앞에 쪼그리고 앉아 진지하게 말하기 시작했다.

"내려놓을 수 없으면 소란을 피우지 말고, 본분을 지키며 부군을 돕고 자식을 키우면 되지요. 당신이 사랑하는 한가롭고 평온한 나날을 즐기면서. 내려놓을 수 있다면 저 멀리 꺼져서, 다시는 안 만나면 그만이고."

진민이 대꾸하려는 순간 소소옥이 한마디 더 덧붙였다.

"내려놓지도 못할 거면서 이렇게 소란을 피우는 거, 피곤하지 않아요? 꼭 생떼를 쓰는 것처럼 보이는데?"

다른 사람이었다면 이미 화를 냈을 것이다. 그러나 진민은 그저 눈썹을 치켜세웠을 뿐이었다.

소소옥의 눈에 평소에는 보기 드문 초조함이 어렸다. 그녀가 진민의 손을 잡아끌더니 외쳤다.

"가요! 내가 고북월에게 가서 똑똑히 말해 줄 테니! 당신이 원하는 게 뭐든 그에게 명확하게 말하라고요!"

진민은 더욱 미간을 찌푸렸다. 그녀는 비록 화가 났지만, 소소옥이 뭔가 이상하다는 것을 알아차릴 수 있었다. 소소옥은 이런저런 일에 신경을 많이 쓰는 편이었지만, 보통은 독설을 퍼붓는 것을 좋아할 뿐 정말로 뭔가를 하는 일은 없었다. 특히 이렇게 열정적으로 군다는 것은…….

소소옥이 왜 이러는 걸까?

진민이 소소옥의 손을 뿌리치고 일부러 냉정한 목소리로 물었다.

"당신 사부께서 쓸데없는 일에 간섭하지 말라고는 가르쳐 주지 않으셨나요? 특히 다른 사람 가정사에는!"

소소옥은 순간 당황한 듯했으나 곧 정신을 차리고, 진민보다 더 차가운 목소리로 말했다.

"갈 거예요, 말 거예요?"

진민은 점점 더 이상함을 느끼며 냉랭한 목소리로 외쳤다.

"내가 가지 않을 거면 어쩔 건데?"

소소옥은 진민의 질문에는 대답하지 않고 직접 손을 썼다.

그녀는 한 손으로 진민의 손을 잡아챔과 동시에 다른 손으로 그녀를 잡으려 했다. 하지만 진민은 이미 예상하고 있어 적시에 소소옥의 습격을 피할 수 있었다. 그녀는 소소옥에게 잡힌 손을 불시에 빼냄과 동시에 소소옥을 잡아끌었다.

소소옥은 진민이 이리 빠르게 반응할 줄 몰랐기에 순간적으로 허공을 밟게 되었다. 그때 진민이 뜻밖에도 그녀를 사납게 밀쳤고, 소소옥은 제대로 균형을 유지하지 못한 채 나무 아래로 떨어지고 말았다.

이 순간 진민이 계속 공격했다면 소소옥은 꽤 고생했을 것이다. 그러나 진민은 그 이상 손을 쓰지 않고 여전히 줄기 위에 앉은 채 담담한 얼굴로 소소옥이 떨어지는 모습을 바라보았다.

물론 소소옥이라고 만만한 상대는 아니었다. 그녀는 땅에 떨어지기 전에 두 손으로 나뭇가지를 잡더니, 공중제비를 돌아 다시 진민 앞에 착지했다.

소소옥의 표정은 마치 진민이 그녀에게 큰 빚이라도 진 것처럼 일그러져 있었다. 그녀가 발검 자세를 취하며 냉랭하게 말했다.

"한번 겨뤄 보실까? 당신이 진다면 나와 함께 가는 거야!"

진민이 눈썹을 치켜세웠다.

"내가 이긴다면?"

소소옥이 대답했다.

"당신이 이길 일은 없지!"

진민은 정말로 성격이 좋은 편이었다.

"그러니까, 만약 그렇게 된다면?"

소소옥이 귀찮다는 듯 외쳤다.

"이기면 당신 마음대로 해!"

그런데 이게 웬일일까, 진민이 큰 소리로 웃기 시작했다.

"대체 무엇 때문에 내 사적인 일을 두고 내가 당신과 내기를 해야 하지? 소 부인, 보아하니 당신 사부는 정말로 다른 사람 가정사에는 끼어드는 법이 아니라고 가르쳐 주지 않은 모양이야."

소소옥의 눈에 순간적으로 살의가 일었다. 그녀는 진민을 한참 동안 바라보다가 코와 코가 맞닿을 정도로 가까이 다가왔다. 그리고 한 글자 한 글자 또렷하게, 경고하듯 말했다.

"다시 한번 내 사부를 그 입에 올린다면, 너를 죽여 버리겠다!"

진민은 물론 일부러 소소옥의 사부를 언급한 참이었다. 소소옥과 같은 사람을 상대할 때는 어떻게든 분노를 돋워야만 대체 무엇 때문에 이러는지 알 수 있을 터였다.

진민 역시 한 글자 한 글자 또렷한 목소리로 회답했다.

"사부를 좋아하는 게 뭐 또 그렇게 숨겨야 할 일인 것도 아니잖아? 어째서 내가 입에도 올리면 안 되는 걸까?"

그 말이 끝나는 순간 소소옥이 다시 움직였고, 진민도 바로 응대했다. 이번에는 소소옥도 경계하고 있었기에 진민은 세 초식도 주고받지 않아 지고 말았다.

어쨌든 그녀는 무공에서는 초보였고, 진기를 수련한 것도 현공대륙에서 시작된 침술을 연구하기 위해서였을 뿐이다. 그에 비해 소소옥은 무공을 익힌 지 오래되어 이미 고수의 반열에 들어서 있었다.

소소옥의 검날이 진민의 목을 겨눴다. 소소옥의 얼굴은 어찌나 음산한지 마치 야차와도 같아 보였다. 그러나 진민은 여전히 담담하게 말했다.

"내가 당신만 못하다는 것을 인정하지. 죽이고 싶으면 죽이든가."

소소옥은 더욱 분노하여 정말 죽이려는 자세를 취했지만, 진민은 여전히 담담한 얼굴로 물러나지도 용서를 구하지도 않았다. 그런 진민을 바라보는 소소옥의 눈에 분노의 불길이 타올랐다.

갑자기 소소옥이 검을 들어 진민의 목을 사납게 베려 했다. 그러나 검날이 진민의 목에 닿는 그 순간 살짝 비끼는가 싶더니, 바로 옆에 있는 나뭇가지를 베었다.

진민은 정면으로 소소옥을 바라보았다. 소소옥은 바로 그녀의 시선을 피했다. 진민이 계속 소소옥을 자극할지 고민하고 있노라니, 소소옥이 갑자기 진민을 등진 채 냉랭하게 말했다.

"다시는 내 사부를 끌어들이지 마! 나도 당신 가정사에 신경 쓰지 않을 테니까! 나는……."

그녀는 말을 멈추더니 갑자기 높은 나무 위로 뛰어올라 앉았다. 이제 소소옥의 모습은 어둠에 가려 잘 보이지 않았다.

"진민, 그때 내가 말이 많았어. 나는……."

소소옥은 하고픈 말이 많은 듯했지만 한참 우물거리다가, 결국은 아무 변명도 하지 않고 한마디만을 남겼다.

"미안해. 내가 말을 많이 해서는 안 되었던 건데."

과거 진민이 집을 나간 후 고북월은 모두에게, 그와 진민 사이의 사적인 일이라고 말했을 뿐 다른 이야기는 하지 않았다. 그러나 소소옥은 자신이 진민에게 했던 말이 진민의 가출에 어떤 역할을 했는지 아주 잘 알고 있었다.

그녀는 원래 이 일을 마음속에 숨긴 채, 진민이 돌아왔을 때도 아무 일도 없었던 것처럼 굴었다. 그러나 산허리에서 진민과 고북월의 대화를 들은 후, 그녀는 마침내 참을 수 없어지고 말았다.

그녀는 진민의 방식을 인정할 수 없었다. 그리고 진민과 고북월이 이혼하는 것도 바라지 않았다. 그녀는 어떻게든 속죄하고 싶었다.

소소옥은 미안하다고 말한 후 줄곧 침묵을 지켰다.

진민은 소소옥이 이런 마음일 거라고는 생각지 못했다.

당시 소소옥의 말이 원인이 된 건 맞았다. 그러나 진민은 소소옥을 탓하기는커녕 오히려 감사하고 있었다. 소소옥의 그 말이 아니었다면 그녀는 그렇게 아프지 않았겠지만, 또한 의연하게 고북월을 떠나지도 못했을 것이다. 그리고 오늘처럼 모든 것을 내려놓는 일도 없었을 것이다.

진민이 소소옥을 올려다보며 담담하게 말했다.

"내가 그를 떠난 것도, 그와 이혼하려 하는 것도 당신과는 상관없는 일이야. 당신은 우리를 갈라놓을 수도 없고, 또 합쳐 놓을 수도 없어. 당신 잘못이 아니니까…… 내려와."

소소옥은 진민의 이런 태도를 보자 다시 화가 치밀어 올라 차갑게 말했다.

"나는 그저 말이 많았던 것을 사과하는 거야. 내가 뭐 말을 잘못했던 건 아니라고! 진민, 당신 그때 충분히 그를 걱정시켰잖아. 그런데 오늘 하는 행동을 보니 더 대단해졌던데? 정말로 이혼을 하고 싶으면 미리 꺼졌어야지. 그래, 저 멀리 꺼졌어야지! 그럴듯한 핑계를 대며 이웃에 사는 것이 아니라. 분명 계속 인연을 이어 나가고 싶으면서, 굳이 이렇게 소란을 피우는 이유가 뭐야? 답답하지도 않아?"

진민이 고개를 숙이더니 큰 나무줄기 쪽으로 걸어가 기댔다. 그녀는 한참 침묵한 끝에 담담한 목소리로 대답했다.

"내가 그를 보며 마음이 답답하다면, 그건 내가 마음을 내려놓지 못한 거겠지. 내가 내려놓지 못한다면, 그의 그 성격으로 또 어떻게 내려놓을 수 있을까? 내가 그를 떠나고, 떠나지 않고…… 무슨 차이가 있지? 그때 나는 내가 그를 떠났다고 생각했어. 영원히 그에게 돌아가지 않는다, 모든 것을 내려놨다, 그렇게 생각했다고. 하지만 실제로는 그렇지 않았던 거야. 나는 그저 도망쳐 숨어 있었을 뿐이지. 무애산에서나…… 만약 지금 떠난다 해도 결국은 같은 이치인 거야.”

고북월은 거울과 같이 맑은 마음을 지닌 사람이다. 그녀가 단호하게 떠나간다 해도 그가 어찌 쫓아오지 않을 수 있을까? 그녀가 담백하게 모든 것을 내려놓아야만 그도 내려놓을 수 있을 것이다.

진민이 잠시 침묵하더니 다시 말했다.

“당신 말이 옳아. 나는 여전히 그를 사랑하고 있어. 다만 이제부터는 그를…… 아내의 이름으로 사랑하지는 않을 거야.”

그녀가 마음을 내려놓는다는 것이 그를 사랑하지 않는다는 의미는 아니었다. 그리고 수년 동안 그가 부군으로서 그녀에게 주었던 어떤 예외와 책임을 원하지 않는다는 뜻도 아니었다. 그녀는 그저 그동안 아내로서 그의 마음속으로 들어가고자 했던 마음, 그를 알고자 하는 마음을 내려놓으려는 것뿐이었다.

아내의 이름으로는 그에게 가까이 갈 수도, 그에게로 건너갈 수도 없었다. 만약 그를 내려놓고, 다시 자신을 내려놓는다면 어떨까? 그에게서 그녀에 대한 책임감을 내려놓게 해 주고, 새로운 신분과 새로운 마음으로…… 지금부터는 서로 이웃하여 각자의 삶을 사는 거다.

함께 술을 마시며 마음을 나눌 수 있는 지기가 된다면 그것만으로도 행복할 터였다. 그의 마음속으로 들어갈 수 없다 해도, 다른 이들과 마찬가지로 그를 떠나지 않고 항상 곁에 있는 친구가 되는 것만으로도 좋은 일이다!

물론 그리하는 것은 아주 어렵고 힘들겠지만…… 그래도 그녀는 버텨 낼 것이다. 진민은 그렇게 생각했다. 어떻게든 해낼 거라고.

소소옥이 한참 침묵하더니 중얼거렸다.

"당신이 그를 사랑하는 것은 그와 무관하지. 그리고 그가 아니면 안 되는 것도 아니지만……. 하지만 다른 이들은 절대로 안 되는 거지."

진민은 살짝 당황했다. 직접 겪은 것이 아니라면, 어떻게 저 감정을 이해할 수 있을까?

그녀가 바로 나무 위로 뛰어올랐다. 그러나 소소옥은 그녀를 피하려는 것처럼 바로 나무 아래로 뛰어내리더니 외쳤다.

"나는 당신이 어떻게 생각하건 상관없어! 내가 당신들 인연을 어긋나게 한 게 아니라면 그만이지! 가겠어!"

그렇게 소소옥은 밤을 벗 삼아 떠났다.

진민은 방으로 돌아왔으나 잠이 오지 않았다. 그녀는 침상에 앉아, 잠든 명신을 멍하니 바라보았다.

그때 고북월 역시 잠이 오지 않아 침상에 앉은 채 깊은 생각에 빠져 있었다. 그런데 창밖에서 자그마한 기척이 들려왔다. 고북월이 바로 눈치채고 돌아보니, 곧 조그만 머리 하나가 불쑥 튀어나왔다. 물론 꼬맹이였다.

고북월이 당황했다가 곧 웃으며 손을 뻗었다. 꼬맹이는 흥분하여, 창가 아래로 뛰어내려 나는 듯 달려왔다. 꼬맹이는 고북월의 손 위로 뛰어오르지 않고 대신 머리를 품에 비볐다.

고북월은 꼬맹이가 마음껏 머리를 비비도록 내버려 둔 다음,

꼬맹이를 손 위로 옮겼다.

"왔구나. 잘됐다. 나랑 이야기나 할까? 말해 봐라. 내가 대체 어떻게 해야 할까?"

　꼬맹이가 고북월 손 위에 앉은 채 자신의 공자를 바라보았다. 공자의 목소리를 듣고 있노라니 마치 예전으로 돌아간 것 같았다.

　빙해로 파견을 나가기 전, 꼬맹이는 자주 이렇게 그와 함께 하며 그의 목소리를 들었다. 공자가 무슨 말을 하는지 이해할 수 없다 해도, 공자가 기쁜지 혹은 괴로운지, 아니면 즐거운지 슬퍼하는지 정도는 느낄 수 있었다.

　이 순간 꼬맹이는 여전히 공자가 무슨 말을 하는지 알아들을 수 없었다. 그러나 그의 슬픔은 느낄 수 있었고, 공자가 민 부인에 대해 이야기한다는 것 정도는 추측할 수 있었다.

　꼬맹이는 언제나처럼 두어 번 찍찍, 울고는 조용히 공자를 바라보았다. 자신이 열심히 듣고 있으니 계속 이야기하라는 신호였다.

　꼬맹이의 새까만 눈을 본 고북월이 바로 꼬맹이의 뜻을 알아차렸다. 고북월의 입가에 잔잔한 미소가 떠올랐다. 그는 손가락을 내밀어 꼬맹이의 작은 머리를 살짝 문질러 주었다.

　꼬맹이는 처음에는 고북월이 제 머리를 쓰다듬게 내버려 두었지만, 그가 한참 동안 아무 말도 하지 않으니 초조해졌다. 꼬맹이는 고북월의 손을 피해 그의 무릎 위로 뛰어내린 다음, 똑

바로 서서 진지하게 찍찍 울었다.

꼬맹이는 지금 당당하게 외치고 있었다. 자! 답답해하지 마시고, 힘든 일이 있으면 털어놔 보시라고요!

그러나 고북월은 꼬맹이의 머리를 쓰다듬는 데 재미가 들렸는지, 꼬맹이의 항의를 무시하고 계속 웃으며 손가락을 뻗었다. 꼬맹이는 바로 멀리 피해 다시 찍찍 울었다.

고북월은 그제야 장난을 그만두었다. 그러나 그의 입가에는 시종일관 잔잔한 미소가 떠올라 있었다. 천성적으로 타고난 온화함 외에도, 그에게는 뜻밖에 장난기가 있었다. 평소에는 잘 보이지 않는, 그래서 없는 것처럼 보이는 그런 장난기였지만.

그가 목숨을 걸고 지켜야 하는 여주인도, 그리고 그가 어쩌지 못하고 있는 아내를 포함해 그 누구도 그의 이런 모습을 본 적은 없을 것이다. 이 세상에서 오로지 꼬맹이만이 고북월의 장난기를 알고 있었다.

꼬맹이가 불만스럽게 찍찍거렸다. 그러나 곧 다시 고북월의 어깨 위로 뛰어올라 그의 얼굴에 친밀하게 기대어 앉았다.

'공자님이 나랑 장난을 치려 한 걸 보면, 분명 괜찮아진 거겠지. 그럼 됐지, 뭐!'

고북월은 두 손으로 머리를 베고 누워, 살며시 꼬맹이를 쓰다듬으며 말했다.

"그녀는 왜 그리 바보 같은지⋯⋯."

고북월은 생각에 잠겼으나, 한참 후 고개를 저으며 말했다.

"아니다, 아니야. 바보 같은 게 아니지. 그저 너무 맑고 투명

한 사람이라 그런 거야. 역시 내가 그녀를 충분히 이해하지 못하고 있는 거야."

고북월은 생각에 잠긴 듯 잠시 침묵하더니, 꼬맹이를 안아 들고는 말했다.

"그래도 상관없지. 이런 산속에서는 세월이 아주 천천히 가는 법이니까. 내 남은 생 동안 그녀를 잘 알아 가면…… 그녀를 잘 이해하면…… 모든 것을 그녀 말에 따르고, 그러면……."

꼬맹이는 공자가 무슨 말을 하는지 도무지 이해할 수 없었지만, 어쨌든 공자는 이제 괴로워 보이지 않았다. 꼬맹이는 열심히 고개를 끄덕였다.

고북월이 큰 소리로 웃기 시작했다.

"너도 그렇게 생각하니?"

꼬맹이가 계속 고개를 끄덕였다.

고북월이 꽤 편해진 듯한 얼굴로 가볍게 한숨을 내쉬었다. 그리고 물었다.

"맞아. 어떻게 여기까지 온 거지? 여기에는 너에게 먹일 독약이 없는데."

꼬맹이는 그의 말을 이해하지 못했지만, 고북월의 표정이 좋아진 것만으로도 기뻐하고 있었다. 꼬맹이는 고북월의 몸 위에서 깡충깡충 뛰어, 자신이 즐겁다고 신호를 보냈다. 그러자 고북월도 더 묻지 않고 베개 옆을 두드렸다.

"자자."

꼬맹이야말로 빨리 공자를 재우고 싶어 안달이었다. 꼬맹이는 바로 움직임을 멈추고, 베개 위로 올라가 사지를 쭉 뻗고 누웠다. 바로 잠들겠다는 자세였다.

고북월은 그런 꼬맹이를 보며 슬쩍 웃고는 눈을 감았다. 그러나 이미 날이 밝아 올 무렵이었다.

다음 날 오전, 고북월과 진민은 모두 늦잠을 잤다.

꼬맹이는 아침 일찍 일어나 신농곡을 한 바퀴 둘러보았다. 고북월의 거처로 돌아온 꼬맹이는 정원에서 힘들게 아버지와 어머니를 기다리고 있는 꼬마 명신과 마주치게 되었다.

명신은 두 손으로 턱을 받친 채 돌 탁자 앞에 앉아 있었다. 몹시도 고요해 보이는 것이 무슨 인생이라도 고민하는 것 같았다.

꼬맹이는 소나무 위에 몸을 숨긴 채 명신의 등을 향해 솔방울을 던졌다. 그러나 명신은 솔방울이 나무에서 자연적으로 떨어졌다고 여기며 아무렇지도 않은 듯 등을 긁적였다. 그리고 다시 손으로 턱을 괸 채 생각에 빠졌다.

꼬맹이는 눈을 몇 번 굴린 다음, 솔방울을 잔뜩 몰아와 한꺼번에 탁자 위로 던졌다. 깜짝 놀란 명신이 바로 몸을 일으키며 소나무 위를 바라보았다. 꼬맹이는 즐거운 마음으로, 도전하듯 찍찍거렸다.

꼬맹이가 명신을 처음 만난 것은 바로 진민이 명신을 데리고 빙해를 건너던 때였다. 꼬맹이는 아주 똑똑히 기억하고 있었다.

당시 꼬맹이는 명신이 공자의 아이라는 걸 한눈에 알아보고 무척 기뻐했다. 그러나 민 부인과 명신을 빙해 북안에 내려 주고 다시 남안으로 돌아와 공자를 보았을 때, 꼬맹이는 저간의 사정을 대강 짐작할 수 있었다.

꼬맹이는 최대한 빠른 속도로 공자를 빙해 북안으로 데려가고, 공자를 도와 한바탕 근처를 뒤진 끝에 민 부인과 명신이 향한 방향을 알아냈다. 그 후 꼬맹이가 다시 민 부인과 명신을 만난 것은 바로 공자가 그들을 데리고 운공대륙으로 돌아가던 그때였다.

꼬맹이가 추억에 잠겨 있노라니, 명신의 작은 몸이 환영처럼 움직여 나무 위로 뛰어올랐다. 꼬맹이가 정신을 차리고 도망치자 명신이 바로 쫓아왔다.

이렇게 꼬맹이는 정원 여기저기로 도망쳤고, 명신도 정원 여기저기로 추격전을 펼쳤다. 작은 꼬맹이를 잡는 게 쉬운 일은 아닐 터였다. 그러나 차 한 잔 마실 시간이 지났을 무렵, 명신은 꼬맹이를 체포하는 데 성공했다.

꼬맹이가 기뻐하며 찍찍거렸다. 꼬맹이가 보기에 명신의 능력 정도면, 영 주인님이 그 나이였을 때와 별 차이가 없어 보였다. 명신이 오래 집을 떠나 있느라 훈련을 많이 받지 못했던 것을 감안하면, 영술에 대한 재능은 영 주인님을 뛰어넘는 것처럼 보였다. 앞으로 공자의 지도를 받으며 열심히 연습한다면, 그야말로 청출어람이 무엇인지 보여 줄 수 있을 것이다.

명신은 한참 동안 영술을 쓴 적 없었으나, 꼬맹이와 추격전을 벌이고 나니 굉장히 편안한 기분이 들었다. 그래서 헤실헤실 웃으며 물었다.

"한 번 더 할까?"

꼬맹이는 무슨 말인지 이해하지 못했다. 그러자 명신이 꼬맹이를 탁자 위에 내려놓은 후 잡으려는 동작을 취해 보였다. 꼬맹이는 바로 명신의 뜻을 이해하고, 즐거워하며 나는 듯이 달리기 시작했다.

다시 차 한 잔 마실 시간이 지나자 명신이 꼬맹이를 체포했다. 명신은 재미가 들렸는지 한 번 더 놀려 했고, 꼬맹이는 기쁘게 명신의 뜻을 따라 주었다.

그러나…… 명신의 체력은 꼬맹이의 생각보다 훨씬 좋았다. 꼬맹이는 대체 몇 번을 쫓겼는지 셀 수도 없는 지경이 되자, 결국은 사지를 쭉 뻗은 채 바닥에 드러누웠다. 이제 더는 몸을 일으키고 싶지 않았다.

명신도 신나게 놀고 나니 피곤했다. 꼬맹이 옆에 누워 잠시 쉬던 그가 꼬맹이에게로 고개를 돌렸다.

"꼬맹아, 우리 어머니가 무엇 때문에 내가 영술을 배우지 못하게 하신 걸까? 대체 내가 무슨 선택을 해야 한다는 거야?"

꼬맹이는 그 말을 이해할 수도, 명신의 기분을 탐구해 볼 여력도 남아 있지 않아 그저 고개만 저었다.

명신이 일어나 앉더니 진지하게 말했다.

"영술은 정말 최고의 무공이라고. 사람을 다치게 하지 않으면서 자신을 지킬 수 있잖아? 우리 같은 스님들에게 가장 어울리는 무공이지!"

꼬맹이는 계속 머리를 흔들었다.

명신이 가볍게 탄식하며 중얼거렸다.

"됐다. 말한들 네가 이해할 리 없으니. 그냥 열 살이 될 때까지 천천히 기다려 봐야지."

꼬맹이는 계속 고개만 흔들 뿐이었다.

그때, 진민이 참지 못하고 말했다.

"명신, 영술은 자기 자신을 지키기 위한 것일 뿐 아니라, 다른 사람을 지키기 위한 것이기도 하단다."

진민과 고북월은 이미 꽤 오랫동안 명신과 꼬맹이의 추격전을 지켜보고 있었다. 물론, 명신의 말도 모두 들은 상태였다.

명신은 그제야 부모가 자신을 지켜보고 있었다는 사실을 깨달았다. 그는 방금 어머니가 무슨 말을 했는지 제대로 듣지 못해, 재빨리 다가가 물었다.

"어머니, 방금 뭐라 하셨어요?"

진민이 명신의 까까머리를 쓰다듬으며 말했다.

"영술은 자기 자신을 지키기 위한 것이라기보다는, 다른 사람을 지키기 위한 것이란다."

명신은 이미 알고 있었다는 듯 말했다.

"알아요, 알아요. 영족의 수호라는 건 마치 아버지가 밤낮없이 대진국을 지키고, 또 형이 목숨을 걸고 지살을 멸해 형수를 돕고 대진국이 천하를 지키게 하는 그런 거잖아요. 나도 나중에 아버지나 형처럼 목숨을 걸고 대진 황족을 지킬 거예요!"

진민의 손이 살짝 굳는 듯했으나, 그녀는 곧 웃으며 답했다.

"전부 맞지는 않구나."

"그럼 어떻게 하는 건데요?"

명신의 물음에 진민이 고북월을 바라보며 입을 비죽였다. 그러자 명신은 바로 아버지에게 묻는 듯한 시선을 보냈다.

고북월이 명신의 손을 잡아끌며 말했다.

"명신, 앉자꾸나. 이야기해 줄 테니."

아버지는 따뜻하고 다정했지만, 명신은 부친이 진지하다는 것을 느낄 수 있었다.

명신이 고개를 끄덕이자, 고북월이 정원의 돌 탁자 앞에 앉았다. 그러나 진민이 꼼짝도 하지 않자 고북월이 그녀를 바라보며 살짝 미간을 찌푸렸다. 그제야 진민이 웃으며, 빠른 걸음으로 다가와 옆자리에 앉았다.

꼬맹이는 그 모습을 보면서, 큰일이 발생할 것 같은 예감에 재빨리 탁자 위로 뛰어올랐다.

꼬맹이는 본래 고북월 쪽에 앉으려 했지만 잠시 망설이다가, 다시 명신 앞으로 뛰어가 명신처럼 고북월과 진민을 바라보는 방향으로 앉았다.

고북월은 곧바로 영족의 수호에 관해 이야기하지 않고, 진지한 얼굴로 명신에게 말했다.

"명신, 아버지와 어머니는 합의하에 이혼할 생각이다."

명신은 아직 어렸지만 합의 이혼이 무슨 의미인지는 알고 있었다. 그는 흑백이 분명한 눈을 크게 뜨고 어머니를 바라보았다.

고북월이 이어 말하려 했으나 진민이 끼어들었다. 이 일은 그녀가 제안한 일이니, 그녀가 설명해야 한다는 생각이 들었기 때문이었다.

"명신, 어머니와 아버지가 심사숙고 끝에 내린 결정이란다. 앞으로……."

진민의 말이 끝나기도 전에 명신이 겁먹은 목소리로 외쳤다.

"어머니, 이번에는 어디로 가시려고요? 저도 어머니를 따라

가는 거예요? 혹시…… 혹시 아버지보고 가라고 하고, 우리는 신농곡에서 살면 안 되나요?"

이 말에 진민과 고북월 모두 당황하고 말았다.

명신은 부모의 이혼에는 충격받지 않았다. 그는 대자사에 있던 시절부터, 원인은 알지 못했지만 어머니가 아버지 곁으로 돌아갈 생각이 없다는 걸 알고 있었다. 지금도 모든 일이 정리되면 아마 어머니가 아버지 곁에 오래 있지 않을 거라고 여기고 있었다. 다만 신농곡에 와 보니, 이곳이 마음에 들어 떠나고 싶지 않았다.

명신은 부모의 멍한 모습을 보고 설명을 덧붙였다.

"어머니, 어머니가 어디로 숨건 아버지는 어떻게든 찾아내실 걸요. 분명 또 몰래 사람을 보내 어머니를 지켜보고, 지키려 하실 텐데……."

대자사에서 지내던 그 나날 동안, 명신은 아버지가 보고 싶었고, 영술을 배우고 싶었다. 그러나 어머니는 그가 열 살이 될 때까지 기다려야 한다고만 말했다.

예전의 명신이었다면 아마 합의 이혼이라는 말을 듣는 것만으로도 분명 괴로워했을 것이다. 어쨌든 중추절을 몇 번이나 보내면서 명신이 바랐던 것은, 가족이 모두 단란하게 모이는 거였으니까.

그러나 형과 형수에게서, 아버지가 수년 동안 몰래 자신과 어머니를 지켰다는 이야기를 들은 후부터는 전혀 괴로운 마음이 들지 않았다. 형과 형수조차도 부모님 사이의 일은 이해할 수 없다고 했다. 그러니 어린 명신이 생각한들 분명 이해하기 어려울 것이다.

어쨌든 어머니는 아버지를 마음에 두고 있고, 아버지는 어머니를 지킨다. 그거면 충분하지 않은가? 명신이 좀 더 관심을 두고 있는 것은, 어째서 자신이 열 살이 될 때까지 영술을 배워서는 안 되는가 하는 문제였다.

명신이 아버지를 흘깃거리고, 다시 어머니를 흘깃거리더니 곧이어 말했다.

"어머니, 어머니가 어디로 숨건 결과는 똑같을걸요. 그러니까 우리 이사 가지 말고…… 아버지가 가시라고 해요. 아니면 이사 안 가셔도 되니까…… 아버지가 숨어서 다니시면 되죠. 어머니가 아버지를 보지 못하면 되는 거니까."

고요한 가운데 진민이 먼저 참지 못하고 피식 웃고 말았다. 고북월 역시 새어 나오는 웃음을 참을 수 없어 사랑스럽다는 듯 입꼬리를 올렸다.

전날 밤 고북월은 명신의 반응을 여러 가지로 상상해 보았다. 거부, 인내, 순종, 눈물 등등. 그러나 이런 반응이라니! 생각지도 못한 반응이었다.

헤어져 있던 동안 명신은 성장해 이제 사정을 이해할 나이가 되었다. 그동안 고북월이 곁에 있어 주지는 못했지만, 진민은 명신을 귀염성 없는 아이로 키우지는 않은 듯했다. 고북월은 그저 감탄할 수밖에 없었다.

고북월의 눈길이 소리 없이 진민의 얼굴로 향했으나, 진민은 눈치채지 못하고 놀리듯 말했다.

"정말 그래도 되겠어? 아버지가 필요 없는 거야?"

명신이 재빨리 몸을 일으키더니 열심히 결백을 주장했다.

"아버지가 필요 없을 리 없잖아요! 어머니, 어머니가 아버지의 아내가 아니어도 저의 어머니인 것처럼, 아버지가 어머니의 남편이 아니어도 저의 아버지인걸요. 부부가 되고 말고는 어른들끼리 의논하시면 그만이에요. 저는 어차피 이해할 수도 없는걸요. 하지만 아버지, 어머니가 되고 말고는 꼭 저랑 의논하셔야죠!"

말을 마친 명신이 잠시 생각에 잠기더니 곧 덧붙였다.

"물론, 저랑 의논한다 해서 문제가 끝나는 건 아니고요."

진민이 웃었고, 고북월이 다시 진민을 바라보았다.

얼마나 많은 이들이 '부부'라는 단어를 내려놓지 못하고, 그 단어를 감정의 최종 귀착지로 삼는가. 심지어 일생의 목표로 생각하는 이들도 있다. 어린 명신으로서는 그 무게를 이해할 수 있을 리 만무했다.

이것은 분명 진민이 명신에게 사회적인 관습이나 세속적인 관념을 강조하지 않았기 때문이기도 할 것이다. 그리고 명신의 이런 개방적인 태도는 분명 영족의 사명을 숙명으로 받아들이는 전통과는 맞지 않을 것이 확실했다.

어쨌든 고북월은 이런 명신의 태도를 고쳐 주거나 강권할 생각은 없어 보였다.

진민은 그제야 명신에게 말했다.

"어머니가 농담한 거야. 어머니는 앞으로 이곳과 이웃해 있는 약왕곡에서 살 거란다. 네 아버지는 여전히 신농곡에서 큰일을 맡아 하실 거고. 너는 어디건 좋아하는 곳에서 살도록 하렴. 어머니건 아버지건 함께 있고 싶은 사람에게 가면 되고, 함께하고 싶으면 언제라도 함께할 수 있어."

명신은 이 말을 듣자 기뻐하며 말했다.

"어머니, 우리 당장 약왕곡으로 가요! 어제 안 그래도 가 보고 싶었다고요!"

부부가 불화하면 같은 집에 살더라도 아이는 돌아갈 집이 없는 거나 마찬가지다. 부모가 화목하다면 다른 곳에 떨어져 살더라도 아이에게는 항상 돌아갈 집이 있는 셈이다. 명신은 의심할 바 없이 후자였다. 그렇기에 그는 정말로 부모의 이혼을 큰일로 생각하지 않았다.

이혼과 관련한 이야기는 이렇게 끝났다. 그러나 고북월과 진민이 진정으로 명신에게 들려주려던 이야기는 이혼과 관련한 이야기가 아니라, 바로 영족의 사명에 관한 이야기였다.

진민이 하늘을 바라보며 말했다.

"날이 좋으니 좀 늦게 가도 괜찮을 거야. 명신, 일단 앉거라. 아버지, 어머니가 너에게 할 중요한 이야기가 있으니까."

명신은 제 머리를 쓰다듬으며 의문스러운 표정을 지었다. 대체 어머니와 아버지가 무슨 중요한 이야기를 하시려는 걸까? 또 나와 관계있는 이야기라고?

진민의 눈에 어려 있던 웃음기가 점차 다정한…… 양심의 가

244

책으로 변해 가고 있었다.

그녀가 계속 말했다.

"명신, 미안하다. 그때는 네가 너무 어렸기에, 어머니가 너를 데려가도 되는지 네 동의를 구할 방법이 없었어. 그리고 계속 너에게 아무 설명도 해 주지 않았지. 지금 네가 아직 열 살이 안 되긴 했지만, 하룻밤 생각해 보니 너에게 진실을 알릴 때라는 생각이…… 너에게 선택권을 주어야 할 때라는 생각이 들더구나. 물론 지금 당장 선택하지 않고 앞으로 천천히 생각해 봐도 된단다. 무엇이건 이해가 안 가는 일이 있으면 어머니나 아버지에게 물어보고. 아니면 네 형이나 형수에게 물어봐도 좋아. 충분히 생각한 후에 결정을 내려야 하는 거야."

명신은 자신이 열 살이 되기도 전에 어머니가 진실을 밝히려 할 줄은 상상도 하지 못했던 차였다. 그러니 언제나 담백한 그라도 긴장하지 않을 수 없었다. 영술을 좋아하는 그로서는, 혹시 아버지와 어머니가 자신이 실망할 말을 하지나 않을까 걱정하고 있었다.

명신은 어머니를 바라보고, 다시 아버지를 바라보며 저도 모르게 입술을 비죽거렸다. 마침내 마음의 준비를 끝낸 명신이 자기 앞에 쪼그려 앉은 꼬맹이를 꽉 잡은 채 말했다.

"아버지, 어머니, 저는 두 분을 탓하지 않을 거예요! 저는 준비되었으니…… 말해 주세요!"

명신의 선택권은 진민이 쟁취한 것이었지만, 설명할 권리는 여전히 고북월에게 있었다.

진민은 명신이 긴장한 것을 보고 바로 자리에서 일어나 그 곁에 앉았다. 비록 위로의 말을 건네거나 하지는 않았지만, 어머니가 옆에 있다는 것만으로도 명신에게 안전하다는 감정을 느끼게 하기에는 충분했다. 명신은 꼬맹이를 놓아주고 대담하게 아버지 눈을 응시했다.

꼬맹이는 안도의 한숨을 내쉬며 진민과 명신을 바라보고 다시 고북월을 바라보더니, 결국에는 고북월 앞에 가서 앉았다. 마치 고북월과 같은 편에 서기라도 하겠다는 듯.

고북월이 진지한 표정으로 명신을 바라보며 말했다.

"아버지가 일단 너에게 이야기를 하나 해 주마."

그는 영족의 조상과 서진 황후에 대해 이야기하기 시작했다. 그것은 바로 영족이 무엇 때문에 목숨을 걸고 서진 황족을 지키게 되었는가에 관한 얘기기도 했다.

수백 년 전, 영족의 족장은 서진의 황후를 사랑하게 되었다. 그러나 족장은 그녀를 완전하게 지킬 수 없었고, 결국 그녀와 함께 도망을 쳤다. 결과적으로 황후는 도망치던 길에 병으로 죽게 되었다.

황후의 죽음으로 인해 분노한 황제는 영족 전부를 죽이려 했다. 영족의 조상들은 대대손손 목숨을 걸고 서진 황족을 지키고, 결코 다른 마음을 먹지 않겠노라 약속하여 영족의 목숨을 구할 수 있었다.

그 후로 위로는 족장부터 아래로는 평범한 부족 사람까지, 영족 모두는 영위가 되어 주인을 지키게 되었다. 한 사람이 주인 한 명을 지키기도 했고, 여러 사람이 주인 한 명을 지키기도 했다.

이 진실을 아는 사람들은 무척 적어, 세상 사람들은 영족이 서진 황족에 대한 충성심이 강하다고만 알고 있었다. 목숨을 걸고 지키는 일 뒤에 숨어 있는 잔인한 원인을 아는 이들은 거의 없었다.

명신이 의아해하며 물었다.

"아버지, 그럼 우리는 죄를 지은 부족의 후예인 건가요? 영족의 수호라는 것은 속죄인 거예요?"

속죄?

진민은 명신을 바라보며 미간을 찌푸렸다. 그녀 역시 이 믿기 어려운 진실에 무척 놀라고 있었다.

그러나 고북월은 명신의 질문을 부정했다.

"아니다. 이건 단지 영족이 서진 황족을 수호한다는 이야기일 뿐이야. 그전에도 영족의 수호는 존재했단다. 서진 황족과 무관하게 말이지."

진민과 명신은 더욱 놀랐다.

명신이 다급하게 물었다.

"그럼 영족의 진정한 수호라는 건 뭔가요?"

고북월이 웃으며 명신의 머리를 쓰다듬었다.

"목숨을 걸고, 가장 사랑하는 사람을 지키는 거란다."

영족 사람들은 정을 가장 중요하게 여기는 이들이었다. 남녀를 막론하고 영족은 제 마음을 준 사람을 목숨 걸고 지켰다.

영족의 선조가 대대손손 목숨으로 서진 황족을 지키겠노라 약속했던 것은, 영족이 대대손손 목숨을 사랑하는 사람이 아니라 서진 황족에게 바치겠노라 이야기한 것과 같은 의미였다. 바꿔 말하자면, 영족은 대대손손 그 누구도 사랑하지 않겠다는 말이었다.

고북월은 서진 황족을 지키겠노라는 약속을 먼저 제안한 것이 서진 황제인지, 아니면 영족의 조상인지는 들은 바 없었다. 아마 조상과 서진 황제를 제외하면 그 누구도 진실을 알지 못할 것이다. 하지만 두 사람 중 누가 먼저 제안했건, 이것은 가장 잔인한 징벌이었다.

사명을 짊어진 채 언제라도 제 생명을 희생해야 한다면, 그리고 황족과 연인 사이에서 황족을 택할 수밖에 없다면…… 대체 그 누가 진심으로 타인을 사랑할 수 있겠는가? 진심으로 누군가를 마음에 품으면 마음에 걸리는 것이 생길 수밖에 없고, 마음에 걸리는 것이 생긴 사람은 영위에 어울리지 않았다.

수호를 숙명으로 삼은 후, 영족의 여자들은 대부분 홀로 살다 죽었다. 영족의 남자들은 단 하나의 예외도 없이, 결혼 적령기에 이르면 매파의 말이며 부모의 명에 따라 아내를 맞고 첩을 들였다. 아이들을 낳아 대대손손 전하는 것은…… 모두 사랑과 관계없는 일이었다.

후에 동서진 대전이 벌어지자 영족 대부분이 서진 황족과 함께 죽었고, 살아남은 일맥은 서진 황족의 후예를 찾아 헤맸다. 그 후 영족의 후손들은 괴이한 병에 걸려 요절하는 경우가 많아졌는데, 이 병이 영술의 후유증인지, 아니면 모계 쪽 유전인지는 그 누구도 확언할 수 없었다.

점차 영족의 수는 줄어들었고, 몇 대에 걸쳐 외아들로 겨우 명맥을 유지하게 되었다.

고북월은 여섯 살이 되던 해 아버지가 약욕을 하던 중 사망하는 것을 지켜보았다. 모친은 곧 아버지를 따라 세상을 떠났고, 고북월은 할아버지에게서 영족의 사명을 전수받음과 동시에 영족 수호의 진실을 알게 되었다.

그리고 어느 해인가 고북월은 할아버지를 따라서 의성을 떠나 천녕국 황도에 도착했다. 할아버지는 천녕국 태의원의 수석 어의가 되었고, 그는 매일 할아버지 곁을 지키며 궁에 드나들었다…….

고북월이 이때의 기억을 떠올린 것은 정말 오랜만이었기에, 자신도 모르게 추억에 빠져들었다. 진민은 그런 그를 바라보다가 무슨 생각에 빠졌는지, 어딘가 홀린 듯한 표정이 되었다.

명신이 중얼거렸다.

"목숨을 걸고 사랑하는 사람을 지킨다……. 그럼 형은 두 가지를 모두 이룬 거네요?"

고북월과 진민은 여전히 자신만의 세계에 빠져 있었다.

명신이 잠시 생각하는 듯싶더니, 갑자기 슬픈 듯한 표정으로 진민을 바라보며 탄식했다.

"어머니, 아버지가 목숨으로 어머니를 지킬 수는 없겠어요. 아버지의 목숨은 대진의······."

고북월과 진민이 정신을 차리고 동시에 명신을 바라보았다. 진민이 운을 떼려 했을 때, 명신이 웃으며 말했다.

"하지만 괜찮아요! 아버지의 목숨은 대진국의 것이라 해도, 마음은 어머니의 것이니까요. 그렇죠?"

진민은 대답 없이 웃기만 했다.

고북월 역시 대답 없이 진민을 흘깃거렸다.

명신이 잠시 생각하다가 혼잣말하듯 중얼거렸다.

"제가 자란 다음 혼인하게 되면, 신부에게 저의 목숨을 원하는지, 아니면 제 마음을 원하는지 물어봐야겠어요. 목숨을 원한다고 하면 아내로 맞지 말아야지. 마음을 원한다고 하면······ 아내로 맞이하고."

진민이 웃으며 명신의 머리를 쓰다듬었다.

"어서 환속하고 머리를 길러야겠구나. 아니면 네 마음을 부처께 드릴 수밖에 없을 테니."

명신도 제 머리를 쓰다듬으며 자못 진지하게 말했다.

"부처께 아직 몇 년 더 드려도 괜찮아요. 저는 형처럼, 그렇게 어릴 때부터 아내를 맞이할 생각을 하진 않을 테니까."

이 말에는 고북월마저 웃음을 터뜨리고 말았다.

명신이 새까만 눈동자를 데굴데굴 굴리며 겁먹은 듯 물었다.

"아버지, 어머니, 그런데 대체 저에게 무엇을 선택하게 하시려는 거예요? 또 무슨 다른 사명이라도 있는 건 아니겠죠?"

진민이 진지하게 말했다.

"명신, 만약 정말로 영술을 배우려면 늦어도…… 아무리 늦어도 열 살에는 훈련을 시작해야 해. 그때 네 형이 실종된 후 어머니는 너무도 괴로웠단다. 그래서 네가 네 형처럼, 영족의 사명 때문에 존재하게 되거나 하는 일은 없기를 바랐어. 그래서 네 아버지께 부탁했지. 네가 열 살이 되었을 때 너에게 선택권을 주시라고 말이다. 아버지께서 그때 약속하셨단다……."

네 형처럼, 영족의 사명 때문에 존재하게 되거나 하는?

명신은 그런 기분을 느껴 본 적이 없었기에 진민의 이 말에 별다른 주의를 기울이지 않았다. 그러나 고북월은 이 말을 듣는 순간 바로 진민을 바라보았다. 마치 뭔가를 깨달은 듯, 그의 눈빛이 살짝 변하고 있었다.

진민은 계속 이야기하고 있었다.

"명신, 네가 아직 열 살이 되지 않았지만, 아버지와 어머니는 일단 너에게 진실을 알리기로 했단다. 기억하렴. 어머니에게는 어머니의 사랑이 있고, 아버지에게는 아버지의 책임이 있는 법이야. 그러니 너는 우리를 고려할 필요가 없단다. 이 일은 네 평생과 관련이 있으니 신중하게 생각하고 선택하도록 하렴. 네 형은 열 살에 홀로 한몫을 해낼 수 있었지. 어머니는 너도 후회하지 않을 선택을 할 수 있으리라 믿는단다."

명신의 앳된 얼굴이 진지하게 변했다. 그는 곧바로 어머니에게 대답하지 않고 아주 진지하게, 정말로 진지하게 어머니가 방금 한 이야기를 되새기기 시작했다.

순식간에 주변이 조용해졌다. 진민은 명신을 지켜보느라 고북월이 계속 자신을 바라보고 있다는 사실도 눈치채지 못하고 있었다.

바람 소리마저 멈춘 듯한 고요함 속에서 시간만이 흘러가고 있었다. 그렇게 얼마나 지났을까, 명신이 마침내 입을 열었다.

"어머니, 열 살까지 기다릴 필요 없어요. 저는……."

그때였다. 고북월의 목소리가 명신의 말을 끊었다…….

민월 외전 **기꺼이, 달갑게**

고북월의 목소리는 크지 않았지만, 평소보다 좀 더 진지하게 들렸다.

"급하게 선택할 필요는 없다."

명신이 단호하고도 진지하게 말했다.

"아버지, 믿어 주세요. 전 지금 결정을 내릴 수 있어요."

고북월이 명신의 눈을 바라보며 한 단어 한 단어 힘을 주어 말했다.

"얘야, 너는 영술을 계승하기 위해 태어난 게 아니란다."

진민은 그만 멍한 표정을 지었다. 고북월이 이렇게 말하는 것을 듣지 못했다면, 그녀는 자신이 방금 수년 전 감히 묻지 못했던 질문을 저도 모르게 입 밖에 냈다는 사실을 인식하지 못했을 것이다.

고북월은 명신이 영술을 계승하기 위해 태어난 것이 아니라고 했다. 그는 분명 그녀의 말을 고쳐 주고 있었다! 영술을 계승하기 위한 것도 아니고, 실종되었던 남신을 대신하기 위한 것도 아니라고.

이게 그의 답인가?

영술을 계승하기 위해서도…… 남신을 대신하기 위해서도 아니라면…… 그렇다면 무엇 때문에?

고북월이 여전히 명신을 바라보며 이어 말했다.

"네가 아버지의 아들인 이상 영족일 수밖에 없다. 그러니 아버지가 너에게 주어야만 하는 선택의 기회는 영술을 계승할 것인지 아닌지가 아니란다. 서진이 다시 일어날 가능성은 없다 하지만, 아버지가 동진 태자에게 충성을 바치기로 정했을 때 우리 영족의 사명은 바로 대진국을 수호하게 된 것이란다. 일족의 규칙은 어길 수 없으니, 너는 반드시 영족의 사명을 계승해야 한다. 그러나 훗날 네가 기꺼이, 달가운 마음으로 목숨을 걸고 지키고 싶은 사람을 만난다면 영족의 사명을 잊어도 좋다."

이 말을 듣고 진민은 물론이고 명신도 무척 놀랐다. 아버지의 '선택'과 어머니의 '선택'은 차이가 아주 커 보였다!

명신이 무의식적으로 어머니를 바라보았다. 진민은 고북월이 한 이야기를 되새기다가 문득 자신의 오해가 그를 얼마나 괴롭혔을지 깨닫게 되었다!

진민이 명신에게 고개를 끄덕였다.

"아버지 말씀대로 하면 된다."

그러나 명신은 바로 고개를 끄덕이지 않고 다시 진지한 표정으로 생각에 잠겼다. 한참 동안 심사숙고하던 그가 웃으며 답했다.

"고마워요, 아버지. 그리고 고마워요, 어머니. 아버지께서 오늘 해 주신 말씀, 꼭 기억할게요."

고북월이 기쁜 표정으로 명신의 머리를 쓰다듬어 주며 덧붙였다.

"네가 훗날 지키게 될 사람이 황족인지 연인인지와 상관없이, 너는 고씨 가문의 사람으로서 천하의 정의를 지킬 사명도 있다."

명신은 바로 몸을 일으키더니 매우 진지하게 읍하며 외쳤다.

"아들이 명을 받들겠습니다!"

고북월이 만족스러운 표정으로 고개를 끄덕였다. 그리고 그 역시 몸을 일으키더니 하늘을 보며 진민에게 물었다.

"오늘은 아무래도 진눈깨비가 내릴 듯하니, 약왕곡에 가는 걸 미루는 것이 어떻겠소?"

진민이 그를 잠시 바라보다가 고개를 끄덕였다.

명신은 자신이 언제라도 영술을 배울 수 있다는 사실에 흥분하여, 약왕곡 관련한 일은 이미 머릿속 저편으로 밀어 버린 다음이었다. 그는 재빨리 아버지의 손을 잡고 물었다.

"아버지, 영술은 언제부터 가르쳐 주실 거예요?"

고북월이 웃으며 답했다.

"일단 지금 할 수 있는 것을 연습해라. 사흘 후부터 정식으로 수업을 시작하자."

명신이 무척 기뻐하며, 아버지와 어머니에게 인사하고 바로 연습하러 가려 했다. 그러나 몇 걸음 걷지 않아 바로 돌아오더니 꼬맹이를 안아 들었다.

꼬맹이는 창졸간의 일이라 발버둥조차 치지 못했다. 꼬맹이는 공자와 민 부인 사이의 이상한 기류를 느낄 수 있었고, 호기심 때문에라도 계속 남아 그들을 지켜보고 싶었다.

"찍찍······ 찍······."

꼬맹이가 있는 힘을 다해 울면서 명신에게 항의했다. 그러나
기쁨에 잠겨 있던 명신은 꼬맹이가 제 영술 연습을 돕고 싶지
않아 반항한다고 생각하고는 그를 더욱 꼭 끌어안았다.

"꼬맹아, 착하지? 나중에 내가 맛있는 거 줄게, 응?"

이렇게 명신이 계속 울어 대는 꼬맹이를 안고 멀어져 갔다.

진민과 고북월은 그 뒷모습을 눈으로 좇고 있었다. 명신의
모습이 완전히 사라지자 고북월이 진민을 돌아보았다. 두 사람
의 시선이 약속이나 한 듯 마주쳤다.

계속 진지한 표정이던 고북월이 잔잔한 미소를 지었다. 분명
추운 겨울이건만, 그의 웃음을 마주 대하니 얼굴에 닿는 바람
마저 따뜻하게 느껴졌다.

진민이 그를 바라보다 마침내 용기를 내어 물었다.

"어째서죠?"

그러자 고북월이 옷자락을 걷어 올리며 자리에 앉더니 반문
했다.

"어째서라니?"

진민이 눈을 내리깔았다. 그러나 곧 다시 눈을 들어 고북월
의 눈을 마주하며 물었다.

"명신이 무엇 때문에 존재하는 거죠?"

고북월이 그녀를 한참 바라보았다. 잔잔한 미소가 어려 있던
눈동자에 애정이 어리는가 싶더니 그가 갑자기 손을 뻗어 진민
의 머리를 쓰다듬었다.

"존재하는 이유 같은 것은 없소. 그 애는 갑자기 우리에게 왔고, 당신과 내가 그 애를 받아들였지. 그렇게 그 애는 순리를 따라 이 세상에 온 거요. 그렇게 생각하지 않소?"

그는 단 한 번도 어떤 목적을 가지고 명신을 대한 적이 없었다. 그랬기에 진민의 마음속 가장 큰 응어리가 명신의 탄생과 관련이 있다는 사실을 눈치채지 못했다.

그가 남신의 실종을 숨겼던 것은 그저 진민이 근심하지 않기를 바라서였을 뿐이고, 남신을 찾은 다음 다시 그녀에게 말해 줄 생각이었다.

어찌 되었건 그가 상황의 심각성을 인지하지 못하던 사이 진민이 명신을 임신했고, 후에 명신이 아프기까지 했다. 그래서 한 번 속였던 것이 어쩌다가 수년을 가게 되었던 것이다.

무애산에서 심사숙고할 때 그는 아이에 대한 계획을 세운 적이 있었다. 그러나 그저 장래에 아이를 갖겠다는 계획 정도였지, 남신이 실종되었으니 영족의 사명을 계승할 다른 아이가 필요하다는 의미는 아니었다.

그녀는 그의 이 생에서 유일하게 예측하기 어려운 존재였다. 아무리 어려운 나날 속에서도, 또 아무리 힘든 상황에서도 그는 그 누구도 저버리지 않았다. 그러나 그녀 한 사람만은 실망시키고 말았다.

그녀의 두 다리가 회복되었을 때, 그는 자신이 이것저것 생각을 짜냈다고 말했지만 결국은 그녀의 일을 망쳐 놓고 말았다. 당시 그는 후회했다. 그녀를 아내로 맞지 말았어야 했다고,

남신을 입양하지 말았어야 했다고.

수많은 조상이 그랬듯이 평범하게 아내를 맞이하고 아이를 낳았어야 했다. 그 아내를 사랑하고 아이를 귀여워했어야 했다. 진심은 영원히 마음 깊은 곳에 묻어 버렸어야 했다고…….

그때 할아버지가 그에게 영족의 진실을 알려 주지 않았다면, 그는 분명 모친처럼 부친이 모친을 사랑했노라 믿었을 것이다. 어떤 의문도 품지 않고.

아마도 너무 지쳤기 때문이었을 것이다. 아니면 아마도 마음 속에 없었어야 할…… 아쉬운 마음 때문에. 그는 진민을 선택했고 그 선택은 잘못이었다.

잘못이라는 걸 알면서도 감히 쉽게 헤어질 수 없었다. 그들의 혼례는 운공대륙 전체를 뒤흔들었고, 모두 그녀가 원장 부인이 되었다는 사실을 알고 있었다. 그가 그녀와 이혼한다면 그녀의 상황은 분명 진씨 가문에 있을 때보다 더욱 난처해질 것이었다.

그는 한참을 고민한 끝에 그녀에게 이야기했다. 언제건 그녀가 떠나고 싶어지는 날 떠나도 좋다고. 그가 그녀에게 명예와 절개를 돌려줄 수는 없겠지만 자유를 줄 수는 있을 거라고.

그러나 그녀는 그를 떠나지 않고, 오히려 어느 날 밤 갑자기 그에게 어째서 스스로 아이를 낳지 않고 입양하려 하는지 물었다. 그가 아이를 낳고 싶어지면 자신에게 말해 달라고도 했다. 그때 그녀가 그를 떠나 주겠노라고.

그의 목숨이 위험하던 시기, 그는 아이를 낳고 싶다는 핑계로 그녀를 떠나보내려 했었다. 그러나 그녀는 그의 비밀을 발견했고, 그 후로 수년 동안 그의 곁을 지켰다.

그는 무애산에서 그녀가 울면서 무너져 내리던 모습을 영원히 잊지 않을 것이다. 그는 자신이 정말로 죽을 수 없다는 것을 알았고, 자신이 살아남아 얼마나 다행인지도 깨달을 수 있었다.

그는 한참을 생각한 끝에 겨우 그녀의 이름을 불렀고, 그녀를 곁에 남겨 두었다. 그리고 달가운 마음으로 그녀에게 아내라는 이름을 허락하고, 그녀의 여생을 안온하게 만들겠노라 약속했다.

그러나 그 다툼이 모든 평온함을 깨트리고 말았다. 그는 어제야 자신이 그녀를 충분히 이해하지 못했다는 사실을 깨달았다. 그녀가 얼마나 바보 같고…… 또 얼마나 현명한 여자인지.

진민이 한참 동안 아무 말도 하지 않는 것을 보고 고북월이 다정하게 물었다.

"진민, 당신이 오해했었소. 그렇지?"

민월 외전 **그래도 괜찮지 않을까?**

고북월이 먼저 진민의 의문에 답하여 그녀의 오해를 풀어 준 셈이었다. 그래 놓고 굳이 오해하지 않았느냐고 묻다니.

어떻게든 그녀에게 인정받고 싶은 걸까?

본래 진민의 마음을 가득 채우고 있던 것은 자책감과 후회, 그리고 아쉬움이었다. 그러나 이 말을 듣고 나니 괜스레 화가 났다. 그녀는 미간을 찌푸린 채 고북월을 바라보며 한참 동안 아무 말도 하지 않았다.

그러나 고북월은 인내심이 충분한 사람이었다. 그는 다정한 눈길로 그녀를 마주 보며 조용히 기다렸다.

두 사람 중 한 사람은 일부러 물었고, 한 사람은 대답하지 않았다. 그렇다면 지금 두 사람이 힘을 겨루고 있는 것이 아니라면 또 무엇일까?

두 사람 모두 다정하고 온유한 성격이어서 다른 이들과 힘을 겨루거나 하는 일은 없었다. 그러나 사실 두 사람이 힘을 겨루는 건 이번이 처음은 아니었다.

고북월의 목숨이 위험하던 시절, 한 사람은 곁에 남으려 했고 한 사람은 상대를 쫓아 보내려 했다. 그때 두 사람 모두 기세가 험악했지만 결국은 진민이 이겼다. 그리고 이번에는 고북월이 이겼다.

마침내 진민이 호쾌하게 인정했다.

"맞아요. 내가 오해했었죠. 남신이 실종되었기 때문에 나에게 아이 하나를 돌려주었다고 생각했……."

그녀의 말이 끝나기도 전에 고북월이 부정했다.

"그렇지 않소."

진민은 그런 그에게 대답하지 않고 계속 말했다.

"당신이 무애산에서 곁에 남아 달라고 했던 것도, 내가 당신 목숨을 구한 것에 대한 보답이라 생각했어요."

고북월이 다시 부정했다.

"그렇지 않아."

진민이 계속 말했다.

"그 후 수년 동안 나에게 잘 대해 준 것도…… 책임감 때문이라 생각했어요."

고북월이 계속 부정했다.

"그렇지 않소."

진민이 저도 모르는 사이에 입술을 깨물며 말을 멈추었다. 그리고 한참 후에야 겨우 말했다.

"하지만 당신 마음속에는 다른 사람이 있었으니까요. 사랑하지만 얻을 수 없었던, 더는 나가려 하지 않았던……. 그때 당신이 남신을 입양하고 나와 계약 결혼을 한 것도, 결국 서로 필요한 걸 얻은 것에 지나지 않았잖아요!"

진민이 계약 결혼을 할 때 품었던 가장 큰 의문이 바로 고북월과 같은 사람이 무엇 때문에 자신과 계약 결혼을 하느냐 하는 것이었다. 어째서 마음에 둔 사람을 찾아 진심으로 성혼하고 아이를 낳지 않는 걸까?

그녀는 그가 마음에 둔 사람이 있으리라 생각했다. 그리고 그의 비밀을 알게 된 후로는 계속 그가 자신의 목숨이 길지 않으리라는 것 때문에 진정으로 결혼하지 못했으리라 여기고 있었다. 그러나 영술과 관련한 사명의 유래를 알게 된 지금, 그녀는 다시 한번 묻지 않을 수 없었다.

고북월은 방금처럼 바로 부정하지는 않았다. 진민을 바라보는 그의 눈빛은 평소보다 다정해져 있었을 뿐 아니라, 마치 안개가 낀 것처럼 짙어져 있었다.

그가 다시 한번 손을 뻗더니 진민의 입가를 가볍게 쓰다듬었다. 진민이 방금 얼마나 큰 결심을 했던 것인지, 꽉 깨물었던 입술에 핏자국이 비치고 있었다.

진민이 무심결에 다시 입술을 깨물려 하자 고북월이 손가락으로 막았다. 그런 그를 바라보는 진민의 눈이 점차 젖어 들고 있었다.

"나는 당신 곁에는 내 자리가 있어도…… 마음속에는 없다고 생각했어요."

고북월이 가볍게 고개를 저었다. 그는 마음 아픈 표정으로 진민을 살짝 안더니 그녀에게로 다가왔다. 마침내 그의 이마가 진민의 이마에 닿는 순간, 진민의 귀에 고북월의 나지막한 대답이 들려왔다.

"그렇지 않아."

이 말을 듣는 순간 진민의 눈에서 눈물이 흐르고야 말았다. 그녀의 턱 끝에서 떨어진 눈물이 고북월의 손등 위로 떨어졌다. 순간, 고북월이 손을 살짝 굳히는가 싶더니 곧 진민의 허리를 안아 품 안으로 끌어당겼다. 그의 목소리는 여전히 나지막하니 다정했다.

"당신은 나를 진심으로 이해하지 못했고, 나 역시 당신을 이해하지 못했소. 그러니 나에 대해 좀 더 알게 된 다음 다시 이혼을 생각해 봐도 괜찮지 않겠소?"

말을 마친 그는 그대로 침묵했고, 진민 역시 그의 품에 기댄 채 아무 말도 하지 않았다. 그러나 얼마 지나지 않아 진민의 몸이 슬며시 떨리기 시작했다. 그녀는 소리 없이 울고 있었다.

고북월의 눈시울도 붉어진 채였다. 그는 진민의 등을 가볍게 쓸어내리며 더욱 다정한 목소리로 말했다.

"어젯밤의 그 이혼서는 내가 이미 버렸소."

그 말을 듣는 순간 진민이 마침내 소리 내어 흐느끼기 시작했다. 그녀는 고북월에게 아무 대답도 하지 않았지만, 오래도록 그의 품에서 눈물을 흘리며 옷을 흠뻑 적셔 놓았다.

고북월은 그런 그녀를 위로하거나 하지 않고, 그저 그녀를 끌어안은 채 울도록 내버려 두었다. 두 사람은 그렇게 미동도 없이 조용히 앉아 있었고, 언제부터인지 진민이 잠이 들었다.

고북월은 잠든 진민을 그대로 안고 있다가, 저 멀리 검은 구름이 움직이며 하늘에 눈꽃이 흩날리기 시작했을 때에야 그녀를 안아 들고 방 안으로 들어갔다.

진민을 침상 위에 눕히고 이불을 덮어 준 다음, 손수건으로 그녀의 얼굴에 남아 있는 눈물 흔적을 닦아 주었다. 다시 그녀의 입술을 꼼꼼히 검사해 보고, 어혈이 없자 그제야 안심하는 표정을 지었다.

그는 침상 곁에 잠시 앉아 있다가 문밖으로 나와 시녀를 불렀다.

"마님께서 식사를 하셨느냐?"

그가 나지막하게 묻자 시녀가 대답했다.

"아직입니다. 마님께서는 일어나시자마자 도련님을 찾으러 가셨습니다."

그러자 고북월이 고개를 끄덕인 다음 말했다.

"식사를 준비하고, 깨어나실 때까지 기다리도록. 그리고 서재의 서탁에 있는 연단술 서적들을 가져오너라. 참! 전 집사에게, 내가 건너가지 않을 테니 내가 미리 분부한 대로 하기만 하면 된다는 말도 전하거라."

시녀는 무슨 의미인지 이해하지 못하면서도 감히 묻지 못하고, 명을 받은 채 빠른 걸음으로 그 자리를 떠났다.

고북월은 서적을 받은 후 방 바깥의 다탁 앞에 앉았다. 그러나 곧 생각을 바꿔 방 안으로 들어가, 침상 가까이에 자리를 잡고 앉아 책을 읽기 시작했다.

진민은 전날 밤새도록 뒤척인 데다 오늘 꽤 심신을 소모했기에 저녁 무렵까지 깨어나지 않았다. 마침내 눈을 뜨고서도 자신이 어쩌다 침상에서 자고 있는지 알지 못해 어리둥절한 상태였다.

당황하여 주위를 둘러보던 그녀의 눈에 진지한 표정으로 책을 읽고 있는 고북월의 모습이 들어왔다. 과거 수년 동안, 꿈에 젖은 깊은 밤에도, 일찍 깨어난 새벽에도 늘 볼 수 있었던 그의 얼굴이었다. 그러나 이 순간 그녀는 그의 얼굴에서 눈을 떼지 못하고 있었다.

그녀는 그가 누리는 고요함을 방해하고 싶지 않아, 마치 시간마저 멈춘 것처럼 조용히 그를 바라보기만 했다.

책을 한 권 다 읽은 고북월이 무심결에 고개를 들다가 진민과 눈이 마주쳤다. 그제야 그는 그녀가 깨어났다는 걸 깨닫고 잔잔하게 미소 지었다.

"깼소?"

진민이 몸을 일으키더니, 살짝 미간을 찌푸리며 그의 시선을 피했다.

"지금 몇 시죠? 저 얼마나 잔 거예요?"

"밤이오. 배고프지 않소?"

진민은 자신이 그렇게 오래 잤으리라고는 생각지 못하던 참이었다. 그녀는 대답 없이 침상에서 내려와 창을 열었다. 차가운 공기가 훅 끼쳐 왔다. 분명 낮에는 날이 아주 맑았건만, 언제부터인지 밤하늘에 눈꽃이 흩날리고 있었다.

고북월이 바람막이를 가져와 그녀의 어깨에 걸쳐 주었다. 그도 방에 있은 지 오래였기에 밖에 눈이 내리는지 모르고 있었다. 두 사람은 창밖에 내리는 눈을 아련한 눈빛으로 바라보았다. 눈발은 전혀 멈출 기색 없이 점점 더 거세지고 있었다.

고북월이 입을 열었다.

"내 말이 맞았군. 이 눈은 금방 그칠 것 같지 않소."

그러나 진민은 한참이 지나도록 아무 말도 하지 않았다.

고북월이 가볍게 한숨을 쉬며 다시 말을 걸려는 순간, 마침내 진민이 입을 열었다.

"일단 약왕곡에 간 다음…… 다시 대답할게요."

그녀는 물론 그가 했던 말을, 그리고 그가 물어 왔던 것을 잊고 있지 않았다. 진민이 몸을 돌리더니 그의 눈을 바라보며 다시 물었다.

"그래도 되겠지요?"

고북월이 고개를 끄덕였다.

"좋소."

고북월의 말대로 눈은 며칠 동안 멈추지 않고 내렸다. 골짜기 전체에 눈이 쌓여 그야말로 은빛 세계로 변했다. 약초를 재배하는 것도 곡식을 심는 것과 같은지라, 눈이 내리면 풍년을 기대하기 마련이었다. 모두 무척 기뻐하며, 신농곡의 새 곡주가 신농곡에 길한 운수를 가져온 것이 분명하다고들 이야기했다.

눈이 내리는 그 며칠 동안 진민과 고북월은 더는 이혼서와 관련한 이야기는 하지 않았다. 고북월은 명신에게 정식으로 영술을 가르치기 시작했고, 진민은 온종일 방 안에서 약왕곡에 무엇을 어떻게 심을지 배치도를 몇 장이고 그렸다.

마침내 눈이 그치고 날이 맑았다. 진민이 짐을 챙겨 떠나려는 순간, 고북월이 명신과 함께 다가오더니 말했다.

"산에 눈이 쌓여 걷기 힘들 거요. 내가 약왕곡으로 통하는 비밀 통로를 알고 있으니, 따라오시오."

민월 외전 **꽃이 핀 아침, 달 밝은 밤**

신농곡과 약왕곡 사이에 비밀 통로가 있다고?

진민은 깜짝 놀랐다. 어쨌든 신농곡으로 들어오는 길은 단 하나였으니까. 그녀와 고북월이 갔던 그 길도 이미 비밀 통로라 할 수 있었고, 또한 하루 만에 오갈 수 있는 가장 가까운 지름길 이기도 했다.

진민의 표정을 본 명신이 재빨리 그녀의 손을 잡고 말했다.

"어머니, 숨겼던 게 아니에요. 저도 비밀 통로가 어디 있는 지 몰랐는데요, 아버지가 방금 알려 주셨어요!"

그러자 빡빡 깎은 명신의 머리 위에 엎드려 있던 꼬맹이가 명신을 흘깃 보며 무시하는 표정을 지었다.

고북월과 진민은 명신의 긴장한 모습을 보고 그만 웃고 말았다. 명신과 꼬맹이가 상황을 이해했는지는 알 수 없었지만, 어쨌든 진민은 상황을 파악할 수 있었다.

그들은 신농곡에 온 지 얼마 되지 않았고, 당연히 두 골짜기에 대해 아는 바가 적었다. 최근 고북월은 명신에게 영술을 가르치고, 신농곡의 각종 일을 맡아 보느라 바빴으니 새로운 비밀 통로를 찾아내거나 할 시간은 없었을 것이다. 그러니 이 비밀 통로는 전 집사가 알려 준 게 틀림없었다. 아마 고북월은 지금까지 일부러 이 비밀 통로의 존재를 말하지 않았을 것이다.

그래, 일부러 그런 게 분명했다. 그가 할 법한 일이 아닌 것 같았지만, 동시에 그가 말없이 할 법한 일인 것 같기도 했다.

진민이 명신의 손을 잡으며 말했다.

"너도 몰랐구나? 그럼 우리 같이 보러 갈까?"

고북월이 잔잔한 미소를 지으며 명신의 머리에서 꼬맹이를 안아 올려 제 어깨에 태웠다. 그리고 명신의 다른 손을 잡았다. 이렇게 두 사람은 양쪽에서 명신의 손을 잡은 채 비밀 통로를 향해 걸어갔다.

날이 맑아졌다고는 해도 눈은 아직 녹기 전이었다. 그들은 남산을 내려와 계속 눈을 밟으며 걸었다. 그들은 곧 북산 기슭, 은밀하게 숨겨진 동굴 앞에 도착했다.

명신이 무척 기뻐하며 물었다.

"아버지, 바로 여기인가요? 며칠 전에 왔었는데도 여기 동굴이 있는지는 몰랐어요."

진민도 깜짝 놀랐다. 며칠 동안 그녀는 계속 신농곡 안을 두루 돌아다녔고, 명신과 마찬가지로 이곳에 온 적도 있었지만 동굴을 발견하지 못했었다.

그들 중 가장 담담한 이는 바로 꼬맹이였다. 꼬맹이는 한참 전에 이 비밀을 발견했음이 분명했다. 공자는 모든 이를 속일 수 있을지 몰라도, 꼬맹이만은 속일 수 없는 것이다.

진민이 자세히 살펴본 다음 말했다.

"여기 원래 커다란 바위가 하나 있었는데요."

근처에 거대한 바위가 꽤 많았지만, 진민은 분명하게 구분해

낼 수 있었다.

명신도 잠시 생각에 잠기더니 곧 웃으며 말했다.

"아버지가 어머니를 놀라게 해 주려고 하셨나 봐요."

고북월이 잔잔한 미소로 화답했다.

명신도 웃었다.

분명 조용하고 귀여워 보이는 미소였지만, 어쩐지 교활한 빛이 스쳐 가고 있었다.

그는 부모의 손을 놓더니, 꼬맹이에게 '가자!'라고 소리 지른 후 영술을 사용해 동굴로 달려 들어갔다. 꼬맹이도 즉시 고북월의 어깨에서 뛰어내려, 활시위를 떠난 화살처럼 명신을 쫓아갔다.

진민은 그제야 고북월을 바라보며 담담하게 말했다.

"일부러 그런 거지요?"

고북월은 그녀의 손을 잡으려는 듯 슬쩍 손을 들더니 결국은 잡지 않았다. 대신 미소를 띠며, 안내하는 듯한 손동작을 해 보였다.

진민이 앞을 향해 걷기 시작했고, 고북월은 천천히 그녀를 따라갔다. 동굴 입구에 도착한 순간, 온몸을 감싸 오는 꽃향기에 진민은 발걸음을 멈췄다. 항상 꽃을 가꾸던 그녀였기에, 이 동굴 안에 최소한 다섯 종류 이상의 꽃이 있다는 것을 바로 알 수 있었다.

진민은 고북월을 슬쩍 돌아본 다음 계속 앞으로 걸어갔다. 동굴 안으로 들어가니 온통 어둡기만 했다. 이곳은 동굴이라기보다는 북산을 관통하는 통로라 하는 편이 옳았다.

이 통로는 무척 깊어, 입구를 통해 들어오는 빛은 안까지 미치지 못했다. 상황을 알지 못했다면 앞쪽의 어둠을 바라보며 경계심을 느낄 수밖에 없었을 것이다. 진민도 속으로는 꽤 답답해하며 계속 앞으로 걸어갔다.

그러나 어둠 속으로 걸어 들어간 지 얼마 되지 않아 희미한 빛이 보였다. 진민은 빠르게 발걸음을 옮겼고, 마침내 눈 앞에 펼쳐진 모습에 깜짝 놀랐다.

통로의 바닥에, 그리고 벽에 무척 귀엽게 생긴 버섯들이 잔뜩 자라나고 있었다. 그것들은 모두 희미한 빛을 내고 있었는데, 그 희미한 빛을 모두 모으면 어둠을 어느 정도 몰아내고 앞쪽의 길을 밝혀 주기에 충분했다.

진민은 기쁜 표정으로 발걸음을 멈췄다. 빛을 내는 버섯들이 있다는 건 알고 있었지만 눈으로 보는 것은 처음이었다. 그것도 이렇게 많은 양을 한꺼번에 볼 수 있다니!

바닥 가득, 또 벽 가득 자라난 버섯은 마치 별처럼 반짝이고 있었다. 덕분에 그녀 앞에 펼쳐진 길은 마치 인간 세상에 떨어진 은하수처럼 보였다. 혹은 그 길을 따라 걷노라면 은하수를 걷게 될 것 같기도 했다. 모든 것이 꿈처럼, 환상처럼 아름다웠다.

그녀는 다시 한번 고북월을 돌아보았다. 그는 별빛 속에서 그녀에게 미소 짓고 있었다.

진민이 말없이, 바닥의 버섯들을 피해 빠른 걸음으로 걷기 시작했다. 그렇게 한참 걸었더니 앞쪽이 점점 더 밝아지더니 울금향[7] 꽃밭이 보였다.

이 울금향은 평소 보던 것들과 달리 짙은 자줏빛 바탕에 안쪽으로는 장밋빛이 어려 있었고, 꽃술에서는 희미한 빛이 흘러나오는 것이 정말 아름다웠다. 진민은 한눈에 그것이 바로 울금향 중에서도 가장 귀한 품종인 '밤의 황후'라는 것을 알아차렸다. 그것은 빛을 발하는 버섯보다 더욱 귀하고 보기 드문 존재였다.

진민은 꽃밭 속으로 한 걸음 한 걸음 걸어 들어갔다. 고북월은 계속 조용히 그녀의 뒤를 따랐다. 그들이 앞으로 걸어감에 따라 이 별과도 같은 꽃이 점차 줄어들더니 결국은 사라졌다. 대신 밝은 햇빛이 얼굴을 비춰 주기 시작했다.

저 멀리 출구 밖으로 꽃나무가 한가득 있는 것이 보였다. 진민처럼 꽃과 나무에 익숙한 사람조차 얼핏 보고는 봄을 알리는 개나리인가 오해할 정도로 온통 노랑빛인 꽃나무였다. 그러나 그녀는 곧, 지금은 개나리가 필 수 없는 계절이라는 사실을 깨달았다.

개나리가 아니라면 무엇일까?

진민은 마음에 짚이는 것이 있어 빠른 걸음으로 동굴 밖을 향해 걸어 나갔다.

동굴 밖에는 매화가 잔뜩 피어 있었다. 그러나 이 매화는 흔히 보는 붉은 매화가 아니라 섣달에 꽃을 피우는 황금빛 납매

---

7 튤립.

였다. 눈을 맞고 피어난 납매는 새하얀 눈 속에서 더더욱 맑고
차가워 보이는 것이, 마치 이 세상의 것이 아닌 것만 같았다.

진민은 숲속으로 들어가다가 저도 모르게 점차 발걸음을 멈
췄다. 기이한 느낌이 그녀의 마음속에 자욱하게 퍼져 나가고
있었다. 그녀는 아련한 표정으로 납매를 바라보며 한참 동안
아무 말도 하지 않았다.

그런 그녀의 모습을 본 고북월이 마침내 입을 열었다.

"이 길은 비바람을 피하며 왕래하기 편하오. 내가 약왕곡에
산다 해도, 매일 왕래하는 데 큰 문제가 없소."

이 말은 이혼서를 버리겠다는 말과 별다른 차이가 없었다.
또한 그는 그녀와 의논할 뜻도 없어 보였다.

고북월은 원래 이렇게 억지를 부릴 수 있는 사람이었다! 만
약 그가 조금 더…… 조금 더 억지를 부리거나 한다면 어떤 느
낌일까?

진민이 돌아보니 고북월은 여전히 잔잔하게 미소 짓고 있었
다. 그녀는 그의 횡포에 항의하듯 일부러 그의 눈을 노려보았다.

고북월은 처음에는 담담하게 그녀의 시선을 받아 냈으나 얼
마 지나지 않아 저도 모르게 입꼬리를 더욱 올렸다. 그의 얼굴
에는 있는 듯 마는 듯, 평소에는 보기 드문 부끄러운 표정이 어
리고 있었다. 그러나 고북월은 곧 그녀의 시선을 피했다.

마침내 그가 바닥에 떨어진 꽃을 한 송이 주워 그녀에게 건
네는 순간, 그의 얼굴에 떠올랐던 부끄러움은 이미 사라지고
잔잔한 미소만이 남아 있었다.

"이 비밀 통로는 한참 전부터 봉쇄된 상태였고, 원래 어떤 용도였는지 지금은 알 수 없다고 하더구려. 이름은 남아 있지만…… 내 생각에는 당신이 새로 짓는 것도 좋을 것 같소."

고북월은 전 집사에게서 이 비밀 통로에 대해 들었다. 전 집사는 고운원이 신농곡에서 약왕곡으로 통하는 비밀 통로가 있다고 언급했던 것을 기억하고는 있었지만, 정확히 어디인지는 알지 못하는 상태였다.

다행히도 전 집사가 제때 통로를 찾아냈다. 동굴 밖 납매는 원래 있었고, 전 집사가 길을 정비했다. 그리고 통로 안의 버섯과 울금향은 모두 고북월 그가 안배한 바였다.

뜻밖에도 진민은 고북월의 횡포를 탓하지 않고 통로를 바라보았다. 한참 생각에 잠겨 있던 그녀가 갑자기 미소를 지으며 말했다.

"북월. '밤의 황후'를 경계로, 약왕곡 이쪽은 꽃이 핀 아침 길이라는 의미로 '화신로'라고 부르고, 신농곡 쪽은 달이 밝은 밤길이라는 의미로 '월석로'라 부르면 어떨까요? 화신월석, 어때요?"

민월 외전 **민월, 서로를 의지하다**

"화신월석……."

고북월의 눈동자가 살짝 굳었다.

진민이 그의 손에 들린 꽃을 받아 들며 말했다.

"약왕곡에는 아침마다 꽃이 필 거예요. 그리고 신농곡에는 밤마다 달이 있을 테니까요. 그러니 길의 반은 화신, 반은 월석이라 해요. 월석을 지나 화신을 만나고, 화신을 지나 월석을 만나고……."

진민은 꽃을 귓가에 꽂으며 찬란하게 웃었다.

"아침의 꽃, 밤에 뜨는 달……. 아침저녁으로 꽃과 달은 서로 짝하는 거예요. 어때요?"

고북월은 깊은 생각에 잠긴 표정으로 그녀를 바라보았다.

진민이 물었다.

"어때요?"

고북월이 웃으며 대답했다.

"아침저녁으로 꽃과 달이 서로 짝한다면…… 아침저녁…… 조석…… 조석로는 어떻소?"

"조석로?"

진민은 잠시 생각하더니 결국은 고개를 저었다.

"그보다는 화신월석이 훨씬 좋은 것 같아요."

오래도록 침묵에 싸여 있던 길은 이렇게 그들에 의해 풍부한 의미를 품고 다시 태어났다. 진민이 아침저녁으로 꽃과 달이 서로 짝한다고 이야기한 것이 정말로 꽃과 달이 서로를 벗한다는 의미인지, 아니면 자신과 고북월이 서로 짝이 되겠다는 의미인지는 알 수 없었지만……. 후자라면, 진민은 분명 이혼하지 않겠다는 의미로 한 말일 터였다.

　고북월이 다정하게 미소 지으며 말했다.

　"당신 뜻대로 하시오."

　진민은 기쁜 표정을 지었다.

　길의 이름은 이렇게 결정되었고, 후에 진민은 동굴 양쪽 돌벽 위에 길의 이름을 직접 새겼다. 약왕곡 쪽에는 '화신'이라는 두 글자를, 신농곡 쪽에는 '월석'이라는 두 글자를. 그리고 양쪽 동굴 입구에 적지 않은 양의 화초를 심었다. 물론 이 모든 것은 훗날의 이야기다.

　두 사람은 느릿느릿 매화 숲을 걸어 나왔다. 숲 밖 오솔길에 쌓인 눈은 이미 깨끗하게 치워진 상태였다. 이 길에는 갈림길이 꽤 많았는데, 골짜기 아래 약초밭으로 향하는 길도 있고, 주변 약산으로 향하는 길도 있었다.

　고북월은 진민과 함께 산골짜기를 잠시 둘러본 후, 약왕곡 내 가장 높은 산으로 향하는 길을 택했다. 이 산봉우리 가장 높고 험준한 절벽 위에는 제비가 돌아오는 곳이라는 의미의 '연귀처' 비석이 있었는데, 비석 위에는 흰 눈이 소복이 쌓여 있었다.

　고북월은 이 산을 연귀산이라 이름 짓고, 이 절벽을 연귀애라 이름 지었다. 이 비석의 이름 역시 연귀비였다.

산꼭대기 위 평지에는 작은 집이 한 채 있었는데, 누군가가 이미 청소한 듯 먼지 하나 없이 깨끗했다. 문안으로 들어가니 납매 화분이 놓인 탁자가 보였다. 매우 우아하고 아름다웠다.

집 안을 둘러본 진민은 모든 것이 그녀가 좋아하는 대로 꾸며져 있다는 사실을 발견했다. 서재의 탁자 위에서는 공기봉리도 볼 수 있었다. 두어 송이가 새까만 나무 조각 위에 놓여 있으니 몹시 생기발랄해 보였다.

진민은 잠시 발걸음을 멈추었다가 겨우 다른 곳으로 몸을 돌렸다. 고북월은 계속 말없이 그녀 뒤에 서 있었다.

마침내 집 전체를 둘러본 진민이 짐을 내려놓고 정리 정돈을 시작하려 했을 때였다. 등 뒤에서 친근한 목소리가 들렸다.

"아가씨……."

이 목소리는!

진민이 다급하게 돌아보았다. 비췻빛 옷을 입고 머리를 빈틈없이 빗어 넘긴 부인이 문가에 서 있었다. 예쁘장한 눈매는 온순해 보였지만 영리함을 잃지 않고 있었다. 바로 계속 진민의 시중을 들던 시녀 작약이었다.

진민은 너무도 기쁜 나머지 말조차 하지 못하고 눈가를 적시기 시작했다.

작약이 성큼성큼 안으로 들어오더니 진민의 손에 들린 옷가지를 빼앗아 들었다.

"아가씨, 제가 할게요!"

작약은 단숨에 진민의 짐을 전부 분류하고 깔끔하게 정리했다. 진민은 황홀한 시선으로 계속 방 안 여기저기로 움직이는 작약을 바라보고 있었다. 마치 예전, 영주에서 지내던 그때로 되돌아간 것처럼.

진민은 작약이 차를 우려 온 다음에야 겨우 정신을 차렸다. 그녀는 찻잔을 탁자 위에 내려놓고는 작약의 손을 잡은 채 위아래로 훑어보았다.

"여기는 어떻게 온 거야?"

작약이 고북월을 흘깃 보더니 헤실거리며 답했다.

"주인님께서 다른 사람은 아가씨 시중을 제대로 들지 못할까 걱정이 되셨는지, 특별히 저에게 와 달라 하셨지요."

진민이 다시 물었다.

"가족은? 네가 여기 와도 괜찮다고 해?"

"아이는 이미 제 가정을 이룬걸요. 이제 제가 돌봐 줄 필요가 없어요. 그리고 제 남편은 곧 신농곡에 도착할 거예요. 아가씨께서 괜찮으시다면 이곳에 남으라 하고…… 아가씨께서 불편하시다면 뭐…… 내쫓아 버리죠!"

진민이 참지 못하고 웃음을 터뜨렸다.

"그래, 네 바깥사람이 오면 내가 한번 제대로 시험해 봐야겠다."

작약이 즐거운 표정으로 고북월에게도 차를 따랐다.

"주인님, 그렇게 서 계시지만 마시고요."

그러나 고북월은 진민과 작약에게 회포를 풀 시간을 주기 위해 핑계를 찾아 자리를 떠났다.

약 한 시진 후, 작약은 남편을 맞이하러 집을 나섰다. 진민은 홀로 집 앞 문틀에 앉아 멍하니 정원에 쌓인 눈을 바라보았다.

고북월도 사실은 멀리 가지 않고 집 뒤 계단에 앉아 후원에 쌓인 눈을 멍하니 바라보고 있었다.

한참 후 고북월이 날이 어두워진 것을 보고 몸을 일으켜 집 앞으로 돌아왔다. 진민은 무슨 생각에 잠겨 있었는지, 고북월이 그녀 앞으로 도착할 때까지도 알아채지 못하고 있었다.

고북월이 가볍게 두어 번 기침했을 때에야 그녀는 겨우 정신을 차리고 그를 바라보았다. 고북월이 물었다.

"작약은 신농곡으로 간 건가?"

진민이 고개를 끄덕였다.

고북월이 다시 물었다.

"명신은 아직 돌아오지 않았소?"

진민은 다시 고개를 끄덕이며 하늘을 바라보았다. 그리고 그제야 날이 어두워졌다는 것을 깨달았다.

두 사람은 그 후로도 한참 동안 침묵을 지켰다. 먼저 입을 연 사람은 고북월이었다.

"그, 그럼…… 내가 가서 저녁을 지어도…… 되겠소?"

그렇다. 고북월은 다시 한번 억지를 쓰고 있었다. 이곳은 진민의 영역이었고, 그녀는 그에게 남아도 좋다고 하지 않았다.

진민은 잠시 당황했다가 곧 새어 나오는 웃음을 참지 못하고 키득거렸다. 어쩐지 화도 나고 또 우습기도 했다.

그녀는 눈을 들어 고북월을 바라보며 말했다.

"먹을 것도 없는데, 뭘 할 수 있다고요?"

"있소. 어젯밤에 사람들을 시켜 며칠 먹을 것들을 옮겨 놓으라 했으니까. 모두 당신과 명신이 좋아하는 것들로."

그의 대답에 진민은 그만 할 말을 잃고 말았다.

"그, 그럼…… 내가 가서……."

그러나 진민이 부엌으로 향하는 고북월을 불러 세웠다.

"저녁은 제가 준비할게요. 가서 명신을 찾아오세요. 이렇게 추운데. 밥은 따뜻할 때 먹여야죠."

고북월이 웃으며 대답했다.

"알겠소!"

명신과 꼬맹이는 약왕곡에 들어온 후 온 산골짜기를 뛰어다녔다. 둘은 추격전을 벌이며 지형을 익혔을 뿐 아니라 눈싸움도 마다하지 않았다. 고북월은 그런 명신과 꼬맹이를 발견하고는 마치 자신도 함께 놀았던 것처럼 즐거운 기분이 들어 다정하게 미소 지었다.

날이 서산으로 저물고 있었다.

명신이 물었다.

"아버지, 우리 저녁에 여기서 자는 거예요?"

고북월이 잠시 망설이는 듯하더니 곧 고개를 끄덕였다.

"그래, 어머니에게 돌아가자꾸나."

명신이 기뻐하며 말했다.

"잘됐다. 저 여기가 더 좋아요. 아버지는 저녁 드시고 돌아가실 건가요?"

이 말을 들은 고북월은 당황했으나 곧 웃기 시작했다. 그는 그제야 명신이 이야기한 '우리'가 그들 세 사람이 아니라 두 사람이라는 것을 깨달았던 것이다.

어린 명신을 탓할 일이 아니었다. 어쨌든 명신은 그들이 이혼하고 각자의 골짜기에 머물 예정이라고 알고 있으니까.

고북월이 일부러 짓궂게 대답했다.

"그것은 네 어머니가 손님을 재워 주는지 아닌지에 달린 문제지."

명신이 재빨리 대답했다.

"아버지, 걱정 마세요! 찾아오면 다 손님이죠. 어머니가 안 재워 주신다면 제가 재워 드릴게요!"

고북월은 즐거운 기분이 되어 가볍게 명신의 코를 문질러 주었다.

"거참…… 고맙구나."

명신이 눈이 휘어지도록 활짝 웃었다. 아이는 순진한 표정으로 제 짧은 머리를 쓰다듬으며 말했다.

"아이참, 별말씀을요."

꼬맹이는 두 부자가 서로 마주 보며 웃는 모습을 보자 세상 전체가 깨끗하고 다정해지는 느낌을 받았다.

이 세상은 분명 아주 더럽다. 그러나 맑고 다정한 사람을 만나면, 그 순간 숨을 쉬는 공기마저 순수하게 변하기도 하는 것이다.

고북월이 꼬맹이를 돌아보았다. 그러자 꼬맹이의 심장이 순식간에 빠르게 뛰기 시작했다. 꼬맹이는 홀린 듯한 눈빛으로 고북월을 바라보았다.

고북월이 미소 지으며 말했다.

"꼬맹아, 꽉 잡아라."

꼬맹이가 반응하기도 전에 고북월이 명신을 안아 들더니 갑자기 영술을 사용했다. 꼬맹이는 하마터면 굴러떨어질 뻔했지만, 다행히도 고북월의 소매를 잡을 수 있었다.

그들이 연귀산 정상에 돌아왔을 때, 진민이 마침 식탁에 음식을 차리고 있었다. 요리 네 가지에 탕 하나. 간단한 차림이었지만 모두 맛있어 보일 뿐 아니라 냄새까지 좋아, 꼬맹이처럼 독을 먹는 독수조차 침을 흘릴 정도였다.

낮에는 그리도 맑았건만, 밤이 되니 바람이 불며 눈꽃이 날리기 시작했다. 눈보라 속에서도 집에서 따뜻한 불빛이 새어 나오니, 천 년에 걸쳐 외롭기만 하던 연귀산도 이제 더는 그렇게 처량하고 황폐해 보이지 않았다.

식사를 끝낸 진민이 일단 명신의 잠자리부터 봐 주었다. 그녀가 저녁 먹은 것을 정리하러 돌아와 보니 고북월이 이미 모든 정리를 끝낸 다음이었다. 그는 문가 계단에 앉아 술을 데우고 있었는데, 그 뒷모습이 어딘가 한적한 기분도 드는 동시에 외로워 보이기도 했다.

술의 향이 너무도 좋았다. 진민은 향을 맡자마자 그가 소장하고 있던 100년 된 술이라는 것을 알아차렸다. 그녀는 그의 뒷

모습을 한참 동안 바라보다가 그의 곁에 앉았다.

"한잔 얻어 마실 수 있을까요?"

고북월이 잔잔하게 미소 지으며 그녀에게 술을 따라 주었다. 진민은 한 모금 맛을 본 후, 행복한 표정으로 단숨에 잔을 비웠다. 그리고 진지한 표정으로 고북월의 눈을 바라보며 말했다.

"술은 남겨 두고, 당신은 돌아가도 좋아요. 너무 늦었으니까."

고북월이 살짝 굳는가 싶더니, 곧 다시 잔잔한 미소를 지었다. 그러나 그가 몸을 일으키려는 순간, 진민이 갑자기 그의 팔을 잡더니 천천히 그의 어깨에 기대며 웃기 시작했다.

"북월, 당신 원래 이렇게 바보였구나……."

고북월이 미동도 없이 희미하게 미소 지었다.

잠시 침묵을 지키던 진민이 겨우 다시 입을 열었다.

"북월, 그 이혼서 말이에요…… 나 아마…… 아주 오랫동안 생각할 것 같아."

고북월이 담담하게 물었다.

"얼마나 오래?"

"평생."

그는 이혼서를 버리고 그녀에게 다시 생각해 보라고 요청했다. 그리고 그녀는 평생 생각하겠다고 대답했다. 이것이 바로 그녀의 대답이었다.

고북월은 그 이상 길게 이야기하지 않고 그저 '좋소.'라고만 말한 후 소리 없이 진민의 손을 잡았다.

그날 밤, 고북월은 그녀 곁에 머물렀다.

그리고 그 생 내내, 고북월은 그녀 곁에 머물렀다.

원하건대 이곳에, 산에 나무가 있듯이 민이 의지할 곳이 있기를.

그리고 원하건대 이 생에, 나무에 가지가 있듯이 월이 의지할 곳이 있기를…….

옥아 외전 **저택**

소소옥은 진민과 대화를 나눈 그날 바로 신농곡을 떠나 몽족 설역으로 향했다.

홀로 다니는 것에 익숙한 그녀는 북강을 지키는 이들을 놀라게 하지 않고 조용히 움직였다. 그러다 몽족 유적지에서 몰래 겨울잠을 준비하던 대설과 마주쳤다. 그러나 대설은 그녀를 보지 못한 척했고, 소소옥도 대설을 보지 못한 척했다.

소소옥은 몽족설역에서 파해 가능한 결계를 두루 다녀 보았지만, 결국은 헛수고였다.

몽족의 결계술은 광범위하고도 심오했으나 온전히 계승되지는 못했다. 몽족의 분파인 랑종의 결계술은 그중 일부일 뿐, 몽족의 전부를 대신할 수는 없었다.

그리고 이것이 바로 사부에게서 죽음의 결계를 파해할 수 없다는 이야기를 들었음에도 불구하고 소소옥이 계속 파해법을 찾고 있는 이유기도 했다.

랑종 일맥의 결계술 이론에 따르면, 모든 결계는 독립적으로 폐쇄된 환상경과도 같았다. 때문에 이 이론에서 가장 중요한 것은 결계사의 역량이었다. 결계사의 힘에 미치지 못하는 이가 결계 안에 갇히면, 당연히 결계사가 열어 주기 전까지는 그곳을 떠날 수 없었다. 하지만 결계사의 역량을 뛰어넘는 자라면 결계 안 환상에 그리 쉽게 빠지지 않을 터였고, 심지어는 결계를 파해하는 것도 가능했다.

자신보다 강한 사람을 결계에 가두려면 방법은 단 하나, 자살뿐이었다! 결계사가 결계 안에서 자살하면 그 결계는 죽음의 결계가 되어, 영원히 그 누구도 열 수 없게 된다.

당시 빙해의 전투에서 한진은 부상한 상태로, 혼자서 두 사람을 상대해야 했다. 소씨와 혁씨, 두 가문의 가주를 동시에 상대하기 어려웠던 그는 그들을 결계 안에 가두는 방법을 택했다.

그들 세 사람이 결계 안으로 들어간 후 무슨 일이 벌어졌는지 아는 사람은 아무도 없었다. 그러나 모두 한진이 자살이라는 방법으로 죽음의 결계를 만들었으리라 확신하고 있었다. 그렇게 해야만 혁씨와 소씨 가주가 결계를 깨고 나오지 못할 테니까.

사람들 모두 소소옥에게 마음을 접으라 권했다. 사실 소소옥이야말로 사부가 이미 죽었다는 사실을 그 누구보다 잘 알고 있었다. 그러나 그녀는 여전히 포기하지 않고 죽음의 결계를 파해할 방법을 찾고 있었다.

그녀는 사부가 이렇게 사라져 버린 채로 살기보다는, 마음이 찢어지는 고통을 견디더라도 사부의 시신을 직접 수습하고 싶었다.

다시 한번 아무 소득도 없이 돌아가는 길, 소소옥은 몽족 지하 궁전을 나오다가 우연히 꼬맹이와 마주쳤다.

고북월과 진민은 약왕곡에서 안정된 나날을 보내고 있었다.

고북월은 가장 엄격한 방식으로 명신을 훈련시켰다. 그러나 진민은 그들을 방해할 수 없었고, 꼬맹이 역시 마찬가지였다.

진민은 신농곡 약학원에 제자를 받아들이기 위한 계획을 두 집사와 함께 의논했다. 학생을 어떻게 모집할지, 시험은 어떻게 치를지, 또 교육은 어떤 방식으로 진행할지⋯⋯.

꼬맹이는 할 일 없이 무료한 시간을 보내다가 마침내 대설을 기억해 냈다. 그를 꽤 오래 보지 못했다는 것을 깨달은 꼬맹이는 대설이 분명 북강으로 도망쳤으리라 확신했다. 꼬맹이는 곧 진민과 작별한 후 북강을 향해 달리기 시작했다.

꼬맹이는 수컷이면서도 배짱이라고는 찾아볼 수 없는 대설을 무시하고 있었다. 그러나 그를 제 곁에 두기 위해 천 리를 멀다 하지 않고 달려올 정도였으니, 정말이지 이해하기 어려운 일이었다!

꼬맹이는 이곳에서 소소옥과 마주친 것이 의외인지 두어 번 찍찍 울었다. 그러나 소소옥은 그런 그녀를 흘깃 보더니, 성큼성큼 지나쳐 갔다.

꼬맹이는 순식간에 설랑의 모습으로 변해 소소옥을 향해 울부짖었지만, 소소옥은 고개 한번 돌리는 법 없이 그저 손을 들어 내저을 뿐이었다.

그리고 그 순간, 지하 궁전 안에서 이미 잠들어 있던 대설이 놀라 깨어났다. 그는 재빨리 동굴 안에서 빠져나와 결계가 있는 방향으로 달리기 시작했다.

꼬맹이는 소소옥의 뜻을 이해할 수 없었지만, 역시 소소옥을 쫓지는 않고 지하 궁전 쪽을 향해 달렸다.

하늘도 땅도 얼어붙은 날씨였다. 북풍이 포효하는 가운데 눈발이 흩날리고, 소소옥의 마른 몸은 곧 하늘을 가득 채운 눈보라 속으로 사라졌다.

연말 무렵, 소소옥은 랑종의 옛 저택으로 돌아왔다.

한가보는 원래 랑종으로, 상관 가문과 마찬가지로 현공대륙 남부에서 가장 큰 성인 평양성에 있었다. 후에 두 가문은 동시에 평양성에서 나와, 남경 동서 양쪽에 각자 작은 성을 지었다.

또한 랑종이 한가보로 이름을 바꿈과 동시에 상관 가문 역시 상관보로 이름을 바꿨다. 그러나 평양성 안에는 옛 저택이 그대로 남아 있었다.

과거 10여 년 동안 소소옥은 멀리 나가는 경우가 아니면 매일 옛 저택에 한 번씩 들렀다. 한가보를 세우기 전, 소소옥은 이 저택을 그야말로 피로 씻어 낸 적도 있었다.

그녀는 열세 살 때 한진의 손에 이끌려 랑종으로 왔다. 그리고 스물세 살이 되던 그해에는 북부에서 수련하고 있었다.

한향이 배반하고 사부가 죽었다는 소식이 전해져 왔을 때, 소소옥은 최대한 악랄한 방법으로 한향이 랑종에 남겨 놓은 수하들을 처리했다.

단시일에 랑종의 주도권을 장악한 소소옥은 한진의 제자라는 명목으로 랑종의 가주가 되었다. 그리고 후에 그녀가 양녀들을 받아들이기 시작하면서, 모두 그녀를 소 부인이라 부르게 되었다.

랑종은 본래 아주 신비로운 곳이었다. 게다가 한진이 평생 결혼을 하지 않고 한향 한 사람만을 양녀로 들였을 뿐이니, 더더욱 사람들의 호기심을 자극했다. 현공대륙에는 랑종, 그리고 한진에 대한 소문이 매우 많았다.

그러나 소소옥은 그 모든 것에 신경 쓴 적이 없었다. 그녀는 잃어버린 어린 시절의 기억이나 자신의 내력에 대해서도 그다지 신경 쓰지 않는 사람이었으니, 다른 사람이 자신을 어떻게 생각하는지에 신경 쓸 리 만무했다.

때마침 깊은 밤이었고, 랑종의 옛 저택은 소리 한 점 없이 고요했다. 소소옥이 무표정한 얼굴로 어둡고 긴 복도를 걸어갔다. 마침내 한진의 방문 앞에 도착한 그녀는 한참 동안 멈춰 서 있었지만, 결국 문을 여는 대신 문가 계단에 앉았다.

그녀는 두 무릎에 얼굴을 묻은 채 곧 잠이 들었다. 깊이 잠든 사이 그녀의 몸이 천천히 바닥으로 쓰러졌지만 그녀는 계속 그렇게 잠들어 있었다. 그 누구도 그녀를 안아 방으로 데려가 주지 않았으니까.

다음 날 해가 높이 떴을 무렵, 소소옥은 시끄러운 소리에 잠에서 깨어났다. 몸을 일으킨 그녀는 이 시끄러운 소리가 바깥 거리, 정확히는 대문 쪽에서 들려오는 것이라는 걸 깨달았다.

그녀는 마음이 다급하지도, 호기심을 느끼지도 않았다. 그저 이 소음이 시끄럽고 짜증 났을 뿐이었다. 그녀는 사부의 방문을 열고, 언제나처럼 방을 구석구석 깨끗하게 청소했다. 그런 다음 침착하게 제 차림을 살피고, 오래오래 음식을 씹으며 아침을 먹었다.

그때였다. 늙은 하인 하나가 여자아이 다섯 명을 데려왔다. 여자아이들은 모두 열세 살 정도로, 장래 미인이 될 얼굴들이었다. 그러나 걸치고 있는 옷은 남루해 보였다.

이 아이들은 모두 새로 받아들인 여자아이들로, 소소옥이 돌아왔다는 사실을 듣자마자 하인이 데려온 참이었다. 소소옥은 여자아이들을 한 명, 한 명 자세히 살펴보았다. 그리고 그녀가 아이들에게 뭔가 물어보려 했을 때, 문밖에서 들려오던 시끄러운 소리가 갑자기 멈추더니 한 남자의 고함이 들려왔다.

"소옥교, 나오시오! 당신이 안에 있는 것을 알고 있으니까! 나오시오!"

소소옥은 바로 불쾌한 얼굴로 물었다.

"이른 아침부터 대체 어느 집 개가 짖고 있는 거지?"

랑종의 하인은 소소옥의 성격을 잘 알고 있어, 먼저 이런 일에 끼어드는 법이 없었다. 그러나 소소옥이 물어 오니 솔직하게 대답했다.

"학郝씨 가문의 이야二쓔께서 구혼하러 오셨습니다. 아무리 말씀드려도 가지 않으셔서, 제가 문가에서 막고 있었습니다."

구혼?

소소옥은 대수롭지 않다는 표정을 지었다. 어쨌든 최근 수년 동안 그녀에게는 꽤 많은 구혼자가 있었다. 물론 대부분은 한 가보를 노리는 자들이었다.

소소옥은 다시 아이들에게로 시선을 돌렸다. 그때 문밖에서 또다시 외치는 소리가 들려왔다.

"소옥교, 나는 한진과 친구였소! 그러니 사부의 체면을 생각해서라도 나를 들이는 것이 좋을 것이오!"

이 말을 들은 순간, 소소옥이 다시 한번 문밖을 바라보았다. 그녀의 안색이 차가워지는가 싶더니, 곧 냉랭한 명령이 떨어졌다.

"개를 풀어라!"

옥아 외전 **악의**

소소옥의 이 말은, 말 그대로 개를 풀라는 명령이었다.

곧 대문이 열리더니 거대한 개 일고여덟 마리가 쏜살같이 학 이야에게 달려들었다.

학 이야는 쉰이 넘은 나이였지만, 몸에 걸치고 있는 화려한 붉은 옷은 결코 젊은이들에게 지지 않았다. 몸이 건장하고 얼굴에도 살집이 두둑했지만 눈은 작았다. 그리고 온몸에 휘황찬란한 장식을 두르고 있는 것이 중년 남자 특유의 느끼함과 노년 남자 특유의 속된 모습을 동시에 겸하고 있는 것 같으니, 그야말로 늙었음을 인정하지 않는 늙은이의 모습이었다.

개들이 몰려오는 것을 보고, 학 이야를 둘러싸고 구경하던 사람들이며 학 이야를 따라와 북이며 꽹과리를 울리던 사람들도 그대로 굳어 버렸다. 모두 너무나 놀란 나머지 도망치는 것도 잊은 듯했다.

그러나 개들은 무고한 사람들에게는 달려들지 않고 전부 학 이야를 향해 달려왔다. 학 이야 역시 몹시 놀랐으나, 첫 번째 개가 자신을 덮쳐 오는 순간 바로 정신을 차리고 재빨리 공중으로 날아올랐다.

공중제비를 연속해서 두 바퀴 돈 학 이야가 저택 대문 문틀에 안정적으로 착지했다. 그의 실력이 매우 뛰어나다는 것을 인정하지 않을 수 없었다.

개들이 바로 고개를 돌렸다. 학 이야도 이번에는 피하지 않고 개들 앞으로 달려 나갔다. 그는 철저하게 정신을 차린 상태였을 뿐 아니라 분노하고 있었다!

소소옥이 개를 풀었다, 이 말이렷다?

대체 무슨 의미로?

학 이야가 바로 검을 뽑았다. 그의 손에서 진기가 흘러나오더니, 흉흉한 기세로 검날을 타고 꿈틀거렸다. 무공의 무 자도 모르는 사람이라 해도, 학 이야의 검날에 흐르는 진기를 보면 두려워하지 않을 수 없을 정도였다.

그러나 소소옥의 개들도 만만히 볼 상대가 아니었다. 이들은 얼핏 보기에는 보통 개와 다를 바 없어 보였으나 실제로는 흑삼림 출신의 영수로, 전투력이 상당했다.

개들이 전혀 물러나지 않는 것을 보고, 학 이야도 이들에게 범상치 않은 내력이 있으리라 짐작했다. 그러나 그는 더욱 분노하여 앞으로 몸을 날렸다.

이렇게 한씨 가문 저택 앞에서 한 사람이 여러 마리 개를 상대로 싸우니, 지나가던 사람들이 더욱 많이 모여들어 지켜보기 시작했다. 얼마 지나지 않아 한씨 가문 저택 문 앞은 물샐틈 없이 사람들로 가득 찼다.

저택 안에서는 소소옥이 여자아이들에게 한마디씩 질문을 던지던 참이었다. 언제나처럼 소소옥은 여자아이들의 대답에 상당히 불만족스러운 듯했으나, 그래도 여자아이들을 한 명도 빼놓지 않고 모두 받아들였을 뿐 아니라 새로운 이름을 지어 주기도 했다.

문가의 시끄러운 소리가 점점 더 커지고 있었다. 때때로 개들이 짖는 소리도 섞여 들려왔으나 소소옥은 들은 체 만 체 했다.

그녀는 지금까지 구혼해 오는 이들을 그저 무시하기만 했었다. 이번에 개를 푼 것은 학 이야가 '한진'이라는 이름을 함부로 입에 올리며 사부의 친구라고 거짓말을 했을 뿐 아니라, 사부의 체면까지 운운했기 때문이었다.

소소옥이 하인에게 말했다.

"아이들을 한가보로 데려가 규칙대로 양육하도록 해라. 나는 빙해에 다녀올 테니. 주인님의 명이 있지 않은 한, 하늘이 무너져 내리는 한이 있더라도 나를 방해하지 말도록."

분부를 내린 소소옥이 대문을 나서는 순간, 문밖에서 갑자기 개가 다급하고도 비참하게 울부짖는 소리가 들렸다.

어찌 된 일일까?

소소옥을 포함하여 모두가 당황했다. 소소옥이 개를 풀었던 것은 학 이야의 능력을 알기 때문이었다. 즉 개들이 이길 것을 확신했기 때문이었다.

그러나 개가 이리 울부짖는다는 것은…… 예상 밖의 일이 벌어진 것이 분명했다.

소소옥은 자신이 10여 년 동안 키운 이 개들을 무척 아끼고 있었다. 그녀가 다급하게 문밖으로 달려 나가자 하인들 역시 그녀의 뒤를 따랐다. 여자아이들도 서로 얼굴을 바라보다가,

곧 전부 그 뒤를 따랐다.

소소옥이 최대한 빠른 속도로 문가에 도착하자 머리가 잘린 개들의 모습이 보였다. 개의 시신들이 뒹구는 모습은 잔인하고도 처량했다. 그리고 학 이야가 그 시신들 사이에 서서, 눈을 가늘게 뜬 채 소소옥을 살피고 있었다.

소소옥의 눈이 순식간에 핏빛으로 붉어졌다. 그녀의 눈에서 쏟아져 나가는 것은 분명 공포스러울 정도의 살기였다!

그녀는 개의 시신을 하나하나 살펴보고, 마지막으로 학 이야를 바라보았다.

소소옥의 잇새로 분노한 목소리가 새어 나왔다.

"죽고 싶은 모양이군!"

그러나 이게 웬일까, 학 이야가 맞받아쳤다.

"소옥교. 내 좋은 뜻으로 구혼하러 왔건만, 감히 개를 풀어 나를 물게 하다니. 이게 옳은 일이오?"

옳은 일이냐고? 자기가 먼저 무례하게 굴어 놓고는 당당하게 다른 이에게 예의를 요구한단 말인가? 정말이지 대단한 인간이군!

소소옥은 차가운 눈으로 한 단어 한 단어 힘을 주어 말했다.

"개에게 늙은 짐승을 물게 하는 것이, 옳지 않은 일일 이유라도?"

수치가 순식간에 분노로 변함과 동시에 학 이야가 외쳤다.

"너!"

소소옥이 다시 말했다.

"내 하인이 거절했는데도 너는 알아듣지 못했다더군. 사람 말을 알아듣지 못한다면 개가 짖는 소리는 이해하리라 생각했지. 설마 개가 짖는 소리조차 이해하지 못할 줄은, 개만도 못할 줄은 몰랐거든. 그런데 이제 너를 늙은 짐승이라 불러도 대답하지 않는 걸 보면…… 설마 짐승보다도 못한 존재인 건가?"

화가 머리끝까지 난 학 이야가 검을 뽑아 공격해 들어왔다. 소소옥 역시 더 이상 쓸데없는 말은 하지 않고 바로 그것을 막아 냈다.

두 사람은 격렬하게 싸우기 시작했다. 처음에는 세력이 대등해 보였지만 곧 학 이야가 점점 우세해졌다. 소소옥이 결계술을 폈으나 하마터면 그에게 죽임을 당할 뻔했고, 결국은 결계를 파하고 도망쳐 나오는 수밖에 없었다.

곁에서 지켜보던 여자아이들 모두 초조해 보였다. 한씨 가문 저택을 지키던 시위들이 모두 나와 소소옥을 도우려 했으나 늙은 하인이 그들을 제지했다.

그는 이미 한참 전부터 학 이야의 진기가 승급한 것을 눈치챘다. 하인이 눈치챈 것을 소소옥이 알아채지 못했을 리 없었다.

하인이 알기로는, 주인인 소소옥은 비록 성격이 거칠다 하나, 뻔히 알면서 손해를 보는 사람은 아니었다. 분명 주인에게는 나름의 생각이 있을 것이다.

소소옥은 한 걸음 한 걸음 물러나더니 결국은 학 이야의 공격에 단검마저 떨어뜨리고 두 손을 등 뒤로 결박당하는 처지에 처했다. 모든 이들이 지켜보는 가운데 학 이야가 일부러 그녀의 등에 제 몸을 바싹 들이대고 속삭였다.

"대진 황족의 개가 되느니 우리 학씨 가문과 손을 잡는 것이 나을 것이다. 우리 형님이 이미 대완만을 이루기 직전에 다다랐으니, 일단 지금의 난관을 돌파하기만 하면 봉황력과 필적하기에 충분하다. 네가 군구신을 암살해 주기만 한다면 이 천하의 절반은 네게 주지! 그렇게 되면 너도 한진의 체면을 꽤 세워 주는 셈이 될 테고!"

소소옥은 학 이야의 말에 크게 놀랐다. 현공대륙은 말할 것도 없고 운공대륙에서조차 한가보와 대진 황족의 진정한 관계를 아는 이들은 극히 적었다. 게다가 이제껏 그녀에게 구혼한 자들은 기껏해야 한가보를 탐낸 정도지 천하를 욕심내지는 않았던 것이다.

하지만 학 이야가 이런 마음을 품은 것도 이상한 일은 아니었다. 어쨌든 현공대륙에서 진기를 수련하여 대완만을 이루는 자는 수백 년에 한 명 나올까 말까 했기 때문이었다.

소소옥의 눈에 일말의 음험한 빛이 스쳐 갔다.

"정말인가?"

학 이야가 매우 의기양양한 목소리로 말했다.

"어서 나에게 사과하고 안으로 들이도록. 자세한 이야기를 해 줄 테니까!"

소소옥이 계속 물었다.

"학 가주는 이미 대완만 직전에 도달한 거겠지? 최후의 난관에 말이야?"

"그렇고말고. 하하! 내가 꼭 너희 한가보를 선택할 이유가 없었다는 걸 알고 있겠지? 하지만 나는 네 그 성격이 아주 마음에 든단 말이다. 자, 계속 잘못을 빌지 않으면 나 또한 예의를 차리지 않겠다!"

소소옥은 전혀 망설이는 빛 없이 소리쳤다.

"내가 잘못했다, 내가 잘못했어! 학 이야, 제가 잘못했습니다! 그러니 이만 놓아주시지요!"

학 이야가 기뻐하며 물었다.

"무엇을 잘못했지?"

"찾아오신 분은 손님이니 개를 풀어서는 안 되었지요. 게다가 말을 고르지 않고 함부로 내뱉어도 안 될 말이고요. 학 이야께서는 대인의 도량을 보이셔서 제 잘못을 용서하시지요."

소소옥의 말에 학 이야가 만족스러운 표정으로 그녀를 놓아주었다.

그러나 이게 웬일일까.

소소옥이 재빠르게 단검을 집더니, 귀를 막을 틈도 주지 않는 천둥처럼 순식간에 학 이야의 사타구니를 베어 버렸다!

찰나의 순간, 선혈이 튀어 오르고 학 이야가 비명을 지르며 땅에 쓰러지더니…… 고통으로 인해 더는 신음조차 내지 못했다.

모든 이들이 헉, 차가운 숨을 들이마셨다. 그리고 방금까지만 해도 시끌벅적하던 저택 앞에 죽음 같은 침묵이 내려앉았다.

소소옥이 학 이야를 발로 차서 뒤집더니, 그의 등을 자근자근 밟으며 차가운 목소리로 말했다.

"모두 본 부인의 말을 경청하도록. 이 세상 그 누구도 본 부인의 눈에 들 자는 없다. 앞으로 남자 하나가 찾아오면 한 명을 거세하고, 둘이 찾아오면 둘을 거세해 버리고 말 테다!"

옥아 외전 **사부**

이 사나운 말이 떨어지는 순간, 이미 조용해졌던 주변이 바늘 떨어지는 소리까지 들릴 정도로 고요해졌다.

적막 속에서 소소옥은 차가운 얼굴로 개들의 시신을 직접 정리했다. 그녀가 개들의 시신을 모두 하인들에게 넘겼을 때, 마침내 바닥에 웅크리고 있던 학 이야에게서 흐느끼는 듯한 소리가 흘러나왔다.

그러나 소소옥은 그렇게 쉽게 풀어지는 사람이 아니었다. 소소옥이 하인들에게 차가운 목소리로 말했다.

"저 늙은 짐승을 묶어서 감옥에 던져 넣어라. 그리고 학씨 가문의 그 잘난 가주가 난관을 돌파하고 대완만을 이루면, 본 부인이 다시 찾아가 빚을 청산해 주겠다! 지금 당장 찾아가 저들의 즐거운 기분을 깨는 일이 없도록 말이다!"

이 말의 의미는 상당했다. 학씨 가문의 가장 큰 약점을 모두 앞에서 폭로한 셈이었으니까.

학 가주가 지금 겪고 있는 난관은 진기를 수련하는 과정 중 최후의 난관인 동시에 가장 위험한 난관이었다. 학 가주에게 원한을 품고 있는 이들이 이 사실을 알게 되면, 학 가주는 상당히 귀찮은 일을 겪게 될 것이다. 그리고 그 귀찮은 일들을 겪다 보면 그간 수련한 진기가 무너지지 않는 것만으로도 고마운 상황일 테니, 어찌 대완만에 이를 수 있겠는가?

학 이야는 제 소중한 것을 잘린 상황에서도 소소옥의 말을 듣자, 고통도 참아 내며 그녀에게 손가락질을 했다. 마치 소소옥에게 뭔가 경고하려는 듯한 모습이었다.

그러나 소소옥은 천생 세상에 무서운 게 없는 성격이었다. 하물며 지금 그녀의 등 뒤에는 의지할 수 있는 거대한 세력이 있는 상태였다. 소소옥은 가볍게 코웃음을 치며 하인에게 눈짓했다.

하인은 곧 학 이야를 끌고 사라졌다.

소소옥은 손을 닦다가 저도 모르게 주변의 구경꾼들을 바라보았다. 모두 안색이 좋지 않은 것을 보니 다들 소소옥을 못마땅해하고 있을 뿐 아니라, 심지어 그녀를 경멸하고 있는 것 같았다. 다만 감히 한마디도 하지 못하고 있을 뿐이었다.

그 모습을 본 소소옥이 그들보다 더욱 강한 경멸을 담아 미소 지으며, 몸을 돌려 대문 안으로 향했다.

그리고 오늘 받아들인 여자아이들 곁을 지나갈 때 일부러 큰소리로 외쳤다.

"방금 제대로 보았느냐? 본 부인이 쓸 줄 아는 속임수는 아주 많다. 오늘 보여 준 것은 어린애 장난일 뿐이지. 가자, 앞으로 너희들에게도 전수해 줄 테니!"

한씨 저택의 대문이 닫히자 지켜보던 행인들 사이에서 즉시 이런저런 이야기가 흘러나왔다.

진상을 알지 못하는 그들은 소소옥이 구혼자를 거절하기 위해 개를 푼 것이 일단 불합리하다고 생각했고, 속임수같이 정당하지 못한 방법을 사용해 이긴 것을 부끄러워할 줄 모르는 것도 좋게 보지 않았다. 게다가 소소옥의 말까지 듣고 나니 이것은 영 아니라는 생각이 들었는지, 모두 격렬하게 소소옥을 비판하기 시작했다.

그러나 시끄러운 소리가 들려와도 소소옥은 전혀 신경 쓰지 않았다. 그녀는 그저 하인에게 '학씨 가문의 일을 어서 진양성에 알려라!'라고 명령한 후, 홀로 후문으로 빠져나가 빙해로 달려갔다.

연말이었다. 최근 수년 동안 그녀는 새해를 큰 주인과 보내든지 아니면 어린 주인과 함께 보냈다. 올해는 빙해로 가서, 사부가 사라졌다는 그 지점에서 사부와 함께 새해를 맞을 생각이었다.

소소옥은 계속 남쪽으로 향했다. 며칠 지나지 않아 현공대륙 남경에도 작은 눈꽃이 날리기 시작했다. 과거 그녀가 사부를 따라 빙해를 넘어 이곳 남경에 도착했을 때도 바로 이런 계절이었다.

그때 그녀는 열세 살, 바야흐로 소녀 시절이 시작되는 때였다.

그녀는 태어날 때부터 키가 작고 왜소했다. 소박한 시녀 옷을 입고 머리를 양쪽으로 빗어 내린 그녀의 뒷모습은 어린아이처럼 보일 정도였지만, 그녀의 얼굴을 한 번이라도 본 사람은 더는 그녀를 어린아이라 생각하지 않았다. 사람들은 대부분 그녀를 싫어했고, 심지어 경계심을 품는 이들도 있었다.

이미 나이가 마흔에 가깝던 사부는 어린 시절부터 진기를 수련한 덕분인지 겉보기에는 서른 정도로밖에 보이지 않았다. 그는 항상 흰 비단 장포를 입고, 먹처럼 검은 머리를 낮게 묶어 올리고 있었다. 그 어떤 각도에서 보더라도 존귀하면서도 차갑고 엄숙한 느낌을 주는 사람이었다.

그렇다. 사부는 무척이나 냉정한 사람이었다. 그는 전하보다 더 냉정했으며, 아무 욕망도 바람도 없는 상태였다.

부처 역시 욕망도 바람도 없는 상태라지만, 부처는 자비롭지 않은가. 그래, 부처에게는 마음이 있다. 억조창생을 연민하는 마음이. 그러나 사부는 마음이 없는 사람 같았다.

그러나 처음 만났을 때의 오해 때문일까? 전하라면 그리도 무서워하던 그녀가 뜻밖에도 사부는 전혀 무섭게 느끼지 않았다.

눈보라가 더욱 커지면서 소소옥의 말발굽 소리를, 그리고 20여 년 전 마차의 수레바퀴 소리를 뒤덮고 있었다.

널찍한 마차 안, 한진이 눈을 감고 있었다. 무술을 조금 배웠을 뿐 진기를 수련하는 법에 대해서는 전혀 알지 못하던 어린 소소옥은 스승이 쉬고 있는 것인지, 아니면 수행을 하는 것인지 구분할 수 없었다.

그러나 어쨌든 아무 상관 없었다. 그때 그녀는 얇은 옷 때문에 입술이 파랗게 질릴 정도로 떨고 있었으니까. 소소옥은 몸을 웅크린 채 계속 두 손에 입김을 불어 넣으며 알아듣지 못할 말을 중얼거렸다.

소소옥의 목소리가 점점 커지자 한진이 마침내 눈을 떴다. 그의 두 눈은 마치 이 세상에서 가장 깊고 차가운 연못의 물처럼 서늘하고 맑았다.

"조용히."

소소옥은 눈을 들어 그를 흘긋 바라보았을 뿐 아무 대답도 하지 않고 계속 중얼거렸다.

한진이 일부러 그녀를 바라보았다.

소소옥이 계속 입속으로 중얼거리며 그를 흘겨보았다. 소소옥의 시선은 토라진 아이의 그것이라기보다는 나이에 어울리지 않는 도전의 뜻을 품고 있었다.

한진도 아무 말 하지 않았다. 대신 그는 침착하게 소매 아랫단을 찢어 뭉쳤다. 그 모습을 본 소소옥이 다급하게 제 입을 틀어막았다.

한진이 그 천 뭉치를 소소옥 곁에 두었다. 의심할 바 없는 경고였다.

소소옥이 그제야 아주 달갑지 않은 목소리로 말했다.

"추워요."

한진은 그녀를 한번 바라보지도 않고 말했다.

"안다."

소소옥은 두 무릎을 꽉 끌어안은 채 몸을 웅크렸다. 원한에 사로잡힌 얼굴은 결단코 승복하지 않는 어린아이 같았다. 그녀는 곁에 놓인 천 뭉치를 한참 동안 바라보다가, 갑자기 큰 소리로 말하기 시작했다.

"자면 안 돼, 자면 안 돼, 자면 안 돼……."

소소옥이 계속 중얼거리던 말은 바로 이것이었다. 그녀는 여기에서 얼어 죽고 싶지 않았다.

그러나 한진이 재빨리 그녀의 턱을 잡더니 천 뭉치를 입 안에 쑤셔 넣었다.

"무학을 배우려면 의지가 가장 중요하다."

그는 그녀를 데리고 현공대륙에 도착한 즉시 그녀에게 무학을 가르칠 준비부터 시작했다. 그는 빙해에서 소소옥이 추위를 타는 것을 보고, 바로 추위로 그녀를 단련시키기로 마음먹었다.

소소옥은 아주 명확하게 무학을 배우고 싶지 않다는 의사 표시를 했지만, 한진이 합리적인 이유를 요구했을 때 대답할 말이 없었다. 그렇게 단련이 시작되었다.

소소옥은 천 뭉치를 입에서 빼내려 했으나 곧 한진에게 제지당했다. 소소옥은 분노한 눈길로 두 손과 두 발을 모두 버둥거렸다. 그러나 한진은 한 손만으로도 별 힘도 들이지 않고 그녀를 제압했다.

소소옥은 할 말이 있다고 손짓 발짓을 했지만, 한진은 그런 그녀를 보고도 말할 기회를 주지 않았다. 마침내 소소옥이 영패를 하나 꺼냈다.

용비야의 영패였다.

용비야의 체면을 생각해서 자신을 놓아 달라는 의미인지, 아니면 용비야의 영패로 한진을 위협하고 싶은 것인지…… 그것은 소소옥 자신만이 알 터였다.

어쨌든 한진은 바로 소소옥을 놓아주었다. 그녀는 천 뭉치를 입에서 빼낸 다음 한숨을 내쉬었다.

그러나 이게 웬일일까? 그녀가 입을 열기도 전에 한진이 그녀의 손에 들린 영패를 빼앗았다. 소소옥이 더욱 화가 나서 외쳤다.

"그 나이를 먹고도 어린애 물건을 빼앗다니, 대체 나잇값을 어떻게 하는 거죠?"

보통 어른이 이런 말을 들었다면 화가 머리끝까지 치밀어 올랐을 것이다. 그러나 한진은 평소와 같이 차분한 얼굴로 차갑게 물었다.

"너는 이미 랑종의 제자가 되었는데, 황제의 영패는 지녀 무엇을 한단 말이냐?"

소소옥이 이 영패를 지니고 있는 것은 물론 비밀 임무를 맡았기 때문이었다. 그녀는 대진국에 있는 주인을 위해 현공대륙에 정보망을 만들 생각이었다. 이 임무가 아니었다면 그녀는 한진의 제자가 되지도, 아무 인연도 없는 이곳까지 천 리 길을 달리는 일도 없었을 것이다!

소소옥은 거짓말을 했다.

"노인장께서 제가 어느 집 사람인지 잊는 일이 생긴다면, 제 신분을 증명해야 하니까요."

한진이 손바닥 위에 영패를 올려놓았다. 그의 눈빛이 차갑게 빛나는가 싶더니 진기가 크게 일어나며 영패는 산산조각이 나고 말았다. 그는 창밖으로 손을 뻗어 남은 조각을 털어 내더니 말했다.

"본존이 너를 거둔 이상, 너는 랑종의 사람이다. 예전에 네

가 어떤 신분이었건, 또 어떤 임무를 맡았건 모두 마음에 둘 필
요 없다. 너는 의지가 박약한 아이가 아니거늘, 말해 보아라.
무엇 때문에 무학을 배우려 하지 않는 게냐?"

옥아 외전 **눈에 들었다**

소소옥은 한진이 영패를 부수는 것을 보고 더욱 화가 나서, 고개를 홱 돌린 채 그를 상대하려 하지 않았다.

한진은 아주 명쾌하게 반응했다. 바로 창밖, 마부를 향해 소리 지른 것이다.

"방향을 돌려라! 돌아가자!"

소소옥은 깜짝 놀라 다급하게 말했다.

"이미 사부로 모시겠다고 절을 했잖아요. 이미 제자가 되었으니 물릴 수 없다고요!"

한진이 냉랭하게 말했다.

"너랑 상관없는 일이다. 본존은 그저 돌아가 용비야에게, 본존의 허락 없이 함부로 본존의 제자를 이용하지 말라고 말하려는 것뿐이니까."

이 말을 들은 소소옥은 더욱 놀랐다. 한진은 무섭지 않지만, 대진국의 주인은 너무나 무서웠으니까!

그녀는 영패를 꺼낸 것을 후회하기 시작했다. 마부가 정말로 말 머리를 돌리자, 소소옥은 달갑지 않은 목소리로 말했다.

"황상께서는 저에게 어떤 임무도 내리지 않으셨어요. 그러니 그렇게 신경 쓰실 필요 없어요. 제가 이렇게 빨리 무학을 배우고 싶지 않은 것은, 개인적인 이유 때문이고요!"

그러나 이게 웬일일까? 한진이 무표정한 얼굴로 대꾸했다.

"네가 무학을 배우는 것은 네 개인적인 일이 아니다. 마땅히 본존의 안배에 따라야 하지."

소소옥은 의아한 표정을 지었다.

"뭐라고요? 저, 저는…… 제가 무학을 배우는 게 어째서 제 개인적인 일이 아니라는 거죠? 전 배우고 싶으면 배울 거고, 배우고 싶지 않으면……."

말을 하면 할수록 그녀의 목소리가 작아지더니 결국은 어딘가 켕기는 것처럼 그대로 멈춰 버렸다. 그와 동시에 소소옥은 고요한 한진의 눈빛을 슬쩍 피했다.

소소옥은 마침내 자신이 한진을 스승으로 삼은 것은 자신의 뜻이 아니었음을 기억해 냈다. 한진이 그녀의 주인에게 그녀를 요구했고, 그녀는 그에게로 보내졌다는 사실을.

소소옥이 조용해졌다. 한진은 아무 말 없이 원래의 자리로 돌아갔다. 마차는 이미 방향을 돌려 남쪽으로 향하고 있었다.

소소옥이 깊이 심호흡을 하더니, 정말 달갑지 않은 표정으로 말했다.

"저는 빨리 자라고 싶어요. 나중에 스무 살이 넘었을 때에도 아이 같은 모습이긴 싫다고요. 그런 건 너무 싫으니까……."

한진은 순간 당황하는 듯했으나 곧 큰 소리로 웃기 시작했다. 소소옥은 그가 웃는 것을 보고 그대로 굳어 버렸다. 아니, 혼비백산했다는 표현이 옳을지도 모른다.

너무…… 너무 보기 좋잖아!

소소옥은 아름다움에 대한 기준이 가혹할 정도로 높았다. 그녀가 아름답거나 잘생겼다고 느끼는 사람들은 생김새는 물론이고, 그녀가 감탄할 만한 부분도 있어야 했다. 한진은 첫 번째 조건, 즉 외모만을 만족시킬 뿐 두 번째 조건은 만족시키지 못하는 사람이었는데, 그럼에도 불구하고 소소옥은 지금 넋이 나가 버린 것이다.

그러나 정말로 그녀의 혼을 나가게 한 것은 한진의 잘생긴 얼굴이 아니라, 한진처럼 차가운 사람이 이렇게 웃을 수도 있다는 사실이었다.

사실 소소옥뿐 아니라 바깥에 있던 마부조차 당황하고 있었다. 그는 종주인 한진을 수년 동안 모셨지만, 종주가 즐거운 듯 웃는 소리를 듣는 것은 처음이었다.

소소옥도 어찌 된 일인지는 알 수 없었지만, 갑자기 마음이 보송보송해지는 것 같았다. 그녀는 저도 모르게 뒤로 물러났다.

바로 그때, 한진이 갑자기 그녀의 턱을 잡더니 얼굴을 꼼꼼히 살펴보았다. 소소옥은 바로 경계 태세를 취하면서도 감히 미동도 하지 못하고 있었다.

그러나 한진은 그녀를 한번 살펴보기만 할 뿐 별다른 행동은 하지 않았다. 그는 손을 거두더니, 마부에게 다시 방향을 돌려 북쪽으로 가자고 말한 후 눈을 감았다.

소소옥은 제 턱을 쓰다듬으며 남몰래 안도의 한숨을 내쉬었다. 그러나 그녀가 조용히 다시 추워하기 시작했을 때 한진이 입을 열었다.

"4품 이상에 달해야 노화를 늦추고 외모를 그대로 유지할 수 있지. 걱정 말도록 해라. 네 재능으로는 스무 살에 4품까지 수련해 낸다면 그것만으로도 기적이라 할 만한 일일 테니까. 자, 목표를 주마. 스무 살까지 4품을 수련해 내도록 해라. 만약 해내지 못한다면, 본존이 너를 돌려보낼 테니까."

소소옥은 한참 생각하다가 조그만 목소리로 중얼거렸다.

"돌려보내지는 건 너무 창피한 일 아닌가……?"

한진은 다시 수련을 시작한 것처럼 눈을 감았다. 소소옥은 이 추위를 버틸 수밖에 없다는 것을 깨달았다.

그러나 자신이 진기를 수련한다 해서 성장이 멈추는 건 아니라는 걸 알고 나니 이런 시련도 즐겁기만 했다. 그녀는 더 이상 슬프게 중얼거리거나 하지 않고 이를 악문 채 속으로 자신을 격려했다.

'소소옥, 주인님의 체면을 떨어뜨리면 안 돼! 버텨야 해! 저 늙은이가 나를 너무 무시했어. 4품에 도달 못 한다고? 흥, 반드시 5품까지 도달하는 모습을 보여 주고야 말겠다! 이깟 추위 따위 뭐라고!'

그녀는 이렇게 계속 스스로를 위로했다.

그러나 의지력을 단련하기 위한 시험이 어찌 그리 쉽기만 할까? 밤이 깊어지자 날은 더욱 추워졌다. 북으로 가면 갈수록 들이마시는 공기조차 무서울 정도로 차가웠다. 그녀는 현공대륙의 겨울이 이리 춥다는 사실을 알지 못하고 있었다.

마침내 그녀는 견디지 못하고 다시 중얼거리기 시작했다.

"자면 안 돼……. 잠들면 안 돼……."

한진이 들었는지는 알 수 없었지만, 그는 전혀 반응을 보이지 않았다. 소소옥은 방금처럼 계속 반복해 중얼거렸지만, 별 쓸모가 없었다.

소소옥은 너무 추운 나머지 머리가 제대로 돌아가지 않았고, 자신이 잠을 자고 싶은 건지 아니면 곧 혼수상태에 빠지려는 건지도 분간할 수 없었다. 그녀는 자신을 꼬집어 어떻게든 맑은 정신을 유지하려 노력하는 동시에 한진을, 정확히는 그가 입고 있는 가죽옷을 바라보았다.

그녀의 눈빛에는 원한이 어려 있었다. 한진이 빼앗아 버린 제 가죽옷이 그리워 견딜 수가 없었다. 어떻게 하지?

소소옥은 한참 한진을 바라보다가 갑자기 눈을 차갑게 빛내더니 그의 팔에 매달렸다. 순간, 그녀의 몸 전체가 부르르 떨렸다. 마치 얼음과 눈으로 가득 찬 세계에서 난로를 끌어안은 것처럼, 혹은 망망대해에서 목숨을 구해 줄 부목 조각이라도 잡은 것처럼 그녀는 온 힘을 다해 그의 팔을 끌어안았다.

하지만 소소옥은 손으로 전해져 오는 온기를 탐내면서도 그에게 기대거나 하지는 않았다. 사실 몹시 기대고 싶었지만!

한진이 즉시 미간을 찌푸리며 돌아보았다. 그러자 소소옥이 아이 특유의 순진한 미소를 띠며 말했다.

"사부님, 저 생각을 끝냈어요. 저 아주 기쁜 마음으로 무학을 배우겠어요. 다만 몇 가지 아직 잘 모르겠는 것이 있으니, 가르쳐 주셨으면 좋겠어요."

그녀가 이리 행동하는 것은 첫째, 조금이나마 온기를 얻기 위함이었고 둘째, 이야기를 하며 주의를 돌려 잠시라도 추위를 잊기 위함이었다.

한진은 물론 소소옥의 뜻을 꿰뚫어 보았다. 그러나 그는 그녀의 이런 행동을 묵인하기로 했다. 소소옥이 지금까지 버틴 것만으로도 이미 만족스러웠던 것이다.

"무엇이냐?"

소소옥은 별다른 질문거리를 생각해 놓지 않았기에 전에 했던 질문을 반복했다.

"사부님은 왜 저를 선택하셨나요?"

한진이 이번에는 호방하게 대답했다.

"네 그 성격이 마음에 들었다."

성격?

수많은 이들이 그녀의 성격을 싫어했다. 주인님과 조 할멈을 제외하면 그녀를 진심으로 좋아해 주는 사람이…… 있었던가?

이 순간 소소옥의 머릿속에 '백리명향'의 얼굴이 스쳐 갔다. 그러나 소소옥은 재빨리 그 얼굴을 마음에서 지워 버렸다.

소소옥이 물었다.

"어른들은 말 잘 듣는 아이나 귀여운 아이를 좋아하잖아요. 저는 얼굴이 귀여운 것도 아니고, 또 말을 잘 듣지도 않는걸요. 사부님께서는 대체 제 무엇이 마음에 드신 거예요?"

한진은 아무 감정 섞이지 않은 얼굴로 평온하게 대답했다.

"다른 이유는 없다. 그저 눈에 들었다."

눈에 들었다고?

소소옥은 기쁨에 겨워 즉시 한진의 팔을 놓고는 마치 노인에게 그러하듯 그의 어깨를 안마하며 말했다.

"하하, 그 이유라면 좋아요! 이렇게 식견이 높은 사람을 만나기도 쉽지 않은 일이고. 본 소저 생각에, 눈에 들었다는 것은……."

소소옥은 말을 끝내기도 전에, 자신이 기쁨에 취한 나머지 예의를 잊었음을 깨달았다. 한진의 어깨를 두드리는 그녀의 동작이 점차 느려졌다. 난감해서 어쩔 줄 모르는 것 같았다.

그러나 한진이 물었다.

"네 생각에 눈에 들었다는 것은, 무엇이냐?"

한진은 그녀의 이런 행동에 어떤 반응도 보이지 않았다. 바꿔 말하자면 방임하고 있다고도 할 수 있었다!

소소옥은 차라리 더 이상 가장하지 않기로 하고, 힘주어 한진의 팔을 끌어안았다. 그리고 그의 팔에 기대어 따뜻함을 취하며 말했다.

"일단 나를 좀 따뜻하게 해 줘 봐요. 그럼 말해 줄 테니까. 아이고, 추워 죽겠네!"

옥아 외전 **적**

소소옥은 마치 커다란 난로를 끌어안은 것처럼, 더는 한진의 팔을 놓아줄 생각이 없었다. 그러나 한진이 재빨리 그녀를 밀어내더니, 제 가죽옷을 벗어 그녀에게 던졌다.

소소옥은 망설이지 않고 재빨리 그 가죽옷으로 자신을 꽁꽁 싸맸다. 따뜻해졌다. 만족스러웠다. 평소의 조소하는 듯한 냉소와는 달리, 소소옥은 한진을 향해 조금은 귀엽게 헤실거렸다. 새까만 눈동자도 유달리 빛나고 있었다.

"내가 시험에 통과한 거죠? 그렇죠?"

한진이 눈썹을 치켜세운 채 그녀를 바라보며 고개를 끄덕였다. 소소옥은 더욱 기뻐하며 가죽옷을 다시 한번 여미고, 구석에 몸을 웅크리며 중얼거렸다.

"마침내 제대로 잘 수 있게 되었네."

한진의 시선이 계속 소소옥에게 향하고 있었으나, 소소옥이 그의 시선을 깨달았는지는 알 수 없는 일이었다.

그녀는 이리저리 움직이다 가장 편안한 자세를 잡고 앉아 눈을 감았다. 그 모습을 본 한진의 입 끝이 살짝 움직이는 듯했으나, 결국 아무 말도 없이 지니고 있던 경전을 꺼내 읽기 시작했다.

그는 원래 눈을 감고 쉬려 했으나, 이 어린 제자가 시끄럽게

군 나머지 졸음기가 전부 사라져 이미 잘 수 없게 되어 버린 상황이었다.

얼마 지나지 않아 소소옥은 가볍게 코를 골기 시작했다. 그녀는 확실히 피곤한 상태였다. 추위를 이용한 시험이 현공대륙에 발을 디뎠을 때부터 시작되었다고 하지만, 사실상 빙해를 넘을 때부터 그녀는 이미 두려움에 시달리고 있었던 것이다.

어찌 되었건 편안히 잠든 소소옥의 얼굴은 무척이나 고요하고 순수해 보였다. 평소 그녀는 제 나이보다 훨씬 나이 든 분위기를 풍겼고, 하는 행동거지도 어른에게 지지 않았다. 그러나 이 순간 소소옥은 열세 살의 나이보다도 어려 보였다.

다음 날, 한진은 진기 수련 입문서 한 권을 소소옥에게 주었다. 그는 소소옥에게 혼자 공부하다가 모르는 것이 생기면 물어보라고 했고, 소소옥은 이 방식을 무척 마음에 들어 했다.

이렇게 사부와 제자는 함께 평양성으로 향했다. 한진은 경전을 읽는 시간 외에는 눈을 감고 쉬거나 진기를 수련했다. 소소옥은 자는 시간 외에는 진기의 기초 수행 법칙을 자습했다.

한진은 말수가 적은 사람이었고, 소소옥도 별일이 없는 한 쓸데없는 말을 하는 성격이 아니었다. 두 사람이 가는 이 길은 유난히 조용하고 또 유난히 평화스러웠다.

평양성에 들어설 무렵, 소소옥은 스스로 한진에게 이름을 바꾸어 달라고 말했다.

한진이 물었다.

"이름을 왜 바꾸려 하느냐?"

소소옥은 속으로 중얼거렸다.

'이름을 바꾸지 않으면 주인님께서 맡기신 일을 하기 어려울 테니까!'

그러나 겉으로는 아주 진지한 표정으로 한진에게 대답했다.

"사부님께서 제게 신분과 임무를 잊으라 하셨잖아요? 이름을 바꾸고, 또 마음도 씻어 내고, 모든 것을 새롭게 시작하고 싶어요."

한진이 물었다.

"바꾸고 싶은 이름이라도 있느냐?"

소소옥은 한참 전에 이름을 생각해 둔 참이었다.

"소옥교!"

한진은 반대하지 않고 고개를 끄덕였다. 그러자 오히려 소소옥이 반문했다.

"제가 왜 이 이름을 택했는지 묻지 않으세요?"

한진은 별 흥미 없다는 듯 말했다.

"기억하기 쉽고, 부르기 쉬우면 그만이다."

그러나 소소옥은 열심히 설명하기 시작했다.

"이건 제가 아는 언니를 기념하기 위한 이름이에요. 그 언니가 제 생명을 구해 줬거든요. 언니 이름이 백옥교였어요."

새로운 이름은 이렇게 정해졌다. 그러나 그 후 한진이 소소옥의 이름을 이대로 부르는 일은 매우 적었고, 보통은 그저 '소옥아'라고만 불렀다.

그날 밤, 그들은 평양성 랑종에 도착했다. 문밖에 나와 그들을 맞이한 이는 한진의 양녀, 한향이었다.

한향은 저녁 내내 문가에서 기다리고 있다가, 멀리 마차가 보이자 재빨리 계단 아래로 달려 내려왔다. 그리고 마차 옆에서 허리를 굽혀 절하며 말했다.

"아버지, 돌아오셨습니까. 오랜 여행길에 고생하셨지요."

그러나 한향의 말이 끝나는 순간, 마차의 주렴을 들어 올린 사람은 소소옥이었다. 한향이 당황한 가운데 소소옥은 그녀를 한번 살펴본 후, 무시하듯 미소 지으며 마차에서 내렸다. 한진은 소소옥이 내린 다음에야 마차에서 내렸다.

한향은 소소옥의 기분을 알아채지는 못했으나, 눈빛에 의외라는 빛이 스쳐 갔다. 그녀는 더 지체하지 않고 재빨리 한진에게 허리를 굽혔다.

"아버지, 마침내 돌아오셨군요. 무척 그리웠습니다. 이번 폐관 수련은 순조로우셨는지요?"

한진은 고개를 끄덕였다. 한향은 이미 한참 동안 들고 있던 따뜻한 차를 그에게 건네며 말했다.

"아버지, 일단 따뜻한 차를 한 모금 드시지요. 저는 아버지께서 오늘 밤에나 도착하시리라 생각했답니다. 원래 돌아가 옷을 좀 더 챙겨 오고 싶었는데, 다행히도 가지 않았습니다. 돌아갔더라면 때맞춰 아버지를 뵙지 못할 뻔했네요."

한진은 한향이 옷을 얇게 입은 것에 마음 쓰고 있는 것처럼 보이지 않았다. 그는 차도 마시지 않고 한향의 말도 받아 주지 않은 채, 그저 대문 앞 커다란 '랑종'이라는 두 글자를 흘깃 바라보더니 성큼성큼 안으로 들어갔다.

소소옥은 한향과 자신의 주인이 10년 후 운명을 건 전투를 벌일 거라는 사실을 알았을 때, 그 자리에서 한향을 제 적으로 삼았다. 그리고 지금 소소옥은 한향이 한진에게 이렇게 정성스럽게 비위를 맞추는 것을 보며 정말이지 구역질이 난다고 생각하고 있었다.

그러나 소소옥이 속으로 투덜거리며 한진을 따라가려 했을 때였다. 이게 웬일일까, 한향이 그녀를 막아섰다.

"새로 온 건가?"

새로 왔냐고? 무슨 뜻이지?

소소옥은 침착하게 고개를 끄덕였다.

한향이 다시 물었다.

"운공대륙 출신?"

소소옥은 여전히 말없이 고개만 끄덕였다.

한향이 손에 들고 있던 차를 소소옥에게 건네며 차갑게 말했다.

"들어가서 우회전. 집사를 찾아가서 옷을 달라고 해. 집사가 잘 곳도 마련해 줄 거야. 그리고 내일 아침 일찍 나를 찾아오도록 해!"

이 말을 들은 순간, 소소옥은 한향이 자신을 시녀라 생각하고 있다는 사실을 깨달았다. 그녀는 한향의 손에서 따뜻한 차를 받아 든 다음 우아하게 마시기 시작했다.

그 모습을 본 한향은 잠시 어찌 반응해야 할지 모르고 당황했다.

차를 마신 소소옥은 온몸이 따뜻해지는 것을 느낄 수 있었다. 그녀는 주인을 따라 수년에 걸쳐 약과 독을 배웠기에, 이 차가 몸을 따뜻하게 만들어 주는 약차로 최상품이라는 사실을 알 수 있었다.

그녀는 아주 만족스러워하며 빈 찻잔을 한향에게 넘겨주고는 '고마워.'라고 말한 다음, 종종거리며 한진을 쫓아갔다.

한향은 그제야 정신을 차렸다. 그녀는 몹시 분노했지만 자신이 오해했을 가능성도 인지했다. 한운석에 대해 알지 못했다면 한향은 저 계집애가 혹시 아버지의 친딸은 아닌지 의심했을 것이다!

그녀는 바로 마부를 돌아보며 물었다.

"저 망할 계집애는 대체 누구지?"

마부가 솔직하게 대답했다.

"종주님께서 받아들이신 제자입니다."

"뭐라고?"

한향은 제 귀를 믿을 수가 없었다. 그녀는 계속 사부를 이을 계승자는 자기 자신뿐이라고 생각해 왔다. 그런데 어디서 튀어나온 건지, 한운석이라는 친딸이 나타나지를 않나, 저렇게 기고 만장한 제자가 나타나지를 않나…….

방금 차를 마시고 들어간 것도, 결국은 초장부터 기세를 잡겠다는 의미 아니냔 말이다.

마부는 한향의 표정을 보고, 그 이상 말을 잇지 못하고 그 자리를 떠나려 했다.

한향이 화를 억누르며 억지로 웃는 얼굴을 짜냈다.

"사부께서 제자를 받아들이셨다니, 정말 놀라운 일인걸! 그 계집애, 분명 무학의 기재인 거겠지?"

마부는 재빨리 웃었다. 그러나 난처한 표정으로 웃기만 했다.

한향이 몰래 마부에게 단약을 한 알 쥐여 주며 말했다.

"그냥 좀 답답해서 그래. 방금 그 계집애의 기세를 봤잖아. 그냥 그 계집애에 대해 좀 더 잘 알고 싶을 뿐이야. 상황을 몰라서 무슨 다툼이라도 생기는 일이 없도록 말이지. 우리 아버지 성격이 어떠신지는 당신도 알잖아? 아버지는 아무 말씀도 하지 않으실 테니, 내가 당신에게 물어볼 수밖에 없지."

마부는 제가 받은 단약이 아주 높은 등급이라는 걸 알아채고, 속으로 종주가 그에게 비밀을 지키라고 요구한 적도 없다는 점을 되새겼다. 그리고 재빨리, 이곳으로 오는 내내 들었던 소소옥의 신분에 대해 모두 털어놓았다.

한향은 설명을 들으면 들을수록 점점 더 놀라고 분노했다. 그녀는 빠른 걸음으로 대문을 향해 움직이며 속으로 중얼거렸다.

'가지 위로 날아왔다고 자신이 봉황이 된 줄 아는 모양이지? 설사 정말 봉황이라 해도, 본 소저가 끌어내릴 것이다. 하물며 비천한 노비 정도야!'

한향이 안으로 들어와 보니, 한진이 집사가 내온 따뜻한 차를 마시고 있었다.

한진이 간단하게 한향과 소소옥을 인사시켰다. 그리고 한향이 그의 양녀며 현재 잠시 랑종의 일을 맡아 보고 있다고만 소개했다. 또한 소소옥에 대해서도, 운공대륙에서 받아들인 제자로 무학을 배울 예정이라고만 말했다.

한향은 여기서 더 묻는다고 해도 헛수고라는 사실을 알고 있었다.

그녀는 우아하게 웃으며 소소옥에게 말했다.

"나는 아버지의 양녀이지만 첫 번째 제자이기도 하니 네 사저師姐가 되는 셈이다. 게다가 내가 너보다 두 살 많으니, 앞으로 나를 소저라 부를 필요 없이 사저라 부르렴. 나는 아버지께서 너를 부르시는 대로 소옥아라 부를 테니."

다른 사람에게서 이런 말을 들었다면 소소옥도 별다른 생각이 없었을 것이다. 그러나 한향의 입을 통해 들으니 영 기분이 좋지 않았다.

한향은 문가에서 그녀를 시녀라 오해하지 않았는가? 지금 신분을 알게 된 이상 사과까지는 아니더라도 변명은 해야 하는 것 아닐까? 이렇게 아무 일도 없었던 것처럼 우아하게 미소 짓는 건 이상하게만 느껴졌다.

그리고 사저라 부르게 할 생각이면 그 말만 하면 되지, 무엇 때문에 '소저라 부를 필요 없이'라는 말을 덧붙이는 걸까? 마치 뭔가 일깨워 주려고 하는 것 같지 않은가?

소소옥이 그녀의 말에 대답하지 않고 그저 이렇게만 말했다.

"무어라 부르고 싶건 그렇게 불러. 편할 대로!"

한향이 웃으며 더 강권하지 않고, 한진을 향해 공손하게 말했다.

"아버지, 오시는 길 내내 피로하셨을 테니 어서 쉬세요. 내일 아침 다시 그간의 일을 보고드리겠습니다."

한진이 말했다.

"지금 이야기하도록 해라. 내일부터 소옥아를 데리고 랑종의 선조를 뵙고, 폐관 훈련을 준비해야 하니까. 중요한 일이 없으면 방해하지 말도록 해라."

폐관 훈련?

랑종에서……? 아니면 운공대륙의 설랑 고묘로 돌아가서?

폐관 수련이라는 말은 들어 보았지만, 제자를 폐관 훈련시킨다는 말은 처음이었다. 게다가 막 받아들인 제자, 진기도 0품인 제자를 상대로!

아버지는 아주 관건이 되는 상황에서만 지도해 주었을 뿐, 보통은 한향 스스로 깨닫도록 내버려 두었다. 아버지가 저…… 비천한 노비에게 너무 마음을 쓰시는 것 아닌가?

한향의 눈에 일말의 질투가 스쳤다. 소소옥의 내력을 알지 못했다면 그녀는 소소옥이야말로 아버지의 친딸이라고 다시 한번 의심했을 것이다.

어쨌든 한향은 감히 불만스러운 기분을 표출할 수 없었다. 그녀는 자리에 앉아 한진에게, 랑종 안의 사무적인 일과 현공 대륙 각 가문에 대한 일을 보고하기 시작했다.

한진이 조용히 경청하며 때때로 두어 마디 물었고, 한향은 모두 만족스러운 답을 내놓았다.

한향의 말만 들었다면 소소옥은 그녀가 허풍을 떨고 있다고 느꼈을 것이다. 그러나 한진의 반응을 본 이상, 소소옥도 한향의 능력을 인정하지 않을 수 없었다.

한향은 랑종을 관리하고 있었는데, 큰일이건 잡다한 일이건 처리하는 솜씨가 보통이 아니었다. 한진이 뒷짐 지고 그저 지켜만 보고 있는 것도 무리가 아니었다.

한향이라고 괜찮은 구석이 없는 것은 아니라는 이야기였다. 그러나 이 순간 소소옥은 만약 제 주인이 랑종을 관리했다면 분명 한향보다 더욱 뛰어났으리라 생각하고 있었다!

약정에 따르면 그녀의 주인은 10년 후 빙해에서 한향과 결투를 벌이게 되어 있었다. 그 결투에서 이긴 사람이 랑종의 종주 자리를 계승할 권리를 얻게 된다.

랑종의 종주 자리를 계승한다는 것은 랑종뿐 아니라 설랑 고묘를 지키는 사람이 되어, 고묘 안에서 랑종의 비술인 결계술을 폐관 수련할 수 있다는 것을 의미했다.

소소옥은 한진이 친딸을 인정하기 전에 랑종 종주 자리를 한향에게 줄 생각이 있었는지는 상관하지 않았다. 그녀는 그저 지금의 상황만을 고려하고 있을 뿐이었다.

소소옥은 한향의 보고를 들으며 재빨리 그녀의 진짜 능력과 재능 수준을 파악하려고 노력했다. 주인에게 몰래 정보를 알려 줄 수 있도록 말이다.

그러나 이게 웬일일까. 한향의 보고가 끝나는 순간 한진이 뜻밖에도 한운석의 현재 실력을 한향에게 이야기해 주었다. 그 뿐인가. 한진은 한향에게 응원의 말도 건넸다.

소소옥은 화가 났지만, 다행히도 겉으로 분노를 드러내지 않고 참을 수 있었다.

한향이 무척 기뻐하며 감사의 절을 올리더니, 다정하게 소소옥의 손을 잡아끌었다.

"소옥아, 방으로 안내해 줄게."

소소옥은 한진에게도 예의를 차리지 않는 성격이니, 한향에게 굳이 예의를 차릴 이유가 없었다. 그녀가 한향의 손을 쳐내며 말했다.

"필요 없어. 집사에게 안내해 달라고 하면 그만이니까."

한향은 당황스러운 표정을 지으며 한진을 바라보았다. 그러나 한진은 그런 그녀들을 상대하지 않고 몸을 일으켜 자리를 떠났다.

소소옥은 한향에게 좋은 표정을 보이지도 않았지만, 그렇다 해서 한향을 귀찮게 만들 생각은 더더욱 없었다. 그녀는 한진의 뒷모습을 흘깃 본 다음 집사에게 말했다.

"안내해 줘!"

그러나 집사가 대답하기도 전에 한향이 집사에게 눈짓했다. 집사는 그 뜻을 알아채고는, 소소옥에게 대답하지 않고 물러났다.

한향이 여전히 미소 지으며 말했다.

"가자. 사저가 너를 데려다줄 테니."

소소옥은 들은 체도 하지 않고 한향을 돌아 한진을 쫓아가려 했다. 그러나 한향이 그녀의 팔을 잡아끌며 여전히 친근하게 웃는 얼굴로 말했다.

"소옥아, 시간이 꽤 늦었어. 아버지께서는 쉬셔야 한단다. 그러니 사저가 데려다줄게."

소소옥의 얼굴이 순식간에 굳는가 싶더니, 차가운 목소리로 외쳤다.

"이거 놔!"

한향은 놓아주지 않고 다시 말했다.

"소옥아, 시간이 늦었어. 쓸데없이 소란 피우지 말고 말을 듣도록 해."

소소옥이 즉시 발버둥 쳤다. 그러나 한향이 진기를 쓰기 시작하자 소소옥은 꼼짝도 할 수 없었다.

소소옥은 여전히 온 힘을 다해 발버둥을 쳤고, 한향은 시종 일관 미소 지으며 그런 그녀를 바라보았다. 마치 높은 곳에서 자신의 손가락에 눌려 있는 개미를 바라보는 듯한 눈빛으로.

그러나 놀랍게도, 얼마 지나지 않아 한향이 갑자기 손에서 힘을 풀더니 고통스러운 표정을 지었다. 그렇다! 소소옥은 한향이 의기양양하여 아무 경계도 하지 않고 있는 틈을 타서 독을 쓴 것이다!

한향이 자신의 오른쪽 손목을 꽉 누르며, 마침내 착한 척하며 미소 짓던 가면을 벗어던지고 노한 목소리로 외쳤다.

"망할 계집, 감히 나에게 독을 써?"

소소옥의 입가에 경멸 어린 미소가 떠올랐다. 그녀가 한향을 바라보며 손을 들더니, 매섭게 제 손을 잡아당겨 그대로 부러뜨렸다.

그리고 큰 소리로 고함을 지르기 시작했다.

"사부…… 사부님, 살려 줘요! 사부님, 살려 주세요!"

가장 먼저 달려온 사람은 집사였고, 한진은 그다음이었다. 사실 집사는 근처에 있었기 때문에 모든 것을 똑똑히 보았지만, 순간적으로 대체 누가 옳은지 말하기 어려워 말문이 막힌 채 우물거리고 있었다.

한진이 다가오자 한향과 소소옥이 거의 동시에 몸을 돌려 그에게 달려갔다. 한 사람은 이미 배꽃 같은 눈물을 흘리며 오른 손목을 꽉 잡고 있었고, 한 사람은 부러진 팔을 든 채 억울해하고 있으니 그야말로 두 명 모두 훌륭한 배우라 할 만한 연기력이었다!

다만 다른 것은, 한향은 한진 앞에 무릎을 꿇었지만 소소옥은 그대로 그의 품으로 뛰어들어 부러지지 않은 손으로 한진을 끌어안았다는 것이었다. 소소옥의 키는 한진의 허리만큼밖에 되지 않으니, 허리를 안을 수밖에 없었다.

한향은 소소옥이 그렇게 아버지를 끌어안는 걸 보고 눈을 휘둥그렇게 떴다. 그러나 그녀는 곧 속으로 기뻐하기 시작했다. 아버지는 이런 방식의 친근한 접촉을 좋아하지 않았다. 그게 남자건 여자건, 또 어른이건 아이건!

한향은 바로 억울하다고 고하지 않고 한진이 화를 내기를 기다렸다. 그러나 이게 웬일일까. 한진은 화를 내지도, 소소옥을 밀어내지도 않았다.

그저 냉랭한 목소리로 말했을 뿐이었다.

"손은 어찌 된 것이냐?"

소소옥이 그동안 그리 참고, 또 그리 오래 발버둥 쳤던 것이 결코 헛수고가 아니었다.

그녀는 재빨리 일러바쳤다.

"저는 한향이 저를 방에 데려다주기를 바라지 않았는데, 한향이 어떻게든 자기 뜨거운 낯짝을 제 차가운 엉덩이에 붙이겠다며 억지로 저를 데려다주려 하잖아요……."

보통 뜨거운 얼굴이 차가운 엉덩이에 닿았다는 표현은 호의가 무시당했다는 의미로 쓰이기 마련이었다. 그러나 뜻밖에도 소소옥은 한향과 자신 사이에 있었던 일을 이렇게 표현하면서도, 어딘가 조소하는 듯한 느낌을 풍겼다.

곁에 있던 집사는 참지 못하고 피식 웃고 말았지만, 다행히 아무도 그에게 주의를 기울이지 않았다.

한향의 안색은 붉으락푸르락, 무어라 말로 표현하기 어려울 정도였다. 그리고 언제나처럼 냉담해 보이는 한진의 입가에는 슬며시 미소가 떠오르고 있었다.

그러나 소소옥의 진정한 연극은 이제부터 시작이었다…….

　소소옥은 안 그래도 슬슬 흥이 돋던 참에, 한향이 붉으락푸르락하는 것을 보자 더욱 힘이 났다.

　소소옥이 계속 말했다.

　"사부님, 제가 한향의 말을 듣지 않자 한향이 진기로 제 손을 부러뜨렸어요! 정말이지 흉포하고 무례하기 짝이 없지 뭐예요. 제가 랑종에 들어온 이상 자기 말을 들어야 한다나 뭐라나……. 만약 자기 말을 듣지 않으면 어디 두고 보자며……. 전 제가 한향을 스승으로 모시기로 한 줄 알았지 뭐예요."

　한진은 그보다는 소소옥의 손을 좀 더 걱정하고 있었다. 그는 미간을 찌푸리며 소소옥의 어깨를 눌러 움직이지 못하게 하고, 하인에게 의원을 찾아오라고 시켰다.

　소소옥의 고발은 한향을 분노하게 만들기 충분했다. 그녀가 사나운 기세로 몸을 일으키더니 격노한 목소리로 소소옥에게 들이댔다.

　"망할 계집애, 중상모략도 분수가 있지! 그 손은 네가 스스로 부러뜨렸잖아!"

　그러나 소소옥이 한향보다 더 큰 목소리로 그녀의 말을 잘랐다.

　"내가 중상모략 중인지, 아니면 네가 중상모략 중인지는 사부께서 시험해 보시면 아실 일이다!"

이 말을 들은 한향의 얼굴이 더더욱 하얗게 질렸다.

그때 한진이 소소옥의 팔을 잡아끌었다. 소소옥은 아파서 입술에 경련을 일으키면서도 계속 말했다.

"사부님, 사부님께 선택의 여지가 없으셨나요? 아니면 눈이 삐기라도 하셨나요? 어쩌다 저런 악독한 인간을 딸로 받아들이신 거예요? 저는 사부님이 직접 데려오신 제자잖아요. 그런데 한향이 바로 오늘 저에게 저렇게 악랄한 수를 쓰는 걸 보면, 나중에 사부님이 늙어서 움직이지 못하게 되거나 한향이 힘을 키우고 나면 분명 사부님께도 악랄한 짓을 할 거라고요."

한향은 말할 것도 없고 곁에서 지켜보던 집사도 다시 한번 눈을 휘둥그렇게 떴다. 지금 저 아이가…… 감히 한진 앞에서 한진의 눈이 삐었다고 말한 건가?

분노한 한향이 소소옥을 손가락질하며 외쳤다.

"그 입 다물지 못해? 아버지, 보세요, 들어 보세요. 저 애가 대체 무슨 헛소리를 하는지!"

한진은 이미 소소옥의 손을 살펴본 후였다. 그가 한향을 바라보며 물었다.

"네가 이 아이를 다치게 했느냐?"

그 말은 손을 부러뜨렸느냐는 의미인지, 아니면 진기로 다치게 했느냐는 의미인지 정확하지 않았다. 한향은 속으로 켕기는 구석이 있어 한참 동안 대답을 하지 못했고, 한진의 목소리는 놀라울 정도로 차가워졌다.

"본존이 너에게 묻고 있다!"

한향이 재빨리 무릎을 꿇고 말했다.

"제가 저 아이를 다치게 하였습니다. 그러나 절대로 손을 부러뜨리지는 않았습니다! 아버지, 살펴봐 주세요!"

"그랬잖아!"

소소옥도 물러서지 않았다.

"왜, 저질러 놓고 나니 감당을 못 하겠어? 넌 내가 하인 출신이라고, 그것도 황후마마의 하인 출신이라고 경멸했잖아! 네가 그리 보는 이상 나도 달갑지 않다고. 다들 그러더라. 사람들이 개를 때릴 때는 그 주인의 눈치를 보기 마련이라고. 지금 네가 나를 다치게 한 건 분명 황후마마께 도전하는 뜻이겠지? 10년 후로 약속을 정해 주신 것은 사부님이니, 무슨 불만이 있으면 사부님께 말씀드리면 되는 일이지. 나를 괴롭힐 게 아니고 말이야!"

한향은 그야말로 숨이 넘어갈 지경이었다. 한향이 소리쳤다.

"소소옥, 그 입 다물지 못해? 나 한향은 언제나 바르고 단정하게 행동하고 있고, 10년 후의 약조에도 어떤 불만이 없다! 그런데 너, 너는……. 내가 좋은 마음으로 방까지 데려다주려 했을 뿐인데 너는……."

그녀의 말이 끝나기도 전에 소소옥이 말을 자르며 외쳤다.

"세상에! 난 네가 내 신분 때문에 놀란 줄 알았는데. 그냥 놀란 정도가 아니라 어느새 내 본명까지 알고 있는 거야?"

이 말을 들은 순간, 노기등등하던 한향은 머리에 차가운 물이라도 뒤집어쓴 듯했다. 그녀는 마침내 자신이 소소옥의 함정에 걸려들었다는 것을 깨달았다.

소소옥은 기어코 한마디를 덧붙이고 있었다.

"하하, 나를 조사라도 했나 봐? 진작 말하지. 그럼 사부님께서 우리를 소개해 주실 필요가 없었잖아?"

한향의 얼굴이 수치와 분노로 붉게 달아올랐다. 그러나 영리한 그녀는 정면으로 소소옥에게 따지는 대신 한진에게 말했다.

"아버지, 소소옥이 옷을 저렇게 입고 있으니, 막 문가에서 만났을 때 저는 새로 온 시녀라고 생각했어요. 소소옥은 딱히 제 신분을 설명하지 않았을 뿐 아니라 저를 본체만체하더라고요. 그래서 답답한 나머지 마부에게 물어보았고, 마부가 소소옥의 신분을 알려 주었어요. 아버지께서 소소옥을 소개하실 때 출신을 언급하지 않으셨으니, 저도 당연히 여쭙기 어려웠어요. 어쨌든 저 아이의 존엄도 지켜 주어야 하니까……."

여기까지 듣고도 한진은 여전히 아무 말 하지 않았다. 대신 소소옥이 차갑게 비웃으며 말했다.

"대단한데? 반 시진도 지나지 않았는데 기껏 너에게 정보를 준 사람을 팔아먹다니 말이야. 그렇게 굴면 누가 너에게 무슨 이야기를 해 주고 싶겠어?"

한향은 마침내 자신이 이 노비 출신의 어린 계집애를 얕보았다는 사실을 깨달았다. 그녀는 살의를 느꼈지만 소소옥의 말을 듣지 못한 척, 계속 한진에게 말했다.

"아버지, 제가 진기를 사용하여 저 아이를 다치게 한 것은 인정하겠습니다. 하지만 어쩔 수 없는 상황이었어요. 제가 좋게 대했건만 저 아이는 차가운 눈으로…… 저에게 악담을 퍼붓더 군요. 그리고 제가 양녀일 뿐이니…… 그러니…… 제가 만약 능력이 좋지 않거나 아버지의 비위를 잘 맞추지 못했더라면 아마 예전에 랑종에서 쫓겨났을 거라고…….”

한향은 어느새 눈물마저 흘리고 있었다.

“아버지, 그때 그만 화를 이기지 못하고 진기를 사용해 저 아이를 상처 입히고 말았어요. 하지만 절대로 저 아이의 손을 부러뜨리지는 않았습니다! 저 아이가 제 손을 직접 부러뜨리고는 저에게 뒤집어씌우고 있어요. 게다가 저 아이는 저에게 독도 썼답니다. 아버지께서 제 말을 믿어 주시지 않는다면 저는…… 저는 죽음으로써 결백을 증명하겠어요.”

한향의 연기는 정말로 진실해 보였다! 뿐만 아니라 말을 마치자마자 재빨리 몸을 돌려 벽에 머리를 박으려 했는데, 그 모습 역시 죽음을 두려워하지 않는 것 같아 보였다.

물론 그녀가 벽에 머리를 박는 바로 그 순간 집사가 그녀를 잡아끌었고, 한진 역시 입을 열었다.

“이 일은 너희 둘 모두에게 잘못이 있으니 이만하도록 해라! 다시 한번 이런 일이 있으면, 누구건 랑종의 규칙에 따라 처벌하도록 하겠다!”

한향은 원래의 자리에 앉아 계속 눈물을 닦아 냈다. 마치 눈물을 참고 싶으나 흘러내리는 것을 억제할 수 없다는 듯한 모습이었다. 지금 한향은 억울해 보인다면 억울해 보였고, 가련해 보인다면 또 가련해 보였다.

소소옥은 전혀 억울하지 않았다. 어쨌든 그녀는 자신이 잘못을 저질렀다는 것을 알고 있었고, 알면서도 일부러 잘못을 저질렀기 때문이었다. 게다가 한진의 말을 곱씹어 보면, 상황을 모두 파악한 게 분명했다.

소소옥과 한향, 두 사람 모두 한진을 속이지 못했다. 그런 이상 한향이 아무리 계속 연기를 펼친다 해도 그것은…… 낭비에 지나지 않았다!

그때 집사가 말했다.

"종주님, 대소저의 손에 독이……."

한진이 소소옥을 바라보았다. 아무 말도 하지 않았지만, 뜻은 명백했다.

소소옥은 제 팔을 흔들어 보였다. 부러진 손이 팔을 따라 함께 흔들렸다. 그러나 소소옥이 입을 떼려는 순간 한진이 매섭게 말했다.

"가만히 있도록! 어디 다시 한번 움직이기만 해 봐라!"

소소옥은 깜짝 놀랐다. 한향과 집사 역시 순식간에 조용해졌고, 분위기는 미묘하게 변했다.

이 고요한 분위기를 깨트린 것은 결국 소소옥이었다.

"제 손이 낫지 않았는데, 제가 왜 해독약을 주어야 하죠?"

계속 참고 있던 한향도 마침내 인내심을 상실하고 말았다. 그녀는 소소옥의 말에 화가 나서 죽을 지경이었다.

"그건 네가 스스로 상처 입힌 거잖아! 내가 아니라! 게다가

네가 100일 동안 손이 낫지 않으면…… 설마 나도 100일 동안
이렇게 지내야 한다는 이야기야? 그러니까, 넌!"

한향은 화가 난 나머지 말문이 막혀 한진에게 구원을 청하는
시선을 보냈다.

그러나 소소옥에게는 아직 할 말이 남아 있었다. 그녀는 재
빨리 한진이 했던 말을 되풀이했다.

"사부님께서는 우리 두 사람 모두 잘못했다고 하셨잖아. 내
가 100일 동안 무학을 익힐 수 없게 되었으니, 너도 당연히 나
와 같아야 하지 않겠어?"

한향의 손톱이 손바닥을 날카롭게 파고들었다.

소소옥이 다시 말했다.

"네가 3품 중급에서 난관에 처해 있다고 들었어. 다음 단계가
3품 고급이라며? 앞으로 100일 동안, 푹 쉬도록 해. 아마 100일
후에는 난관을 돌파하고 고급으로 올라갈 수 있을 거야!"

소소옥은 원래 기회를 보아 한향의 진짜 실력을 알아낼 생
각이었다. 그런데 이게 웬 떡인지, 한향이 먼저 손을 쓰는 것이
아닌가.

한진이 그 전에 한향의 실력을 언급하긴 했지만, 그는 꽤 오
랜만에 돌아왔으니 한향의 상황을 정확하게 안다고는 확신할
수 없었다. 한향 정도의 실력이라면 갑자기 승급하는 경우도
자주 있는 일이었다. 게다가 한향의 교활한 성격으로 보아, 일
부러 실력을 숨기고 있을 가능성도 있었다.

한진이 한향에게 한운석의 실력을 알려 준 이상, 소소옥은

어떻게든 한향의 실력을 탐색해 내야 했다!

한향은 이미 소소옥과 말을 나눌 생각이 전혀 없었다. 그녀는 눈물로 얼룩진 눈으로 한진을 바라보며 울먹거렸다.

"아버지, 이 세상에 제 사정을 대변해 주실 분은 아버지뿐이세요!"

옥아 외전 **드러난 사실**

소소옥은 한진이 한향에게 대답하기를 기다리지 않고 일부러 분노한 듯 외쳤다.

"대변해 주실 필요가 뭐가 있어? 우리 두 사람 모두 잘못했으니 각각 그 결과를 감당해야 마땅하지! 이것보다 공평한 결과가 또 어디 있는데?"

한향이 결국 참지 못하고 소리쳤다.

"그 입 다물지 못해?"

소소옥은 입을 다물지 않았을 뿐 아니라, 문득 대오 각성 한 듯 외쳤다.

"아니지, 아니야. 이건 절대로 공평하지 않아!"

소소옥이 다시 한진을 바라보며 진지하게 말했다.

"사부님, 한향은 저보다 두 살이나 많아요. 그러니 저에게 양보해야 맞는 거지요. 저는 아직 철없는 나이지만, 한향은 왜 아직도 철이 없는 거죠? 어찌 되었건 한향의 행동은 사저로서의 행동이 아니에요. 제 생각에 정말 공평해지려면, 한향의 남은 한 손도 독으로 쓰지 못하게 만들어야 할 것 같아요."

"소소옥, 사람을 얕잡아 봐도 분수가 있지!"

한향이 이를 갈며 외쳤다.

눈동자에서도 무시무시한 살기가 뿜어져 나왔다. 그 자리에 한진이 함께 있는 것이 아니었다면 한향은 분명 소소옥에게 살수를 썼을 것이다.

한향은 랑종에서 일인지하 만인지상의 자리를 차지한 지 이미 오래였다. 그동안 그녀가 언제 이렇게 골탕을 먹고 억울한 상황을 당해 보았겠는가.

소소옥이 재빨리 반박했다.

"나처럼 진기도 쓸 줄 모르는 어린 계집애가, 어떻게 현공대륙에서 떠오르는 신예인 너를 얕잡아 보겠어?"

마침내 한진도 짜증이 나서 차가운 목소리로 소소옥에게 외쳤다.

"그만! 이만 입을 다물도록 해라!"

한진 평생 이런 일은 처음이었다. 집안에서 이런 다툼이 벌어지다니……. 한진이 지금까지 참은 것만 해도 사실 대단한 일이라 할 수 있었다.

한향은 돌아가는 형세를 보고 속으로 안도의 한숨을 내쉬었다. 아무래도 부친이 해독약을 받아 줄 것 같았던 것이다.

그러나 한진은 결정을 내리지 않고 소소옥을 앉힌 다음, 차가운 목소리로 경고했다.

"손을 함부로 쓰지 말도록!"

부러진 손을 함부로 움직이면, 상처에 상처를 더하는 셈이된다.

소소옥은 한진이라는 존재를 예측할 수 없었지만, 자기 자신은 예측할 수 있었다. 어찌 되었건 한향의 진짜 능력을 알아내기 전에는 절대 해독약을 내놓지 않을 작정이었다. 한진이 만약 그녀를 핍박한다면, 한진을 운공대륙으로 보내 그녀의 주인에게서 해독약을 받아 오게 할 생각도 있었다.

한진이 소소옥 곁에 앉더니 한향에게도 앉으라 손짓했다.

곧 의원이 와서 소소옥의 뼈를 맞춰 주었다. 소소옥은 고통으로 이마에 땀을 흘리면서도 신음 한번 내지 않고 미간 한번 찌푸리지 않았다. 의원은 소소옥이 짐작했던 대로, 최소한 석달 후에나 손이 치유되어 무학을 수련할 수 있을 거라 말했다.

집사가 의원을 배웅하러 나갔고, 방 안에는 세 사람만이 남았다. 고요한 방 안에서 한향이 긴장한 채 기다리고 있었고, 한진은 생각에 잠겨 있었다.

소소옥은 이미 한진이 어떤 결정을 내릴지에 대해서는 아무 생각이 없었다. 이 순간 그녀의 관심은 오직 의원이 쓴 연고 속에 어떤 약재가 들어 있는가 하는 것이었다. 그녀는 속으로, 돌아가서 자신이 더 좋은 약을 만들면 좀 더 빨리 회복할 수 있지 않을까 생각하고 있었다.

한향이 한참 기다리다가 마침내 참지 못하고 한진 앞에 다시 무릎을 꿇었다.

"아버지, 제 사정을 살펴 주세요!"

한진은 무력하게 늘어진 한향의 손을 보며 마침내 결론을 내렸다.

그가 진지하게 말했다.

"네가 난관에 처한 이상, 잠시 이 손을 쓰지 못하는 것도 일종의 시험이 될 수 있다. 다른 손을 좀 더 단련시키는 기회로 삼아도 무방하고 말이다. 어쩌면 아직 알지 못했던 새로운 능력을 발견할 수도 있을 테니까. 설사 그렇지 않다고 해도 네 승급에는 도움이 될 테니 그대로 있도록 해라."

이 말을 들은 순간 소소옥은 하마터면 웃음을 터뜨릴 뻔했다.

이 말을 다른 사람이 했다면 분명 한향의 입을 막으려는 핑계로 들렸을 것이다. 그러나 한진처럼 무학에 진지한 사람의 입에서 나온 말인 이상, 이것은 진심 중의 진심이었다.

한진이 그리 오랫동안 생각에 잠겨 있었던 것은 소소옥과 한향 중 누가 옳다 그르다를 판단하기 위해서가 아니라, 한향이 진기를 수련하는 데 중독된 손이 어떤 영향을 끼칠지 판단하기 위해서였음이 분명했다!

한향은 당혹스러운 표정이었다. 사실 그녀는 이미 며칠 전에 난관을 돌파하고 3품 고급에 도달해 안정기에 접어들고 있었다. 즉, 근면한 연습이 필요한 시기였다! 지금부터 100일 동안 수련을 하지 못한다면 다시 품이 떨어지고, 다시 수련해야 할 수도 있었다.

한향의 표정을 본 소소옥은 한향이 실력을 숨기고 있다는 의심이 더더욱 짙어졌다. 소소옥이 소리 내어 웃으며 말했다.

"사저, 사저가 중독된 그 독은 내가 독자적으로 연구해 만든 거랍니다. 천하에 나를 제외하면 우리 주인님만이 해독하실 수 있지요. 안심하세요. 내 손이 낫는 즉시 두 손으로 해독약을 바칠 터이니."

한향은 원래 다른 사람을 찾아 해독할 생각이었기에, 소소옥의 이 말을 듣자 황망해지고 말았다. 그녀는 그런 위험을 무릅쓸 수는 없었다.

그녀가 지금 핑계를 찾아 부친에게 진실을 털어놓으면 대충 넘어갈 수도 있었다. 그러나 해독약을 찾으며 시간을 보내다가 부친께 진실을 말한다면 그때는 핑계를 찾을 수 없을 터였다!

한향은 아주 달갑지 않았지만 입을 떼는 수밖에 없었다.

"아버지, 말씀드릴 것이 있어요."

"무슨 일이지?"

한향이 한진의 시선을 피해 고개를 숙인 채 말했다.

"저는 사실 이미 난관을 돌파해 3품 고급으로 승급했어요. 다만 아직 안정되지는 않은 상태인지라 감히 아버지께 말씀드릴 엄두를 내지 못했어요. 당분간 열심히 더 수련해 안정된 다음 아버지께 말씀드릴 생각이었어요. 그런데……."

한향의 말이 끝나기 전에 한진이 그녀의 말을 잘랐다.

"그게 사실이냐?"

한향은 한진과 오랜 세월을 함께 보냈다. 한향은 비록 한진을 온전히 이해하지 못했지만, 그가 무학에 사로잡혀 있다는 것은 알고 있었다.

한향은 고개를 들고 손목을 내밀며 말했다.

"정말이고말고요!"

한진은 재빨리 한향의 맥을 짚은 후, 크게 기뻐하며 말했다.

"확실히 3품 고급이로군. 대단하구나, 대단해! 본존은 네가 열여덟 살이 되기 전 3품 고급까지 오른다면 그것만으로도 만족이라 생각했다. 그런데 본존의 예상보다 3년이나 앞섰구나!"

한향이 재빨리 한진을 일깨웠다.

"그래서 저는 100일이나 지체할 수 없습니다."

한진이 고개를 끄덕이더니 소소옥을 바라보며 물었다.

"해독약은?"

소소옥은 최종 목적을 이룬 셈이었기에 사실 꽤 즐거운 기분으로 해독약을 건넬 생각이었다. 그러나 겉으로는 여전히 달갑지 않다는 듯한 표정을 짓고 있었다.

한향이 자신의 의도를 알아채는 것을 바라지 않았고, 혹시라도 한향이 주인을 의심하거나 하여 주인에게 더욱 경계심을 품는 일이 생기는 것도 바라지 않았다. 그래서 그녀는 일부러 얼굴을 굳힌 채 고개를 돌려 다른 곳을 바라보았다.

한진이 불쾌한 듯 차가운 목소리로 말했다.

"소옥아, 승급은 아주 큰일이다. 네가 함부로 굴 일이 아니야. 어서 해독약을 내놓거라!"

소소옥은 가볍게 코웃음을 치고는 해독약을 한향에게 던졌다. 그런 다음 몸을 일으켜 씩씩거리며 말했다.

"집사, 내 방은 어디죠? 안내해 줘요."

집사는 당혹스러운 듯 한진을 바라보았고, 한진이 고개를 끄덕이자 소소옥에게 길을 안내하기 시작했다.

해독을 끝낸 한향은 겨우 안심할 수 있었다. 그녀는 조급하게 자리를 떠나려 하지 않고, 한진 곁에 앉아 가볍게 탄식하며 말했다.

"아버지, 이렇게 늦은 시간에 소란을 피워 정말 죄송합니다. 다만 저는……. 괜찮으시다면 아버지께서 새로 받아들이신 제자에 대해 말씀드리고 싶어요."

그러나 한진은 몸을 일으키며 검을 뽑았다.

"자, 본존과 연습하러 가자!"

그날 밤 한진은 한향을 지도해 주었다.

소소옥은 방 안에 몸을 숨긴 채 제 주인에게 밀서를 썼다. 그녀는 한향의 진짜 실력이 어느 정도인지 적는 것은 물론이고, 앞으로 한진에게 실력을 그대로 내보여서는 안 된다고 주인에게 경고했다.

다음 날, 한진은 소소옥을 데리고 랑종의 사당으로 가서 역대 종주의 위패 하나하나 절을 했다. 이것으로 소소옥은 정식으로 랑종의 일원이 되었다.

소소옥의 손이 부러져 당장은 무학을 배울 수 없었기 때문에, 한진은 그녀에게 경서를 한 무더기 건네며 사당에서 읽으라고 말했다. 그 경서들이 진기를 수련하는 비급이 아니었다면, 혹시 한진이 소소옥에게 벌을 내리는 것 아닐까 의심이 될 정도로 많은 양이었다.

이렇게 소소옥은 사당에서 홀로 100일 가까운 시간을 보내며 경서들을 줄줄 외웠다. 그동안 한진이 한 번도 나타나지 않았기 때문에 소소옥은 그와 이야기를 나누고 싶어도 나눌 방법이 없었다. 그리고 한향 역시 소소옥을 찾아오거나 하는 일이 없었다.

그리고 마침내 소소옥의 손이 낫는 날이 왔다.

그녀가 붕대를 풀고 부목을 부러뜨리고 있을 무렵, 한진이 모습을 드러냈다…….

이 100일 동안 마음속에 벼르던 말이 아주 많았다. 그러나 한진이 들어오는 것을 본 소소옥은 조급해하지 않고, 제례용 탁자 위에 가부좌를 튼 채 한 손으로 턱을 받쳤다. 그리고 아주 인내심을 발휘하는 자세로 한진을 바라보았다.

문안으로 들어온 한진이 미간을 찌푸렸다.

"방자하구나! 내려오너라!"

소소옥이 바로 뛰어내리며 속으로 중얼거렸다.

'100일 내내 매일 여기 앉아 있었는데. 누가 이제야 오래?'

한진이 정말로 화가 난 듯 차갑게 외쳤다.

"무릎을 꿇어라!"

소소옥은 순순히 무릎을 꿇었다. 그리고 한진이 명령하기 전에 랑종의 종주들 위패를 향해 세 번 머리를 부딪치며 절해 사죄한 다음 다시는 그러지 않겠다고 맹세했다.

한진이 곁으로 다가와 앉더니 소소옥에게 일어나라고 말했다.

"손은 다 나았느냐?"

"사부님, 사부님이 저를 여기 버려두신 지 100일이에요. 제 상처 따위는 예전에 잊으신 줄 알았는데요. 하하, 그런데 염려해 주실 줄이야. 저야 이미 다 나았고말고요!"

한진이 소소옥의 말에 숨은 가시를 알아챘는지는 알 수 없는 일이었다. 그는 그저 차갑게 이렇게 말했을 뿐이었다.

"이리 오너라!"

소소옥이 달갑지 않은 표정으로 가까이 다가갔다. 한진이 소소옥의 손이며 팔을 한번 살펴보고, 아무 문제 없음을 확인한 다음 물었다.

"저 경서들을 모두 읽었느냐?"

소소옥은 되는 대로 한 단락을 외운 다음 자신이 이해한 바를 설명했다. 한진은 매우 만족한 듯 바로 몸을 일으켰다.

"가자. 함께 운공대륙으로 돌아가 폐관 수련을 하자꾸나."

한진은 아주 큰 난관에 봉착해 있어 한참 전부터 폐관 수련을 계획하고 있었다. 이번에 현공대륙에 돌아왔던 것은, 첫째, 한향에게 이후의 안배를 이야기하기 위해서였고, 둘째, 소소옥을 랑종에 한번 데려오기 위함이었다. 100일이나 미뤄진 것은 사실 계획 밖의 일이었다.

소소옥도 물론 한진의 계획을 알고 있었다. 그러나 그녀는 그 자리에서 미동도 하지 않고 물었다.

"사부님께서 이렇게 가시면, 나중에 돌아오실 적에 랑종이 이미 한씨 가문의 것이 아닐까 두렵지 않으신가요?"

한진은 아무것도 듣지 못한 듯 계속 앞으로 걸어갔다. 그러나 소소옥은 그가 자신의 말을 들었다는 것을 알고 있었다. 빠르게 그를 쫓아가 앞을 가로막았다.

"사부님, 제가 말씀드리고 있잖아요!"

한진은 그제야 발걸음을 멈추고 차갑게 말했다.

"마음을 가라앉히고 무학에 전념하거라. 다른 일은 네가 신경 쓸 바가 아니다."

소소옥은 달갑지 않은 표정이었다.

"어쨌든 한향은 괜찮은 물건이 아니라고요. 한향을 딸로 받아들이시다니, 정말 눈이 삐셨지."

한진은 소소옥을 한참 바라보더니 갑자기 웃기 시작했다.

"본존이 없다면, 한향이 손가락 하나로 너를 죽여 버릴 수 있다고 생각하지 않느냐?"

"저는……. 저는……."

소소옥은 한향이 그럴 수 없을 거라고 대답하려 했으나, 사실 그녀는 누군가를 속이는 데는 서툰 사람이었다. 소소옥은 한참 말이 없다가 겨우 대답했다.

"한향은 어릴 때부터 사부님 밑에서 수련했잖아요. 저는 사부님을 따른 지 얼마 되지 않았고요. 그러니 비교할 수 없지요!"

한진이 다시 말했다.

"비교할 수 없다는 것을 안다니 다행이구나. 앞으로는 다른 사람들을 비난하지 말도록 해라."

"저, 저는……."

소소옥은 문득 화가 났다.

"사부님, 그래도 지금 이 이야기까지는 해야겠어요. 한향은 절대로 괜찮은 사람이 아니라고요. 한향은 독사예요. 사람을 물어뜯는 독사! 믿지 못하시겠다면, 앞으로 두고 보세요!"

그러나 한진은 여전히 차분하게 말했다.

"지금 네가 그 애를 이길 수 있다면 본존은 네 말을 믿었을 것이다. 그러나 지금 너는 그 애를 이길 수 없으니, 지금 네 말은 그저 폄훼에 불과하지."

소소옥은 다시 말문이 막혔다. 그와 동시에 그녀는 한진의 뜻을 이해했다.

"사부님 생각에 제가 한향보다 못하니, 저에겐 한향을 평가할 자격이 없다는 거군요."

한진이 고개를 끄덕였다.

"좋아요, 사부님을 따라 폐관 수련을 하러 가지요! 나중에 누가 누구보다 못한지 한번 보자고요!"

소소옥은 비분강개한 듯 외쳤으나, 속으로는 투덜거리고 있었다.

'내가 한향을 이길 수 있으면 예전에 이미 끝내 버렸지, 힘들게 입을 놀리며 한향을 비판하고 있겠어? 어휴, 그만해야지. 이렇게 무학에만 미친 사람하고 말을 한들 무슨 소용이야. 그나마 이미 주인님께 연락을 취해 놓아 다행이지.'

소소옥은 랑종의 사당을 나와 짐을 챙긴 다음 한진과 함께 운공대륙을 향해 출발했다. 한향의 모습은 보이지 않는데, 아무래도 한진이 미리 배웅 나올 필요 없다고 말해 둔 것 같았다. 소소옥은 물론 한향을 보고 싶은 생각이 전혀 없었기에 아무것도 묻지 않았다.

마차가 랑종을 떠난 후, 계속 어두운 곳에 숨어 있던 한향이 몸을 드러냈다. 마차가 사라져 간 방향을 바라보는 그녀의 눈동자에 원한의 빛이 떠올랐다.

소소옥이 큰돈을 들여 매수한 연락책은 그녀를 배신했고, 본래 한운석에게 도착했어야 하는 밀서는 예전에 한향 손으로 들어와 갈기갈기 찢어진 상태였다.

한향은 한운석이 나타난 것만으로도 이를 갈고 있었는데, 소소옥의 이런 행동은 그녀의 원한을 더욱 키울 따름이었다.

한향이 중얼거렸다.

"10년 후, 내가 이길 것이다! 반드시!"

이날 이후 한향은 더욱 열심히 수련에 임했다.

소소옥과 한진은 운공대륙으로 돌아간 후 곧바로 풍명산의 지하 궁전으로 가서 폐관 수련을 시작했다.

한번 폐관에 들면 3년을 수련해야 했다!

한진은 소소옥을 받아들인 후 중요한 시점에만 지도해 주었을 뿐, 보통은 소소옥 홀로 수련하고 깨닫게 내버려 두었다.

첫해에는 소소옥도 그를 사나흘에 한 번은 꾸준히 만날 수 있었다. 그러나 다음 해가 되자 한 달에 한 번 정도 그를 볼 수 있었고, 그다음 해에는 한진을 거의 만날 수 없었다.

그러나 한진이 고수라는 것은 의심할 수 없는 사실이었다. 직접 곁에서 가르쳐 주지 않았지만, 한진의 가르침은 훌륭한 성과를 내었으니까.

3년이 지나 열여섯 살이 된 소소옥의 진기는 2품 고급에 도달해 있었다. 이는 현공대륙에서 어릴 때부터 기를 수련한 동년배와 비교하면 중간 정도의 성적이었고, 소소옥의 상황을 고려할 때는 아주 훌륭한 결과라 할 수 있었다.

그러나 소소옥은 스스로에게 만족하지 못하고 있었다.

'한향은 열다섯 살에 3품 고급에 도달했는데, 나는 열여섯 살인데도·한향보다 1품이나 뒤진 거잖아!'

열여섯 살의 소소옥은 키가 그다지 크지 않았고, 여전히 왜소했다. 그러나 얼굴 생김새는 아름답게 피어나 눈이면 눈, 코면 코, 모두 또렷하니 예뻤다. 습관처럼 얼굴을 찌푸리고 있어도 그 작은 얼굴은 예전보다 훨씬 보기 좋았다.

소소옥은 그 보기 좋은 얼굴로 한진을 바라보며 심문하듯 물었다.

"사부님, 승급 속도를 높여 주는 무슨 비급 같은 거 없나요? 아무리 고생하게 되더라도 상관없어요!"

그녀는 대담하게 생각하고 그 생각을 행동에 옮기는 사람이었지만, 자신의 능력을 재지 못하는 사람은 아니었다. 3년 동안 수련한 그녀는 자신의 깊이를 아주 잘 알고 있었다.

소소옥은 언젠가는 한향을 이길 수 있으리라 확신했지만, 아마 수십 년 내에는 불가능할 터였다. 모두가 알다시피 품이 올라갈수록 승급은 어려워지기 마련이었고, 10년, 20년을 들여 수련하면서도 난관을 이기지 못하는 사람들이 많았다. 심지어 평생 난관만 겪다가 끝나는 사람도 있었다. 그렇기에 그녀는 지름길이 있기만을 바라고 있었다.

한진은 이미 3년의 폐관 수련을 끝내고 랑종으로 돌아갈 준비를 하고 있었다. 그는 본래 소소옥을 데리고 돌아가지 않을 생각이었으나, 소소옥의 이 말을 듣자 잠시 고민하더니 물었다.

"소옥아, 정말 어떤 고생이라도 참아 낼 수 있겠느냐?"

소소옥은 잠시도 망설이지 않고 고개를 끄덕였다.

한진이 말했다.

"비술이 하나 있긴 하지. 네가 그 방법을 쓸 배짱이 있을지는 지켜봐야겠지만."

소소옥의 눈이 순식간에 밝아지는가 싶더니 자신만만하게 외쳤다.

"천하에 제가 감히 시도하지 못할 일은 없어요! 어서 말씀해 주세요!"

한진이 말했다.

"이 비술을 수련해 낸다면 품을 뛰어넘어 승급하게 되겠지만, 만약 수련해 내지 못한다면 그간 수련한 진기를 잃게 된다. 그리되면 모든 것을 다시 시작해야 한다."

소소옥이 재빨리 물었다.

"품을 뛰어넘어 승급한다는 것이 무슨 뜻인가요?"

"2품 고급에서 바로 3품 고급으로 뛰어오르게 된다는 뜻이다."

그 말에 소소옥이 크게 기뻐하며 외쳤다.

"사부님, 하겠어요!"

그러나 한진은 여전히 신중하게 말했다.

"며칠 고민해 본 다음에 다시 이야기하자꾸나."

그러나 소소옥은 과감하게 외쳤다.

"고민할 필요 없어요! 사부님, 지금 당장 시작하겠어요!"

한진이 다시 한번 달래려 했으나, 소소옥이 그의 팔을 끌어 안더니 외쳤다.

"사부님, 사내대장부께서 왜 그리 잔소리가 많으세요! 제가 괜찮다고 하면 괜찮은 거죠. 가요, 어서 그 비술을 가르쳐 주세요."

소소옥의 말투는 평소와 다름없이 까칠하게 들렸지만, 동시에 어딘가 애교가 섞여 있었다. 한진은 어쩐지 난감한 기분이 들었다.

3년 동안 한진은 소소옥에게 무학을 가르치는 일 외에는 자신만의 세계에 빠져 있었고, 이 제자에게는 그다지 관심을 두지 않았다. 그러나 이 순간, 그는 마침내 자신의 제자가 이미 훌쩍 자랐다는 사실을 깨닫게 되었다.

옥아 외전 **자랐다**

열여섯 살이지만 소소옥은 여전히 왜소했다. 다만 미간에 어려 있던 어린 기운이 여자 특유의 아리따움으로 자리 잡아 가고 있었다.

소소옥의 얼굴에 나타난 이 아리따운 기운은 어딘가 위화감을 주긴 했지만, 어찌 됐든 그녀에게만 속해 있는 아리따움이었다. 한진은 익숙한 소소옥의 얼굴을 바라보다가 어딘가 매우 낯설다는 느낌을 받았다.

소소옥은 처음에는 한진이 자신을 바라보게 내버려 두었다. 하지만 점차 기분이 이상해지기 시작했다. 결국 그녀는 묻고 말았다.

"사부님, 대체 왜 그리 보고 계세요?"

한진은 그제야 자신이 소소옥을 너무 오래 바라보고 있다는 것을 깨닫고 바로 시선을 돌렸다.

소소옥이 제 얼굴을 쓰다듬으며 다시 물었다.

"사부님, 제 얼굴에 뭐가 묻어 있기라도 한가요?"

한진이 재빨리 화제를 돌렸다.

"본존은 사흘 후에 풍명산을 떠날 생각이다. 그때까지 고민해 보도록 해라. 사흘 후에 결정을 내린다 해도 늦지 않을 테니."

이미 마음을 굳힌 소소옥이었지만, 사흘 정도는 미뤄도 상관 없을 것 같아 고개를 끄덕이며 물었다.

"사부님께서는 랑종으로 돌아가실 건가요?"

한진은 대답 없이 떠났다.

소소옥은 입술을 비죽이며 원망을 토해 냈다.

"산송장도 아니고, 재미없어 죽겠네! 내가 무학을 다 익히고 나면 꼭 멀리 도망칠 테다. 저런 사람 곁에 남아 있으면 좋은 시절을 그야말로 낭비하는 거지."

사흘 후에도 소소옥은 여전히 생각을 바꾸지 않았다. 한진은 그녀에게 비급을 건네고는, 억지로 익히려 하지 말 것을 몇 번이고 당부했다. 소소옥은 그 당부를 따르겠다고 약속하고 홀로 지하 궁전에 남아 폐관 수련을 시작했다.

풍명산을 떠난 한진은 초대받은 칠호차장으로 향했다. 초대의 명분이야 그저 차를 마시러 오라는 것이었지만, 사실상 한운석을 지도하며 그 김에 용비야에게도 가르침을 주기 위한 방문이었다.

한진이 랑종에서 풍명산으로 돌아왔을 때도 소소옥은 여전히 폐관 수련 중이었다. 대진국의 세 살 먹은 태자 헌원예도 풍명산으로 와서 한진에게서 무학을 익히기로 하였는데, 헌원예가 올해부터 매년 올 예정이었기에 한진은 이제 랑종으로 돌아가지 않을 생각이었다.

한진은 소소옥을 만나러 가지 않고, 수련하는 틈틈이 헌원예를 석 달 동안 가르쳤다. 그리고 헌원예가 떠난 후에야 지하 궁전 가장 깊은 곳으로 소소옥을 만나러 갔다.

폐관 수련을 한다는 것은 단순히 무학을 익히는 것뿐 아니라, 마음 역시 수행한다는 것을 의미했다. 그는 소소옥을 놀라게 하지 않고 멀리서 몰래 지켜보기 시작했다.

소소옥은 같은 초식을 수도 없이 반복하고 있었다. 그녀는 이미 그 초식의 최고 경지에 올라 있었지만 여전히 고집스럽게 더욱 깊이 연마했다.

한진은 만족스러운 표정으로 고개를 끄덕였다. 그는 소소옥의 이 끈질긴 부분이 마음에 들었다.

랑종의 종주라는 지위와 가문의 비술은 두 딸이 실력을 겨루어, 이긴 사람이 얻게 될 것이다. 그러나 그가 평생에 걸쳐 깨달은 무학은 이 제자에게 전할 생각이었다.

그는 어떤 명리도 원하지 않고, 세속을 두려워하지도 않았다. 그저 이 제자가 무학에 전념하기만 한다면, 장래 청출어람할 것이다.

한진이 생각에 잠겨 있는 동안 소소옥은 자신이 만족할 수 있는 수준까지 연습한 뒤 동작을 멈췄다. 그녀는 보검을 벽에 사납게 꽂은 다음 잠시 숨을 골랐다. 그리고 옷을 벗기 시작했다. 두 시진은 족히 연습했기에, 한겨울의 스산한 지하 궁전에서도 소소옥은 겉옷까지 흠뻑 땀으로 젖어 있었다.

언제나 냉담하던 한진의 얼굴에 당황스러운 표정이 어렸다. 그는 재빨리 몸을 돌리며 미간을 찌푸렸다.

소소옥은 즉시 인기척을 알아챘다. 이곳에 올 수 있는 사람은 한진뿐이라 그녀는 놀라는 기색 없이 소리쳤다.

"사부님, 오셨어요? 그 비술을 제가 벌써 반이나 익혔어요. 한번 해 볼 테니 보시겠어요?"

한진은 그 자리를 떠나지 않고 소소옥을 등진 채 차갑게 말했다.

"체통을 지키지 않고 무엇 하느냐? 어서 옷을 입어라!"

소소옥이 잠시 멈칫했으나 곧 즐거운 표정으로 물었다.

"사부님, 제가 옷을 벗는 걸 훔쳐보신 건 아니겠죠?"

"방자하다!"

한진이 사납게 소리쳤다.

"어서 옷을 입어라!"

소소옥처럼 영리한 사람이 남녀가 유별하다는 사실을 모를 리 없었다. 더군다나 그녀는 이미 다 큰 아가씨가 아닌가.

발끝걸음으로 살금살금 걸어간 소소옥이 한진의 등을 두드리며 의미심장한 어조로 말했다.

"긴장하지 마세요. 겉옷만 벗었을 뿐이니까. 전 아직도 세 겹이나 입고 있는걸요……."

한진은 평소 소소옥이 제멋대로 굴어도 내버려 두는 편이었지만, 이번만은 그럴 수 없었다. 한진이 날카롭게 말했다.

"소옥아, 말을 들……."

그러나 소소옥이 그의 말을 잘랐다.

"사부님께서 돌아오신 줄 몰랐다고요. 너무 덥고 짜증이 나서 참을 수 없었어요. 저도 침실 밖에서는 함부로 옷을 벗으면 안 된다는 걸 알아요. 아주 잘 안다고요! 그러니까 다시 옷을 입을게요!"

소소옥은 흠뻑 젖은 옷을 주워 들고 아주 달갑지 않다는 태도로 옷을 입었다. 그녀는 한진의 곧은 등을 바라보며 '고루하긴⋯⋯.' 하고 중얼거린 후, 소리 없이 그 자리를 빠져나갔다.

한진은 한참을 기다려도 등 뒤에 인기척이 없자 다시 물었다.

"다 입었느냐?"

등 뒤에서는 대답이 들려오지 않았다. 그는 잠시 기다리다가 다시 물었다.

"소옥아, 다 입었느냐?"

여전히 대답이 없자 한진은 그제야 뒤를 돌아보았다. 그의 등 뒤에는 아무도 없었다. 그는 미간을 찌푸리며 소소옥의 방으로 향했다.

한진이 소소옥의 방문을 두드렸으나, 방 안에도 아무도 없었다. 그는 그녀가 목욕하러 갔다고 생각하고, 그 이상 그녀를 찾지 않고 방 안에서 기다리기 시작했다.

소소옥은 목욕을 하러 가서 온천에서 잠시 졸기까지 했다. 그녀가 상쾌해진 기분으로 원기를 되찾았을 때, 한진은 그녀의 방에서 잠이 든 상태였다.

소소옥이 방으로 돌아와 보니 한진이 다탁 가장자리에 앉아 한 손으로 이마를 받친 채 두 눈을 조용히 감고 있었다. 소소옥은 저도 모르게 발걸음을 멈추고 한진을 열심히 바라보았다.

이미 수많은 나날을 함께 보냈다 해도, 또한 사부가 무척이나 관대하게 대해 주고 있다 해도, 그녀는 계속 사부가 자신보다 훌쩍 높은 곳에 있다고 생각하고 거리감을 느껴 왔다. 그러나 오늘 그가 그녀의 방에 앉아 졸고 있는 모습을 보니, 왠지는 모르지만 갑자기 그가 전혀 멀게 느껴지지 않았다. 그보다는 마치 그녀 곁에 있는 것처럼, 손을 뻗으면 닿을 수 있는 곳에 있는 것처럼 느껴졌다.

그녀는 어린 시절, 마차 안에서 그의 잠든 얼굴을 보았던 것을 기억해 냈다.

하지만 그때는 이런 기분이 들지 않았잖아! 설마 사부는 계속 변하지 않았는데 내가 변한 걸까? 내가 자랐기 때문에……?

하지만 자랐다 해서 대체 무엇이 달라지는 거지? 자랐다 해도 나는 결국 나고, 사부는 결국 사부이지 않은가!

소소옥은 머리를 흔들며 머릿속 생각을 지웠다. 그녀의 눈에 일말의 교활한 빛이 스쳐 가는가 싶더니, 살금살금 탁자 가까이 다가가 불시에 두 손으로 탁자를 내리치려 했다.

그러나 이게 웬일일까. 그녀가 두 손을 드는 순간 한진이 우아하게 턱을 받친 손을 빼더니 허리를 곧게 폈다. 그리고 눈썹을 치켜세운 채 그녀를 바라보았다.

들켰다……!

소소옥은 매우 자연스럽게 손을 거둬들인 다음 한진 건너편에 앉았다. 그녀는 의식적으로 아무 일도 없었다는 듯 해맑게 웃으며 말했다.

"사부님, 언제 돌아오셨어요? 오래 기다리셨나요?"

이 반년여 동안 그녀는 또 조금 자라 있었다. 이제 아이 같은 구석이 전혀 없을 뿐 아니라 여자로서의 매력을 더해 가고 있었다.

막 목욕을 하고 나온 소소옥의 머리카락은 살짝 젖어 있었고, 지분을 바르지 않은 얼굴은 마치 물 위로 피어난 부용꽃처럼 맑고 아름다웠다. 그 어여쁜 얼굴 위에 웃음기마저 더해지니, 그야말로 대단한 미인이라 할 만했다.

한진은 반년 동안 만나지 못한 제자를 이리 마주 보니, 분명 아주 눈에 익으면서도 어딘가 낯선 느낌이 들었다. 그는 진지하게 소소옥을 살펴보았다.

소소옥은 물론 한진이 자신을 바라보고 있다는 것을 알아차렸다. 그녀는 아예 일어서서 한진에게 자신을 보여 주었다.

"사부님, 보세요. 제가 또 얼마나 자랐는지."

한진이 탁자를 두드리며 그녀에게 앉으라 손짓하고 담담하게 말했다.

"그래, 자랐구나."

소소옥이 의기양양하게 말했다.

"그야 그렇죠. 이제 몇 달만 지나면 열일곱 살이 되는걸요!"

한진이 고개를 끄덕이더니 더욱 진지하게 말했다.

"열일곱 살이면 다 큰 아가씨지. 그렇다면…… 본존도 너에게 가르쳐 주어야 할 것들이 있다."

옥아 외전 **알겠어요**

소소옥이 방금 몰래 돌아온 것은 한진의 잔소리를 피하기 위함이었다. 그녀는 원래 그 일은 다 지나갔다고 생각했는데, 이게 웬일인가. 사부가 뜻밖에도 다시 이야기하려 하지 않는가.

탁자를 사이에 두고, 소소옥이 한진에게로 몸을 내밀고 그를 마주 보았다. 그리고 아주 의미심장한 말투로 말하기 시작했다.

"사부님, 결국 '남녀칠세부동석'을 가르치시려는 거잖아요. 그 이치라면 저도 아주 어릴 때부터 알고 있는걸요. 어쨌든 이제 시간도 늦었으니, 사부님께서 제자의 규방에 계시는 것도 그리 적당하지는 않죠. 그럼 배웅하지 않겠어요!"

한진이 소소옥을 잠시 응시하더니, 손을 들어 그녀의 어깨를 가볍게 밀었다. 원래의 자리에 털썩 주저앉게 된 소소옥은 속으로 깜짝 놀랐다.

아직 1년도 지나지 않았는데, 사부의 수련이 뜻밖에도 훨씬 높아져 있었다. 정말 놀라울 정도로 웅혼한 진기였다! 사부가 계속 이대로 수련한다면, 아마 20년이 지나지 않아 대완만에 이를 수 있을 것이다.

소소옥이 물었다.

"사부님, 곧 승급하시나요?"

한진이 엄숙한 표정으로 대답했다.

"화제를 돌리지 마라."

그러나 소소옥은 일부러 화제를 바꿔 다시 말했다.

"사부님, 설마 저에게 전수하지 않은 무슨 비급이 있거나 한 건 아니죠? 저는……."

그녀가 말을 끝내기도 전에 한진이 갑자기 미간을 찌푸렸다. 그러나 눈동자가 엄숙하게 변한 것은 아니었다.

소소옥은 화가 났지만 입을 다물었다. 그녀는 보통 한진을 두려워하지 않았지만, 그가 진지해지면 순식간에 말 잘 듣는 제자로 변하곤 했다.

한진이 다시 말했다.

"제대로 앉아라."

소소옥이 즉시 허리를 세운 다음, 옷깃을 바로 하고 단정히 앉았다.

한진이 차를 한 모금 마셨다. 그동안에도 시선은 소소옥에게서 떠나지 않았다. 그는 그녀를 위아래로 세세히 훑어볼 뿐, 한참을 기다려도 아무 말도 하지 않았다.

소소옥의 인내심이 바닥날 무렵, 한진이 마침내 담담하게 한마디 했다.

"소옥아, 많이 컸구나."

소소옥은 속으로 '지루해'라고 중얼거리면서도 겉으로는 여전히 순종적인 태도로 고개를 끄덕였다.

한진이 다시 말했다.

"너는 이미 다 큰 아가씨니, 아가씨답게 조심해야지. 앞으로 오늘 같은 일은 절대로 있어서는 안 된다. 네가 본존을 찾아올 때도, 예전처럼 함부로 들어오거나 하는 일이 있어서도 안 되고."

한진이 잠시 생각하더니 이어 말했다.

"너는 지하 궁전에서 맨발로 다니는 것을 좋아하지. 오늘부터는 그런 나쁜 버릇도 고치는 게 좋겠다. 그리고 본존의 방문 앞자리에서 자는 것도 좋아하는데, 그 버릇도 고쳐야겠다……."

소소옥이 참지 못하고 흰 눈을 했다.

"사부님, 예전에 한향에게도 똑같이 이러셨어요?"

그녀는 계속 한진이 자신의 무학에만 관여할 뿐 다른 일은 전혀 신경 쓰고 있지 않다고 여기고 있었다. 그런데 제자인 자신에게 이렇게 온갖 규율을 정해 주려 하다니. 그렇다면 양녀인 한향에게도 비슷하게 규칙을 내려 주었겠지?

소소옥은 문득 자신이 한진에 대해 잘못 본 것 같다는 생각이 들었다. 그런데 이게 웬일인가. 한진의 대답은 예상 밖이었다.

"한 번도 이리 말해 본 적 없다."

소소옥은 저도 모르게 물었다.

"그럼 왜 저에게만 이러시는 거죠?"

한진이 여전히 진지하게 대답했다.

"한향은 어린 시절부터 유모에게서 그런 것들을 배웠으니까. 네가 내 곁에 있으니 당연히 내가 이런 것들을 가르쳐야 하지 않겠느냐. 방금 이야기한 것 외에도 한 가지 네가 기억해야 할 것이 있다. 본존 말고도 다른 남자 앞에서는 더더욱 여자의 본분을 지켜야 한다. 절대로 마음 가는 대로 행동해서는 안 되고,

자신의 정조를 욕되게 하는 일을 만들어서는 안 된다."

소소옥이 말했다.

"저는 최근 몇 년 동안 사부님을 제외하면 다른 남자는 본 적도 없는걸요. 남자가 대체 어떻게 생겼는지도 잊어 먹을 지경이에요. 사부님은 정말 생각이 많으신……."

여기까지 이야기한 소소옥은 한진의 안색이 변한 걸 보고 재빨리 그의 시선을 피하며, 손을 들어 제 이마를 가렸다. 그리고 웃으며 덧붙였다.

"삼가 사부님의 가르침을 받들겠습니다. 예, 받들고말고요."

한진은 불쾌한 기색이었지만 그녀와 말씨름을 벌이려 하지는 않았다. 다만 한참 생각하더니, 다시 말했다.

"됐다. 본존이 랑종에 연락해, 너를 가르칠 어멈을 한 명 보내라 하겠다."

다급한 나머지 소소옥이 바로 손을 내렸다.

"필요 없어요! 사부님의 가르침, 제가 전부 다 기억할 테니까요."

그러나 한진은 진지했다.

"아마 내가 가르치기에는 적당하지 않은 일들도 있을 것이다."

그러나 소소옥은 한향이 저를 감시할 사람을 파견하게 하고 싶지 않아 재빨리 외쳤다.

"사부님이 지금 가르쳐 주신 것만으로도 충분합니다! 사부님께서 가르쳐 주지 않으신 부분도 제가 알아서 할 수 있어요. 저는 혼자 지내는 것에 익숙해요. 어멈이 오거나 하면 제가 무학을 익히는 데 영향을 끼칠 거예요."

그러나 한진은 여전히 진지한 표정이었다. 그가 다시 입술을 떼는 것을 본 소소옥이 다급하게 다시 외쳤다.

"사부님, 설마 제가 월경이 시작되어도 그걸 모를까 걱정하시는 것은 아니겠죠? 월경은 한참 전에 시작했어요. 사부님, 그러니 안심하세요!"

한진이 이야기한 '자신이 가르치기에 적당하지 않은 일'은 확실히 월경과 관련한 문제였다. 그러나 소소옥이 이렇게 그를 바라보며 제 입으로 '월경' 관련 이야기를 하니, 언제나 냉담하던 한진도 당황하고 말았다. 아니, 심지어 어찌해야 할지 몰라 착잡한 기분마저 들었다.

그는 천천히 고개를 돌려 다른 곳을 바라보았다. 소소옥은 다급한 나머지 한진의 모습이 평소와 다르다는 점은 알아채지 못하고, 그저 그녀의 말에 짜증이 나서 그녀를 상대하려 하지 않는 것으로 생각했다. 재빨리 그의 앞으로 다가가 여전히 진지한 얼굴로 그의 눈을 바라보았다.

"사부님, 정말로 저를 가르쳐 줄 사람은 필요 없어요. 예전에 궁에 있을 때 조 할멈이 뭐든 다 가르쳐 주었으니까요. 저도 다 알아요. 어쩌면 제가 사부님보다 더 많이 알지도 모른다고요."

여기까지 이야기한 소소옥은 마침내 한진이 당황스러워하고 있다는 걸 알아차렸다.

그녀는 원래 전혀 부끄러운 마음이 없었으나, 한진의 당황스러운 표정을 보자 갑자기 민망한 기분이 들었다. 이렇게 당황스럽고 민망한 두 사람이 서로를 바라보고 있노라니, 함께 있는 공간의 공기마저 고요해지는 것 같았다.

얼마 지나지 않아 한진이 몸을 일으켰다. 그는 등을 돌린 채 가볍게 기침을 하더니 말했다.

"네가 그리 이야기하는 이상, 네 뜻대로 하겠다. 일찍 쉬도록 해라."

말을 마친 그는 문을 향해 걸어가기 시작했다. 그리고 문 앞에 도착한 순간 발걸음을 멈추었다. 그의 얼굴에는 평소에 보이지 않는 초조한 기색이 어려 있었으나, 그 또한 잠시의 일일 뿐이었다. 그는 미간을 찌푸린 채 다시 성큼성큼 걸어 그 자리를 떠났다.

곧 언제나 그를 따르는 늙은 하인 하나가 달려와 웃으며 말했다.

"종주님, 정말로 난감하셨겠습니다. 옥아 소저는 자신이 지켜야 할 선이 무엇인지 전혀 모르는 모양입니다. 제가 감히 한 말씀 올리자면, 이것은 모두…… 수치를 모르기 때문에 일어난 일입니다. 제가 보기에는 역시 어멈을 데려와 소저를 가르치게 해야 할 것 같습니다. 그래야 후일 소저가 또다시 이런……."

한진이 손을 들어 하인의 말을 잘랐다.

"됐다. 이 이상 가르칠 것도 없으니."

하인이 계속 말을 이으려 했으나, 한진이 노려보자 곧 입을 다물고 말았다.

한진은 무슨 생각에라도 잠긴 듯 미간을 찌푸린 채 걷다가,

또 갑자기 무슨 생각을 떠올렸는지 얼굴을 활짝 펴고 어쩔 수 없다는 듯 미소 지었다.

소소옥은 문가에 엎드린 채 휑뎅그렁한 회랑을 멍하니 바라보고 있었다. 한참 후, 그녀의 입가에 고소하다는 듯한 미소가 떠오르는가 싶더니 중얼거리기 시작했다.

"사부님께서도 부끄러워하실 줄 아시네. 사부님은 입정에 든 늙은 승려 같은 존재인 줄 알았는데. 아, 정말 상상하지 못했던 일이야."

편안하게 침상에 누운 소소옥은 다리를 꼰 뒤 두 손으로 제 머리를 받쳤다. 한참 동안 생각에 잠겨 있던 그녀는 갑자기 장난기가 일어, 한진을 놀릴 계책을 짜내기 시작했다. 과거 한진이 항상 그녀에게 차갑게 대했던 원한을 갚기 위해!

다음 날, 한진은 소소옥이 수련 중에 어려움에 봉착했다는 사실을 기억하고 특별히 아침 일찍 연무실로 향했다. 그녀에게 몇 가지 가르침을 내릴 생각이었던 것이다.

그러나 아무리 기다려도, 이미 소소옥이 연무하러 올 시간이 한참 지났음에도 불구하고 그녀의 모습은 보이지 않았다.

한진은 불안한 기분이 들었다. 그는 소소옥을 아주 잘 알고 있었다. 그녀는 아무 이유도 없이 연무에 늦을 사람이 아니었다. 그러니 소소옥에게 무슨 일이 벌어진 것이 분명했다!

소소옥은 비술을 연무하고 있으니, 정말로 무슨 일이 생겼다면 그 결과는 수습하기 어려울 수밖에 없었다!

한진은 재빨리 소소옥의 방으로 달려갔다. 방문은 굳게 닫혀 있었다. 예전이었다면 그는 두말없이 문을 부수고 들어갔을 것이다. 그러나 어젯밤의 일을 떠올린 그는 문을 걷어차려던 발을 멈추고 대신 문을 두드렸다.

"소옥아, 무슨 일이냐?"

〈제왕연〉 21권에서 계속